KB077809

마법서생

魔法書生

장담 퓨전 新무협 판타지 소설

마법서생 6

장담 퓨전 신무협 소설

초판 1쇄 찍은 날 § 2007년 4월 11일
초판 1쇄 펴낸 날 § 2007년 4월 21일

지은이 § 장담
펴낸이 § 서경석

편집장 § 문혜영
편집책임 § 서지현
편집 § 심재영 · 유혜림

펴낸곳 § 도서출판 청어람
등록번호 § 제1081-1-89호
등록일자 § 1999. 5. 31
어람번호 § 제2-1174호

주소 § 경기도 부천시 원미구 심곡1동 350-1 남성B/D 3F (우) 420-011
전화 § 032-656-4452 팩스 § 032-656-4453
http://www.chungeoram.com
E-mail § eoram99@chollian.net

ISBN 978-89-251-0646-5 04810
ISBN 89-251-0437-7 (세트)

魔法書生

Fusion Fantastic Story

6

장담 퓨전 新무협 판타지 소설

회천[回天]

마법서생

목차

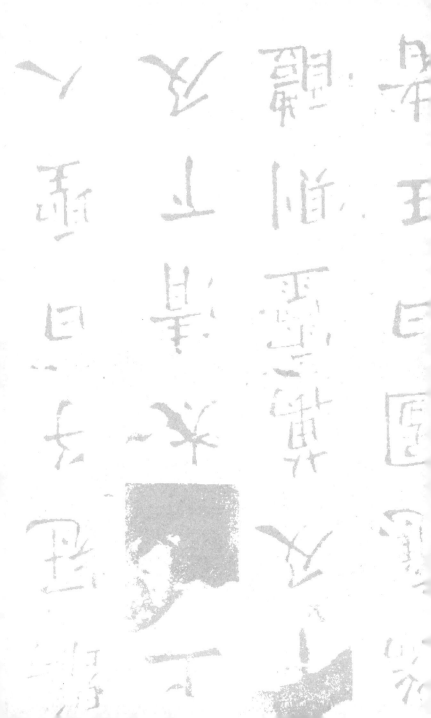

여섯 번째 서(序)

한중을 떠난 지 이틀이 지났다. 그동안 한 번도 멈추지 않고 걷기만 했다. 물이 있으면 건너고 산이 있으면 올랐다.

'여긴 어딜까? 내가 왜 이 길을 걷고 있는 거지?'

한바탕 피를 보고서부터 모든 것이 희미해지고 있다.

꼭 자신이 사라져 가는 것만 같다.

그는 자기가 왜 걷는지, 하다못해 자신이 서 있는 곳이 어딘지조차 알지를 못했다. 그냥 걸을 뿐이었다. 발길이 가는 대로 그냥⋯⋯.

그런데 이상하다. 꼭 언젠가 걸어본 길 같게만 느껴진다.

그는 고개를 갸웃거리다 머리를 움켜쥔 채 눈을 부릅떴다.

미칠 것만 같다!

자신의 모습부터 시작해서 모든 것이 그를 미치게 한다. 이 길도, 저 앞에 보이는 기암절벽들도.

"내가 왜 피를 뒤집어쓰고 여길 걷는 거지?"

더구나 머릿속에서는 누군가가 속삭인다.

'그냥 가! 너의 잃어버린 반쪽을 찾아서 세상을 피로 덮어버려! 반쪽을 찾지 못하면 너는 산 것도 죽은 것도 아닌 괴물일 뿐이야!'

"나의 반쪽? 세상을 피로 덮어버리라고?"

가만, 너는 누구야?

누가 말 좀 해줘! 이제는 내 이름도 생각이 안 나!

"끄아아아아! 대체 내가 누구냐 말이야!!"

'너는 흉탄! 세상을 피로써 지배할 혈신이다!'

그는 끝내 끓어오르는 분노를 참지 못하고 하늘을 향해 포효했다.

"아냐! 나는 흉탄도, 혈신도 아니야!!"

그때였다.

화르르륵!

그의 전신 모공에서 시뻘건 기운이 뿜어져 나왔다.

피보다 더 붉어 보이는 기운. 악마의 입김이 안개처럼 사방으로 퍼져 나간다.

지옥에서 피어오르는 화염이 이러할까.

무엇이고 붉은 안개에 닿는 것은 가루로 부서져 흩날렸다.

콰과과과!! 우지끈! 쩌저적!

아름드리 생나무가 통째로 부서지고, 천 근 바위도 파도에 휩쓸린 모래성처럼 무너져 내렸다.

반경 십 장이 폐허가 되어버린 것은 순식간이었다.

너무도 가공할 광경에 주위의 모든 산 것들이 공포에 떨고, 기암절벽에 뿌리를 박은 채 천 년을 살아온 노송조차도 숨을 죽이고 그를 지켜봤다.

그러길 반 각. 그를 중심으로 십 장 반경을 지배하고 있던 붉은 안개가 거짓말처럼 사라져 버렸다.

털썩!

동시에 그도 낫에 잘린 보릿대처럼 그대로 앞으로 꼬꾸라졌다.

그리고 침묵이 내려앉았다.

하루가 지났다.

쏴아아아!!

하늘에 구멍이라도 뚫린 듯 장대비가 쏟아진다. 온 세상을 다 쓸어내 버리려는 듯이.

콸콸콸콸!

삽시간에 불어난 계곡의 거센 물줄기가 쓰러져 있는 그를 덮쳤다. 그러더니 항거할 수 없는 힘으로 그를 커다란 바위에 내동댕이쳤다.

펙! 바위에 머리를 거세게 부딪친 그의 몸이 바위를 타고 도는 물결을 따라 휘돌았다.

그때였다. 그의 몸이 꿈틀거리더니 손 하나가 물 밖으로 솟구쳤다.

솟구친 손은 밀가루에 젓가락을 쑤셔 박듯 바위를 뚫고 틀어박혔다. 그리고 잠시 후, 바위에 손가락을 박은 그가 비칠거리며 일어났다.

가공할 기운이 그의 몸 주위로 퍼져 나갔다. 그러자 그의 주위를 휘돌던 물길이 그를 피해 돌아 흘렀다. 떨어지던 장대비도 그만은 피해 쏟아졌다.

얼마나 지났을까. 그는 천천히 고개를 들고 장대비가 쏟아지는 하늘을 올려다봤다. 그리고 미친 듯이 광소를 터뜨렸다.

"크크크크……. 우하하하!!"

광소는 반 각가량을 이어지다 천천히 잦아들었다.

순간 시뻘건 눈빛이 빗줄기 사이로 쏟아지는가 싶더니 순식간에 그의 눈 속으로 다시 스며들었다. 시간이 지나자 광기에 일렁이던 눈빛이 점차 고요하게 가라앉았다.

그는 그렇게 한참을 서 있었다. 그러다 어느 순간, 그는 머리를 세차게 털고는 느릿느릿 어눌한 어조로 입을 열었다.

"그래, 내가 누구면 뭔 소용이냐. 이제부터 내 이름은 율단이다, 율단. 크흐흐흐……. 좋아, 일단 내 힘의 반쪽을 찾자.

반쪽을 찾고 나서 내 세상을 만드는 거야. 새로운 내 세상을. 우흐흐흐……. 성은 신도(新道)가 좋겠군. 가자, 신도율단!'

순간 그의 내면에서도 무엇인가가 소리쳤다.

'그래, 가자! 신도율단! 크하하하! 그 이름도 괜찮군!

쿵!

그가 발을 구르자 그의 몸은 삼십 장 절벽 위를 향해 쏜살처럼 날아갔다. 그리고 순식간에 절벽을 넘어 사라졌다.

그가 사라졌음에도 장대비는 여전히 그칠 줄 모르고 쏟아졌다.

모든 비밀을 덮어버리려는 듯. 그렇게…….

*　　　*　　　*

태백산을 벗어나려는데 엎드려 있는 수많은 사람이 보였다.

모두가 시뻘건 혈의를 입고 있는 자들이었다.

그가 걸음을 멈추자 마치 신께 앙복하는 자세로 그들이 외쳤다.

"혈신이시여, 재림을 앙축하나이다!"

저자들은 뭐야? 어떻게 혈신이라는 이름을 아는 거지?

"하늘 아래 가장 위대하신 혈신을 신들은 수백 년을 기다려 왔사옵니다! 신들을 이끌어주소서!"

너희들을 이끌어달라고? 수백 년을 기다려 온 것은 가상한데, 나는 아직 할 일이 있어.

그는 갑자기 허공으로 신형을 솟구쳤다.

"혈신이시여!"

혈신의 수하를 자청한 자들이 놀라 외쳤다.

하지만 그는 그들의 외침에 응할 필요를 느끼지 못했다.

자신의 반쪽을 찾는 것이 더 중요했다.

그때까지 그는 산 것도 죽은 것도 아닌 피에 미친 괴물일 뿐이었다.

"크크크, 내 반쪽을 찾는 게 우선이다! 너희들이 나를 따르고 싶다면 그만한 준비를 하고 기다려라!"

우르릉, 울리는 소리에 고개를 들었던 자들이 일제히 땅에 머리를 처박았다.

"기다리겠나이다, 혈신이시여!"

第一章

모여드는 사람들

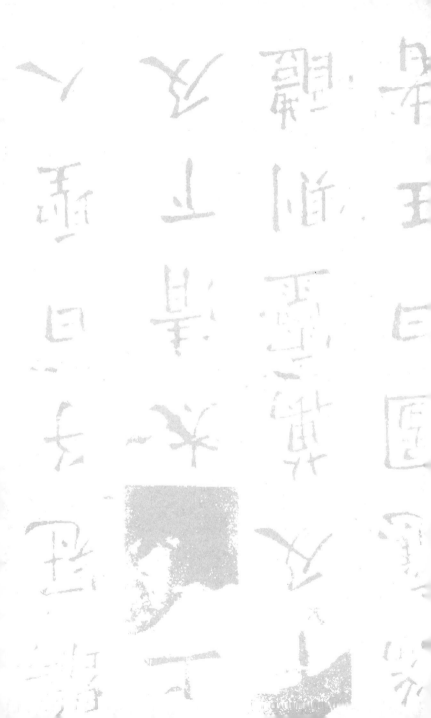

1

"아무래도 동창에서 그 일을 대충 무마하려 했던 모양이오. 아마 육 천호가 알지 못했다면 그리되었을지도 모를 일이었소. 육 천호가 나중에야 그 사실을 알고 구룡상방에 찾아갔지만 그들은 잘 모르는 일이라고 잡아뗐소. 분명한 것은 내가 떠나올 때까지도 그 두 사람은 잡히지 않았다는 사실이오."

송시명의 말에 진용이 눈을 굳히며 물었다.

"동창이? 그들이 나 몰라라 했단 말이죠?"

말을 하는 진용의 눈빛은 짙은 먹빛을 띠고 있었다. 송시명은 그런 진용을 바라보며 대답했다.

"동창은 전부터 구룡상방과 관계를 맺고 있었소. 우리 금의위에도 줄을 대려 했지만 도독께서 워낙 철저한 분이라서……."

그는 말을 하면서도 묘한 생각이 들었다.

동창이 불쌍하게 생각되는 것은 어인 일일까.

진용의 한없이 깊게 가라앉은 눈을 보자 그런 생각이 더욱 굳어졌다.

'왕효, 그 늙은 구렁이 같은 작자가 구룡상방과 손을 잡고 있었단 말이지? 나를 향해 수작을 부린 것은 이해할 수 있는 일. 그러나 이번 일에 대해선 피눈물을 흘리게 만들고야 말 것이다!'

다시 솟구치려는 분노를 가라앉힌 진용은 무심히 고저가 없는 목소리로 물었다.

"그들이 어디로 갔는지는 모르십니까?"

"그게… 오리무중이오. 북경에서는 그들이 구룡상방의 눈길을 피해 몸을 숨길 곳이 없소. 그런데도 그들의 행방이 밝혀지지 않았소. 아마 북경을 빠져나간 것이 아닌가 생각하고 있소만……."

아직 잡히지 않았다면 실낱같은 가능성이 남아 있다는 말이다. 우선은 두 사람의 행방을 알아보는 것이 급선무였다.

진용의 머릿속으로 여러 사람들의 얼굴이 스쳐 지나갔다.

'그들이라면……'

풍림당의 운가명, 백마성의 혁우청, 팽가의 팽기한, 개방의 방산 분타.

진용은 조금이라도 도움을 청할 수 있는 곳이라면 한 곳도 빼놓지 않고 모두 서신을 써서 추진상에게 전했다. 초지급이라는 말과 함께. 그의 손에 열 냥짜리 황금을 쥐어 주며.

내용은 동일했다.

구룡상방이 쫓고 있는 초연향과 하군상의 행적을 찾아주시오! 찾는 대로 방성의 현령에게 보내주시면 나 고진용, 은혜 잊지 않겠소!

두 사람의 용모파기는 자신이 직접 그렸다. 봉사만 아니라면 알아볼 수 있을 정도로 세밀히 그렸다.

다만 대가는 적지 않았다. 적절한 대가는 그들이 알아서 생각하면 될 일이었다. 그들은 진용의 능력을 일부분이나마 알고 있는 사람들. 개방조차도 지금쯤이면 진용에 대해 정보가 한 다발은 들어가 있을 터였다.

그날 밤, 진용은 뜬눈으로 밤을 지새웠다.

마음 같아서는 당장 달려가고 싶은데.

위험에 빠진 초연향을 구해주고 싶은데.

당장 그렇게 할 수 없는 자신이 한스럽기만 했다.

'일단은 행방을 찾고 보자. 만일 초 소저에게 무슨 일이라도 생겼다면, 하주령! 내 너를 용서치 않을 것이다!'

2

아침 해는 무심하게도 여전히 똑같은 모습으로 떠올랐다.

송시명이 뜬눈으로 밤을 지새운 진용을 찾아왔다.

"식사를 하고 나면 바로 출발할까 하오, 수천호령사. 백인 검문으로 가는 길에 사문인 무당에도 좀 들러볼 생각이오. 그러려면 아무래도 서둘러야 할 것 같소."

무당? 송시명의 사문이 무당이었던가?

미처 몰랐던 일이었다. 한데 무당이라는 말을 듣자 진용은 문득 공손각에게 받은 서신이 생각났다. 그동안 잊고 있었던 한 사람의 이름까지.

진용은 품속을 뒤져 서신을 꺼내 들었다. 서신은 꾸깃꾸깃 구겨지긴 했지만 다행히 찢어지지 않고 그대로 있었다.

"진무사께선 이 서찰을 가지고 한 사람을 찾아봐 주십시오. 그분의 이름은 선우신광. 강호에선 독행귀자라 불리는 사람입니다. 도독의 친우 분이라 하셨지요. 그분을 보거든 저를 찾아오라 전해주십시오. 공손 도독이 그리 말했다고 하면 될 겁니다."

지금은 한 사람이라도 더 필요한 상황. 더구나 선우신광이라면 많은 도움이 될 터였다.

선우신광은 무공도 그렇지만 제갈세가조차 그의 해박한

지식에 조언을 얻는 것을 마다하지 않을 정도로, 심지어는 사도굉보다도 더 강호사에 밝은 사람이었다.

사도굉이 남의 일에 참견하기 좋아해서 월조옹이라 불린다면, 그는 혼자 움직이기를 좋아해서 만박귀(萬博鬼) 독행귀자(獨行鬼子)라 불렸다. 다만 사도굉과 마찬가지로 성격이 괴팍해서 지금까지 어느 문파도 그를 끌어들일 생각을 하지 않았을 뿐.

올지 안 올지는 모른다. 그러나 공손각의 말대로라면 절대거절 못할 이유가 있다 했으니 올 가능성이 더 많았다.

송시명이 떠난 그날 오후.

진용은 한 시진에 걸쳐 신수백타를 펼치고 조용히 숨을 가다듬었다.

"좋은 무공이군. 지금까지 많은 권각법을 봐왔지만 그렇게 변화무쌍한 권각법은 처음이군."

묵직한 음성이 들려왔다.

천천히 고개를 돌리자 사십이 조금 넘어 보이는 중년인이 보였다. 정광과 비견되는 호안, 듬직한 체구, 등에 너비가 한 뼘은 될 듯한 대도가 매여 있다.

'첫 번째 손님이 왔군.'

일각 전부터 느껴진 기운의 주인이었다. 그때부터 그 자리에서 한 치도 움직이지 않았을 거라는 것이 진용의 생각이었다.

자신은 그를 알고도 신수백타를 멈추지 않았다.

본다 해서 진체를 알 수 있는 것도 아니었고, 숨겨진 무서움을 느끼지 못할 정도면 자신이 원하는 사람이 아니었으니까. 그리고 보다 더 확실한 이유는, 자신이 상대에게 그것을 보라고 펼쳤다는 것이다.

그만이 아는 이유 때문에.

"유 어르신을 찾아오셨습니까?"

중년인의 눈에 이채가 서렸다.

"자네가 말한 사람이 십절검존이시라면 맞네. 그러나 그전에… 자네를 먼저 알고 싶군."

진용은 조용히 웃음을 머금었다.

'성질 좀 있어 보인다 했더니 역시나군.'

하루 종일 무저의 늪으로 가라앉은 것 같던 기분이 조금 풀어지는 느낌이었다. 진용이 말했다.

"저도 대협을 알고 싶군요."

중년인은 기분 좋은 웃음을 터뜨렸다.

"하하하! 마음에 드는 친구군. 나는 북리종이라 하네. 우리 한번 화끈하게 즐겨보도록 하세!"

진용이 씨익 웃었다.

"화끈하게라……. 거 좋죠."

반 각이 지났을 무렵, 중년인 건양도(乾陽刀) 북리종은 유태청과 마주 앉았다. 약간 몸을 비튼 자세로.

그를 본 유태청이 기이한 눈빛으로 물었다.

"오랜만이군. 한데 어째 몸이 말이 아니구먼. 내가 잘못 부른 듯하이."

북리종의 얼굴이 험악하게 일그러졌다. 눈가에 그려진 푸른 점도 함께 일그러졌다. 터진 입술에서 흐르는 피를 쓱 닦으며 그가 말했다.

"입구에서 괴물을 만나는 바람에……."

유태청의 입가에 매달린 웃음이 커졌다.

"허허허, 혹시 그 괴물이 서생복을 입고 있지 않던가?"

"누굽니까? 난생처음 저에게 절망을 안겨준 그 친구는."

"고진용이라고 하지. 너무 실망할 것 없네. 내가 멀쩡하다 해도 자신할 수 없는 친구거든."

유태청의 말이 떨어진 순간 북리종은 눈을 부릅뜨고 가늘게 떨었다.

'말도 안 되는 소립니다!' 그렇게 외치고 싶었다.

하지만 그의 입에서는 엉뚱한 말이 터져 나왔다.

"어쩐지……. 제 칼을 맨손으로 잡는 사람은 처음 봤습니다. 그게 어디 사람입니까? 손은 또 얼마나 큰지……."

그 정도 말은 해야 자신의 패배가 억울하지 않을 것 같았다.

그런데 이상하다. 아무도 자신의 말을 부정하지 않는다. 더구나 유태청 옆에 붙어 있는 덩치 큰 아름다운 여인은 고개까지 끄덕이지를 않는가 말이다.

"고 공자가 확실히 사람 같지는 않죠. 그걸 아는 사람들은 절대로 고 공자와 싸우려 하지 않아요."

북리종의 얼굴이 와락 일그러졌다.

다음날 아침이 밝았을 무렵 두 사람이 찾아왔다.

북리종은 기지개를 켜며 막 방을 나서다 그들을 보고는 못 본 척 방으로 다시 들어갔다. 웃음을 참기 위해서였다.

두 사람도 문 옆에 서서 진용을 바라보고 있었다. 자신이 전날 서 있었던 딱 그 자리다. 그들은 자신도 잘 아는 사람들이었다.

섬전쌍객 조씨 형제. 자신처럼 무도에만 전념하느라 어느 문파에도 들어가지 않은 사람들이었다. 하지만 실력만큼은 절정에 든 지 오래라는 것을 익히 알고 있었다.

어제만 같았어도 저 두 사람이 합공하면 천하의 십천존이라도 곤욕을 면치 못할 거라 생각했을 그였다.

그러나 하루가 지난 오늘은 아니었다.

'웃기지도 않은 소리지!'

그때 방문 앞에선 그의 귓가에 말소리가 들려왔다.

"좋은 권각이군."

역시 자신이 한 말과 비슷했다. 문득 그다음 말이 궁금했다.

저 괴물이 뭐라 했더라?

"유 어르신을 찾아오셨습니까?"

아, 맞아! 저 말이었어. 그래서 내가 그랬지. 자네가 말한 사람이…….

"……십절검존이시라면 맞네. 그전에 자네의 권각을 한번 보고 싶군."

'크크크…….'

북리종은 입을 틀어막고 속으로 웃었다.

어쩌면 저리 똑같지?

자신이 당한 일은 까마득히 잊은 채 북리종은 다음에 벌어질 일을 고대하며 조용히 기다렸다.

아니나 다를까, 조금 있으니 땅바닥을 긋는 소리가 나더니 곧이어 강맹한 기운이 부딪치는 소리가 들렸다.

'오늘은 선을 얼마나 넓게 그어놨을까? 두 사람이니 더 넓게 그어놨겠지?

어제 싸우기 전 진용이 말했다.

"이곳은 장소가 좁습니다. 그러니 선을 그어놓고 하지요."

"그것도 좋지. 나가는 사람이 지는 걸로 하세."

멍청하게도 자신은 그리 말했다.

말도 안 된다고, 싸우는 데 한계를 두는 법이 어디 있냐고

강력하게 우겼어야 했는데 말이야.

자신이 찬성하자 진용은 삼 장의 원을 그었다. 그 정도면 어떠냐 하면서. 물론 자신은 흡족한 표정으로 고개를 끄덕였다. 그리고 자랑스럽게 도를 빼 들었다.

그렇게 비무가 시작되었는데, 결국 자신은 삼 장 밖으로 나가지 않기 위해 이를 악물고 버텨야만 했고, 그만큼 더 맞았다.

'염병할! 으이그, 멍청한 놈!'

그가 원한 맺힌 삼 장 원을 생각하고 있을 때였다.

"시작하지요."

진용의 목소리가 들리더니 마침내 비무가 시작되었다.

북리종은 귀를 쫑긋 세운 채 모든 신경을 집중시켰다.

격전을 벌이는 소리가 마당의 가운데에서 벗어나지 않고 있었다. 자신의 생각대로 그들 역시 선을 그어놓은 것이 틀림없었다. 물론 나가지 않기 위해서 죽어라 버틸 것은 안 봐도 뻔한 일이었다.

그렇게 십여 번의 부딪침이 대기를 울리며 퍼져 나갈 즈음이었다.

콰광! 퍽! 쨍그랑!

둔탁한 굉음이 터지고, 누군가의 무기가 떨어지는 소리가 들렸다. 아마 섬전비검 조관의 검일 것이다. 동생인 섬전무영수 조덕은 무기를 쓰지 않으니까.

북리종은 슬쩍 문을 열고 고개를 내밀었다.

뒹굴고 있는 조관이 보였다. 그런 상태에서도 선 밖으로 나가지 않기 위해 버둥거린다.

진짜 재밌군. 버둥거리는 조관을 볼 수 있다니.

북리종은 그렇게 생각했다. 어제의 자신은 까마득히 잊은 채.

둘째인 조덕은 이미 선 밖으로 튕겨 나가 있었다. 망연자실한 표정이다.

그제야 북리종은 문을 열고 밖으로 나갔다. 정말 놀란 것마냥 크게 소리치며.

"아니, 이게 누구야! 조 형이 아닌가? 한데…… 어찌 된 일인가?"

눈을 휘둥그렇게 뜬 북리종을 보고 조씨 형제는 후다닥 일어섰다. 진 건 진 거고, 남 앞에서, 그것도 자신들과 호적수인 북리종 앞에서 약한 꼴을 보이고 싶지는 않았다.

"그러는 자네는 웬일인가?"

"나? 나야 어르신이 불러서 왔지."

"우리도……."

대답을 하던 조관이 뭘 봤는지 씩 웃었다.

"한데 어째 자네 얼굴이 별로 좋아 보이지 않는군."

북리종은 움찔했지만 지지 않고 맞받아쳤다.

"동경에 얼굴이나 비춰 보고 말하게."

그제야 조관의 얼굴이 와락 구겨졌다.

똥 묻은 놈이 재 묻은 놈을 놀린 꼴이 아닌가!

'빌어먹을!'

문득 든 생각에 조관이 물었다.

"그럼…… 자네도……?"

북리종은 갑자기 가슴이 쓰렸다.

'내가 왜 나왔지? 괜히 나왔군. 안에서 그냥 구경이나 할 걸.'

그때 방 안에서 유태청이 부르는 소리가 들렸다.

"거기에 있지 말고 들어들 오게나."

세 사람은 방으로 들어가기 전에 진용을 찾으려 고개를 돌렸다. 그러나 진용의 모습은 어디에서도 찾을 수 없었다.

조관이 처연한 목소리로 물었다.

"대체 그 괴물은 누군가?"

북리종이 일그러진 얼굴로 답했다.

"잘 알고 있으면서 묻나? 그는… 괴물이야."

*   *   *

진용은 유태청으로부터 올 사람들에 대한 인상착의를 미리 들었다. 그 후 실피나를 시켜 방성 일대를 돌게 했다. 물론 인상착의를 미리 주지시켜서.

그리고 그들이 나타나면 미리 마당에서 신수백타를 펼치며 그들을 끌어들였다.

유태청의 말에 의하면, 그들은 무도에 전념하느라 강호방파에 속하지 않은 자들이라고 했다. 그런 그들이 신수백타를 보고 그냥 지나갈 리 만무한 일.

무공을 익히는 사람이라면 누구라도 혹할 정도의 멋진 무공이 신수백타가 아니던가.

생각대로였다. 한판 붙자는 말이 저절로 나온다.

건양도 북리종이 그랬고, 섬전쌍객 조씨 형제가 그랬고, 귀명마검 위도경이 그랬다.

그다음부터는 간단했다.

솔직히 그들의 무공이 대단하긴 했지만, 그동안 자신이 싸워온 자들 중에는 그들보다 강한 자들이 많았다. 특히 백리성과 천강오령위는 그들과 비교되지 않을 정도의 고수였다. 그러니 힘 조절을 해서 그들을 상대하는 것이 그리 어렵지만은 않았다.

적어도 어제 구전수 소진호를 상대할 때까지는 그랬다. 지금 자신의 눈앞에 서 있는 사람을 보기 전까지는.

그는 아침나절에 불쑥 찾아왔다. 실피나를 불러내기도 전이었다.

진용이 정원에 핀 목단을 보며 초연향을 걱정하고 있을 때였다. 무거운 기운이 입구 쪽에서 전해졌다.

진용의 고개가 자연스럽게 돌아갔다.

세르탄도 느꼈는지 조금 긴장한 투로 말했다.

'시르, 대단한 인간이 왔다. 쉽지 않겠는데?'

그 말대로였다. 전해지는 기운은 지금까지 상대한 사람들과 차원이 달랐다.

누굴까? 누군데 저런 기운을 지니고 있는 걸까?

유태청이 올지 모르겠다 말한 사람 중 두 사람이 있다. 유태청조차 쉽게 승리를 장담할 수 없을 정도의 강자.

어느 정도는 자신을 낮춰 말한 것일 테지만, 진용은 유태청의 말만으로도 그 두 사람의 강함을 익히 짐작할 수 있었다.

'십은 중의 두 사람이라 했지?'

십은(十隱).

무도에 심취해 강호에는 거의 모습을 보이지 않는 초절정의 고수 열 사람을 말함이다. 개중 몇 명은 십천존에 비견되는 고수일 거라는 것이 강호의 정설이었다.

느낌대로라면 아마 그들 중에 하나일 것이 분명했다.

그리 생각하고 있는데 그가 문을 두드렸다.

탕탕!

"잠시만 기다리시지요."

진용이 직접 문을 열어주었다. 흥분된 마음을 가라앉히고.

문을 열자 그가 보였다.

그의 모습은 독특했다. 덕분에 유태청이 말한 이름을 쉽게 생각해 낼 수 있었다.

'이 사람이 북천산인 포은상?'

오십 초반의 나이. 큰 키에 헐렁한 갈색 장포를 입고, 옆구리에는 재질을 알 수 없는 시커먼 몽둥이 하나.

'북명곤(北溟棍).'

유태청의 설명대로라면, 저 검은빛이 반질거리는 몽둥이가 바로 북명곤이었다.

"곤의 크기가 석 자 이내로 줄어 있다면 조심해야 하네."

유태청은 그리 말했었다.

그런데 석 자가 안 되는 듯하다. 어림짐작으로도 한 치 정도가 모자라 보인다.

진용은 말없이 서너 걸음 물러섰다. 별다른 말이 없었는데도 그는 진용을 따라 안으로 들어왔다.

그는 천천히 안으로 들어오더니 물끄러미 진용을 바라보았다.

진용은 순간적으로 상대의 강함을 알 수 있었다. 그의 눈에는 거산(巨山)이 담겨 있었다. 유태청의 말이 더욱 마음에 와 닿았다.

강한 자다!

"어린 친구, 이곳에 혹시 유태청이라는 분이 계신가?"

눈에 거산을 담은 그가 물었다.

"유 어르신은 안에 계십니다. 혹시 포 대협이신가요?"

진용이 묻자 그가 고개를 끄덕였다. 그러면서 묘한 눈으로 진용을 응시했다.

"오랜만이군. 이처럼 바라보는 것만으로 긴장을 느껴본 것이 얼마만인지 모르겠어."

진용이 말했다.

"근 한 달 만이군요."

"무엇이 말인가?"

"포 대협처럼 강한 분을 만난 것이 말입니다."

포은상의 이마에 주름이 하나 만들어졌다. 아무리 봐도 자랑하려 하는 말은 아니다. 그런데 공연히 신경이 쓰인다.

자신처럼 강한 자라 했다. 자신이 알기에 자신만큼 강한 사람은 이 넓은 강호 천지에서도 손가락으로 꼽아야 할 것이다.

대체 이 어린 친구는 누굴 말하는 것일까? 아니, 자신의 능력을 정말 알고 저런 말을 하는 것일까?

궁금했다. 도저히 참을 수 없었다.

포은상이 참지 못하고 물었다.

"한 달 전이라……. 그와 싸웠나?"

"맛보기로만 싸웠죠."

맛보기? 싸움에도 맛보기가 있나?

포은상은 은근히 대화가 재미있다는 생각이 들었다. 몇 년 만인지는 생각도 나지 않았다. 십 년? 이십 년?

다시 물었다.

"이겼나?"

"이기지도, 지지도 않았습니다. 말 그대로 맛보기였으니까요."

"그게 누군가?"

그에 대한 대답은 방문이 열리며 다른 사람이 했다. 유태청이었다.

"아마 고 공자는 천제성의 백리성을 말하는 걸 거네. 하지만 그와 싸운 것 말고도 더 치열한 싸움을 몇 번 했지."

그는 말을 하며 자연스럽게 포은상의 곤을 바라보았다. 석자에서 조금 빠지는 길이다. 유태청의 눈빛이 보일 듯 말 듯 살짝 흔들렸다.

'전보다 강해졌군!'

포은상 역시 말아 쥔 손에 힘이 들어갔다.

'백리성이라고? 천제성의 제검전주 백리성?'

더구나 그와의 격전에 비견될 정도의 치열한 싸움을 몇 번이나 했다고 하지를 않는가.

포은상은 이대로 안으로 들어가기에는 들뜬 마음이 가라앉지 않을 것만 같았다. 하지만 일단은 유태청에게 인사를 먼저 올렸다.

"유 노사께 인사가 늦었습니다. 강녕하셨습니까?"

"와줘서 고맙네. 이십이 년 만인가?"

"벌써 세월이 그렇게 흘렀군요. 괜찮으시다면 잠시만 기다려 주시길."

그리고 다시 진용을 바라보았다. 진용을 바라보는 그의 눈에서 열기가 피어올랐다.

자신의 마음을 들뜨게 만든 청년. 얼마나 강할까?

그 마음은 진용도 마찬가지였다.

절대의 경지에 이른 고수. 십천존에 비견할 만한 고수. 유태청이 그리 말했다.

자신의 생각도 다르지 않다. 포은상은 강하다!

자신의 능력을 한번 시험해 보고 싶었다. 백리성과 잠깐 손을 마주한 것이나, 삼존맹의 고수들, 그리고 흑의복면인들과 생사를 걸고 싸웠던 것과는 또 다른 승부욕이었다.

자신도 강호인이 다 된 것만 같다. 속으로 쓴웃음이 나왔다.

'훗, 아버지를 찾겠다고 나온 내가…….'

그래도 마음을 속일 수는 없었다.

두 사람의 눈이 마주쳤다, 대해가 담긴 눈과 거산을 담은 눈이.

"어떤가? 가볍게……."

"괜찮으시다면 한 수……."

동시에 두 사람의 입이 열렸다.

그게 신호라도 되는지 기다렸다는 듯 방문이 벌컥벌컥 열리고 열기에 가득 찬 눈빛들이 두 사람을 향해 화살처럼 쏘아졌다.

두 사람은 마치 자신들만 존재하는 것마냥 사람들의 눈빛에 개의치 않고 마당의 중앙으로 걸어갔다.

찌이이…….

선이 그어지기 시작했다.

꿀꺽! 침 넘어가는 소리가 들린다. 한두 사람의 입에서 나온 것이 아니다. 거의 동시 다발적으로 몇 군데서 나왔다. 그러니 창피하지도 않았다.

사람들의 머릿속은 오직 진용이 그리고 있는 금이 얼마나 크게 그려지는지를 나름대로 추측하기에 바빴다.

그런데 이상하다. 선이 직경 삼 장 크기로 그어진다.

순간 사람들의 얼굴이 굳어졌다.

─절대의 고수들이 삼 장 안에서 싸운다!

그것만으로도 절로 손에 땀이 찼다.

무시무시한 광경이 눈에 선하니 보이는 듯했다.

한데 선을 긋는 것으로 끝난 것이 아니다. 진용이 선을 다 긋고는 선 밖에 뭔가 알아볼 수 없는 글을 쓴다.

뭐지?

유태청을 비롯한 몇 사람만이 고개를 끄덕일 뿐 나머지 사람들은 호기심에 찬 눈으로 진용을 지켜봤다.

그렇게 진용이 선 둘레에 글을 다 새겼을 때다.

스르르…….

갑자기 안개가 끼는 듯하더니 진용과 포은상의 모습이 안개에 가려지기 시작했다.

"억! 뭐야?"

"어어? 무슨 일이지?"

"이건 사기다, 사기야!"

"안 돼! 보여줘!"

정광이나 사도굉마저 미처 생각지 못했던 일에 놀라 소리쳤다.

"이런! 그때는 안개가 끼지 않았었는데……."

하지만 얼마 지나지 않아 사람들은 다시 긴장한 눈으로 안개에 둘러싸인 삼 장 원 안을 주시했다.

쿠르릉!

천둥이 치더니 소리없이 안개가 들썩거리기 시작한 것이다.

자욱한 안개는 선이 그어진 삼 장 밖에 머무를 뿐, 안으로 들어오지는 않았다. 마치 뿌연 백색 장막을 두른 듯.

포은상은 의외의 상황에 놀라 물었다.

"기문진인가?"

그는 거듭 놀란 가운데에서도 침착함을 찾기 위해 자신의 북명곤을 움켜쥐어야만 했다.

진용이 말했다.

"그와 비슷한 것입니다. 너무 요란하면 방성이 들썩거릴 테니 자칫 적들의 눈에 띌 수가 있거든요. 해서 기운이 밖으로 빠져나가지 못하게 막았습니다."

일리있는 말. 포은상은 고개를 끄덕였다.

"잘됐군. 부담없이 비무할 수 있겠어."

그는 말을 하며 천천히 북명곤을 들었다.

길이는 두 자에 못 미친다. 그러나 마치 한 자루 거대한 봉이 자신을 짓이길 듯이 다가오는 듯하다.

진용은 천천히 두 손을 들어 올려 작게 원을 그렸다. 북명곤의 기운이 그의 커다란 손 그림자 안으로 말려 들어갔다.

찰나 포은상의 얼굴이 굳어졌다.

"좋군, 좋아! 내 최선을 다하겠네. 자네가 펼친 진이 무사히 견뎌주었으면 좋겠군."

진용도 눈빛을 더욱 깊게 가라앉히며 입을 열었다.

"최선을 다해서 펼쳤으니 어느 정도는 견뎌줄 겁니다. 그래도 모르니 오 초로 하지요."

"오 초라……. 좋네. 그 정도면 서로를 알아보기에 족하겠지."

말이 끝남과 동시, 포은상이 한 발을 내디디며 곤을 불쑥 내밀었다.

거대한 해일이 진용을 집어삼킬 듯이 밀려들었다.

진용이 손을 뻗어 원을 그리며 좌우로 휘돌렸다. 해일이 용틀임을 하며 두 손을 따라 휘돌았다.

진용이 한 발을 나아가자 해일의 방향이 틀어졌다.

콰과과과과!

펼쳐진 마법진이 진저리를 치며 흔들린다.

기세 대 기세의 대결. 그러나 그것은 한 번으로 족했다. 서로의 능력을 알기 위함이었으니 굳이 두 번 펼칠 필요도 없었다.

언뜻 포은상의 눈에 놀람이 떠올랐다.

맨손으로 자신의 공격을 비틀어 버린 진용에 대한 놀람이었다. 하지만 그것은 이어질 놀람에 비하면 아무것도 아니었다.

"다시 가네!"

포은상은 북명곤을 들어 허공에서 땅으로 삐침을 내치듯이 내리그었다. 그러자 시커먼 곤강에 하늘과 땅이 이어지며 대기가 갈라졌다. 그 동선에 진용이 서 있었다.

진용은 물러서지 않고 오히려 한 걸음 앞으로 나섰다. 그리고는 엄청난 기세로 떨어져 내리는 곤강을 향해 두 손을 쳐들어 좌우로 흔들었다.

"타아!"

나직한 기합성!

건곤천단심법이 가득 실린 진용의 손이 좌우로 흔들렸다.

순간, 하늘에서 떨어져 내리던 북명곤이 튕겨지며 미끄러지고, 전면 가득 커다란 손 그림자가 푸른빛을 발하며 밀려간다.

너무도 단순한 대응에 속절없이 무너지는 일격. 이어진 상대의 변화무쌍한 공격!

포은상은 자신이 아껴둔 절초를 꺼내들지 않을 수 없었다.

남겨진 공격은 사 초! 아니, 기수식까지 빼면 삼 초다.

망설일 여유가 없었다.

북명칠곤(北冥七棍)!

자신이 유태청에게 지고 나서 이십 년간 다듬어온 절기였다. 자신이 이곳에 온 이유 중에 하나가 바로 이 절기를 유태청에게 보이기 위함이었다. 그런데 그런 북명칠곤을 유태청도 아닌 새파랗게 젊은 사람에게 펼칠 줄은 생각도 못했던 터였다.

문제는 북명칠곤을 펼치긴 해도 승세를 장담할 수 없다는 것.

"하! 북명명진(北冥鳴振)!"

그가 진용의 시퍼런 손 그림자를 아우르며 북명곤을 휘두르자 갑자기 사방이 어두워졌다.

들리는 것은 수만 마리 벌 떼의 날갯짓 소리.

느껴지는 것은 무쇠조차 부숴 버릴 정도의 가공할 압력.

진용의 두 손이 하늘과 땅을 가리키더니 느린 속도로 돌기 시작했다. 건곤뇌섬파(乾坤雷閃破)!

벼락이 넘실대며 어둠을 찢어발기기 시작했다.

일순간 포은상의 표정이 해쓱하니 굳어졌다. 시퍼런 뇌전의 가공할 파괴력에 자신이 펼친 곤강의 막이 찢어지고 있었다.

이를 악물었다.

'여기서 밀릴 수는 없다!'

그는 동시에 두 가지의 초식을 병행해 펼쳤다.

그의 곤끝에서 돌개바람이 일더니, 어둠이 하나의 채찍처럼 뭉쳐 진용을 후려쳐 간다.

어둠의 채찍을 부수며 신수백타의 춤을 추는 진용. 그의 가슴을 향해 곤강으로 이루어진 묵창 하나가 일직선으로 뻗쳤다.

진용은 무심히 건곤을 그리며 돌던 두 손 중 우수를 앞으로 뻗어 한 자 크기의 원을 그렸다.

찰나간에 그려진 십여 개의 원이 하나로 겹친다.

그때였다! 허공이 뻥 뚫리더니 모든 것을 빨아들였다.

고오오!

어둠이 빨려든다.

채찍처럼 휘돌던 기운조차 휘돌며 빨려든다.

묵창이 그 여파에 주춤거린다.

그제야 진용이 좌수를 들어 상대의 모든 기운을 빨아들인 진공의 한가운데로 일권을 밀어 넣었다.

뇌전이 묵창을 집어삼킨 채 눈부시게 폭발했다.

번쩍! 콰아앙!!

북명곤에서 만들어진 어둠의 창이 산산이 부서졌다.

진용의 우수에서 파생된 진공도 모든 것을 소멸시키며 사라졌다.

"음……."

"욱!"

남은 것은 두 사람의 묵직한 신음 소리와 하늘이 찢어지는 소리뿐.

쩌저저적!

두 사람을 감싸고 있던 마법진조차 기운의 여파를 이기지 못하고 부서지기 시작한 것이다.

진용은 이를 악물고 가라앉은 눈으로 앞을 직시했다.

포은상의 눈이 격렬히 떨리고 있었다. 충격을 받은 눈빛. 물리적인 충격과 정신적인 충격을 동시에 받은 눈빛이다.

서로가 두 걸음씩 물러섰다. 겉으로 보면 비슷하다. 그러나 마지막에 자신은 이 초식을 섞어 펼쳤고, 상대는 일 초였다.

포은상의 악다문 이 사이로 억눌린 음성이 새어 나왔다.

"내가……."

그때 진용이 포은상의 말을 끊으며 입을 열었다.

"정말 굉장했습니다. 승부를 내지 못한 것이 안타깝군요."

마법진이 무너지자 안개도 스러지고 있었다. 포은상의 이 사이로 새어 나오던 말도 스러졌다.

진용이 다시 말했다.

"나중에 기회가 있으면 넓은 데서 다시 한 번 하고 싶은데, 어떻습니까?"

이를 지그시 깨문 포은상이 천천히 고개를 끄덕였다. 패배를 자인하기에는 이미 늦었다. 상대는 진심이다. 배려를 무시할 수는 없는 일.

그러나 그 무엇보다도 다시 해보고 싶었다. 자신의 북명칠곤을 마음껏 펼쳐 보고 싶은 것이다.

"좋… 네. 그때는 나의 모든 것을 보여주지. 장소가 넓으면 아무래도 나의 북명곤이 더 힘을 쓸 수 있을 것이네."

진용이 창백한 얼굴로 씨익 웃었다.

"그럼 저도 오늘 못 보여 드린 것을 마저 보여 드리죠."

포은상도 터진 입술에서 흐르는 피를 닦아내며 희미한 웃음을 지었다.

"기대하지. 아마 쉽지 않을 거야."

안개는 스러진다 싶더니 순식간에 걷혀 버렸다.

멀찍이서 바라보고 있는 사람들이 눈에 들어왔다. 하나같이 눈을 말똥말똥 뜨고 결과를 기다리고 있었다.

돌아서는 두 사람을 바라보던 유태청이 안도하는 표정으로 입을 열었다.

"비겼구면."

그의 입가에도 흐릿한 웃음이 매달려 있었다.

모인 사람들은 서로를 알든 모르든 조용히 유태청의 명이 떨어지기만을 기다렸다.

하루 이틀이 지나자 모르던 사람들도 안면을 트고 친해졌다.

그들에게는 공통점이 하나 있었다. 그들은 모두가 어느 방파에도 속하지 않고 자신들만의 무공에 일생의 대부분을 바친 사람들이라는 것이다. 유태청이 그러한 사람들만을 심사숙고해서 골라 모았으니 당연히 그럴 수밖에 없었다.

결국 무공이라는 공통된 매개체는 시간이 지나면서 그들을 하나로 이어주었다.

그러니 심심할 수가 없었다. 심심하기는커녕 매일같이 머리를 맞대고 투닥거리기 일쑤였다. 물론 심한 싸움은 하지 않았다. 하지만 그들은 무인, 작은 싸움은 어쩔 수 없었다.

그러던 어느 날이었다. 상아가 정광의 목에 무등을 탄 채말했다. 조그맣게.

"저 할아버지, 아니, 저 아저씨들은 왜 싸워? 싸우면 나쁜 사람들이라고 그랬는데……. 도사 아저씨, 저 아저씨들 나쁜 사람들이야?"

그 말에 작은 싸움도 사라졌다. 대신 비무가 생겼다. 각자가 자신의 성취를 보이고, 그 성취에 대해 판정을 내리는 비무였다.

판정관은 상아였다. 그럴 수밖에 없었다.

"우와! 멋지다! 아줌마에게 저 아저씨 고기 많이 주라고 해야지!"

그러면 그 상에 고기가 많이 나왔다. 숙수의 솜씨가 좋아서 맛도 훌륭했다. 누가 감히 따질 수 있을까?

결국 천하의 절정고수들이 보다 나은 음식을 위해 묘기를 펼치기 시작했다.

유치하다고? 옆 상에 맛있는 음식 나오는데, 내 상에는 풀만 나와 봐! 그런 말이 나오는가!

여섯 명이 한 탁자에서 식사를 한다. 그래서 세 개의 조가 생겼다. 조장은 탁주라 불렀다. 천하유일의 묘한 명칭이었다.

그들은 시간만 나면 서로의 무공에 대해 논의하고, 그래도 시간이 남으면 각자의 무공을 다듬었다. 상아에게 어떻게 하면 멋지게 보일까 궁리를 하는 것도 빼놓지 않았다.

은근히 재미가 있었다. 밝은 얼굴들이다. 시간 가는 줄 모르고 그렇게 하루를 보냈다.

게다가 유태청이 가끔씩 그들의 자존심이 상하지 않을 정도에서 무리(武理)에 대한 강론을 하기도 했다. 단 며칠이었다. 하지만 그들은 이 며칠의 시간이 지난 몇 년에 못하지 않다는 것을 절실하게 느끼고 있었다.

3

추진상의 관사에 머문 지 보름째 되는 날, 벽월(劈月) 율천기를 끝으로 유태청이 청한 사람 중 열한 명이 모였다.

두 명은 연락이 되지 않았고, 한 명은 이미 죽었다며 서신이 되돌아왔다. 그래도 유태청이 예상했던 열 명보다는 한 명이 많았다.

율천기는 마침 진용이 밖에 나가 있던 중에 와서 비무를 벌이지 않았다.

그를 제외한다면 나머지 열 명 중 일곱 명이 진용과 비무를 벌였다. 그리고 공식적으로는 포은상만 빼고 모두가 진용의 십 초를 넘기지 못하고 무너졌다.

그들은 한결같이 믿기로 했다.

─진용이라는 청년은 사람이 아니다. 괴물이다!

믿지 않으면 자신들이 초라해진다.

율천기도 나중에 그 사실을 알고는 진용을 보자마자 비무

신청을 하려 했다. 그러나 포은상이 잠깐 보여줄 게 있다며 억지로 끌고 나가는 바람에 이루어지지 않았다.

일각 후, 나갔던 그가 돌아와 진용을 향해 한 말은 단 한마디였다.

"포 형이 할 때 나도 하겠네."

사람들은 실망한 표정으로 율천기를 바라보았다. 율천기는 그것이, 자신이 그들 대신 진용을 꺾어주기를 바랐는데 비무를 미루자 실망한 것이라 나름 생각했다.

그로선 그리 생각할 수밖에 없었다.

자신이 누군가? 십은 중에서도 첫째 둘째를 다투는 벽월율천기가 아닌가!

'친구를 곤란하게 할 수는 없는 노릇이니 이해하게나들.'

조금 전 잠깐 나갔을 때였다. 포은상은 그에게 아무것도 보여주지 않았다. 다만 몇 마디 말만 했을 뿐이었다, 조용히.

"그가 나와 다시 붙기로 했는데, 만일 그가 자네에게 크게 다치면 나는 기회가 없잖은가? 자넨 나중에 내가 재비무를 한 다음에 하게나."

그 말에 그는 포은상의 체면을 살려주기 위해 비무를 미룬 것이다. 순수한 마음으로. 친구의 속도 모르고.

그러니 패배한 사람들의 속은 더욱 알 리가 없었다.

유태청이 불러들인 사람이 열한 명, 진용 일행이 여덟 명. 모두 열아홉 명이다. 그들이 진용과 유태청을 중심으로 둘러서자 크게 느껴졌던 방 안이 꽉 찬 느낌이었다.

팽팽한 긴장감이 더해지자 방이 터져 나갈 것만 같다.

이미 한 사람 한 사람 유태청이 개인적으로 이야기를 나눈 상태다. 그러니 모두가 진용에 대해 들어 알고 있을 터였다. 그럼에도 한 사람 이탈자가 없다. 유태청이 무공을 잃었다는 것을 알고 있을 텐데도 말이다.

감탄이 절로 우러나온다. 과연 십절검존 유태청이다. 그야말로 그가 은거하기 전 어떤 사람이었는지를 간접적으로 보여주는 상황이 아닌가.

'노인이 강한 것은 무공 때문만이 아니라 하더니……'

진용은 유태청을 바라보았다. 강한 노인 유태청이 고개를 끄덕인다.

"깊은 이야기는 하지 않았네. 그저 나를 믿거든 잠시 나에게 시간을 맡기라 했을 뿐이야. 물론 천혈교나 삼존맹, 천제성 등을 상대해야 할지도 모른다는 말 정도는 해놨네. 그러니 나머지는 자네가 알아서 하게."

어제저녁 유태청은 자신에게 그리 말했다.

유태청을 믿고 시간을 맡긴 사람들. 진용은 그들을 바라보며 천천히 일어섰다. 진용은 포권을 취해 간단히 인사를 하고는 바로 말을 꺼냈다.

"들으셨겠지만, 제가 하고자 하는 일은 무슨 영웅적인 일을 하자는 것도 아니고, 그렇다고 어떠한 이득을 취하고자 하는 일도 아닙니다. 저의 목적은 둘. 그중 하나는, 관인으로서 나라의 근간이 어지러워질지도 모르는 일을 사전에 막자는 것입니다."

진용은 말을 하며 사람들을 둘러보았다.

실망하는 표정, 그저 그러려니 하는 무덤덤한 표정, 그것도 재미가 있겠군 하는 흥미가 동하는 표정. 저마다 가지각색의 표정들이다.

진용이 말을 이었다.

"솔직히 말해서 저의 지위는 꽤 높습니다. 여러분이 생각하는 것 이상으로 말입니다."

사람들의 표정이 묘하게 틀어진다.

젊은 놈이 꽤 높은 지위에 있나 보군. 하긴 무공을 봐, 안 그렇게 생겼나.

땡감을 베어 문 것처럼 쓴 표정들이다.

그때 진용이 말했다.

"하지만! 그딴 지위, 만두 하나하고 바꿔 먹는다 해도 하나도 아깝게 생각하지 않습니다. 누구든 제 지위 욕심나는 사람

있으면 드릴 수도 있습니다."

갑작스런 말에 사람들의 눈이 동그래졌다.

"만두 하나하고 바꿀 지위, 욕심나면 언제든 말씀하세요."

젠장, 그 말 듣고 달라 할 사람이 여기에 어딨다고?

사람들은 속으로 그러면서도 조금은 흥미가 동한 얼굴로 진용을 바라보았다. 욕심 때문이 아니다. 진용이라는 인간에 흥미가 동한 것이다.

"후, 솔직히 말씀드리면, 역모를 행한 삼왕을 잡는 일도 해야겠지요. 약속을 했으니까. 하지만 말입니다. 저에겐 그보다 더 급한 일이 있습니다. 그 일 때문에 삼왕을 잡고 천혈교를 상대하겠다는 생각을 한 것이지요."

진용은 '급한 일이 뭔데?' 하는 눈빛 스물두 개를 바라보며 입을 열었다.

"아버지를 찾고자 합니다."

벙찐 표정들이 진용을 그물처럼 감쌌다.

"놈들이 아버지를 이용해서 뭔가를 해독했는데, 그만 아버지가 어디론가 사라지셨습니다. 제정신이 아닌 것 같아 걱정입니다."

더 이상 참지 못하겠는지 율천기가 물었다.

"험. 그러니까, 자네 아버지를 찾기 위해서 천혈교, 삼존맹, 천제성과 싸워야 한단 말인가? 뭐, 물론 삼왕을 잡는 일도 해야 한다고 하기는 했지만 말이야."

또박또박 묻는 율천기의 물음에 진용이 바로 그거라는 듯 고개를 끄덕였다.

사람들이 어이없다는 표정을 지었다. 약간의 웅성거림이 일었다.

"우리가 저 괴물의 아버지를 찾는 일을 해야 한다고?"

"그런다잖아. 거참."

"유 어르신의 얼굴을 봐서 그냥 갈 수도 없고……."

하지만 사람들의 표정이야 어떻든 말든 진용은 심각한 표정으로 말을 이었다.

"그렇습니다. 문제는…… 아버지가 해독한 것이 무공이라는 겁니다. 그리고 아버지가 그 무공을 익힌 것 같다는 것입니다. 그것도 십 년에 걸쳐서. 그것도 하필이면 해독한 무공 구결 중에서 마.공.의 구결을 말입니다."

무공 이야기가 나오자 웅성거림이 잦아들었다. 그러더니 마공이라는 말에 숨소리도 나지 않았다. 천생 무인들이었다.

진용이 다시 한숨을 길게 쉬며 말을 이었다.

"아마 지금쯤은……. 후우, 솔직히 말씀드려서 저도 모르겠습니다. 저보다 강할지……."

방 안이 갑자기 쥐 죽은 듯이 조용해졌다.

마공을 익혔다? 눈앞의 괴물보다 강할지 모른다고?!

그때 유태청이 물었다.

"혹시, 그 무공이 자네가 익힌 무공과 관계가 있나?"

진용이 고개를 끄덕였다. 모든 것을 말할 수는 없지만 어느 정도는 말해야 할 때였다.

"아버지가 저 어릴 적에 남겨놓았지요. 저는 마침 좋은 분을 만나서 그 무공의 구결을 정화시켜서 익힐 수 있었습니다."

"그럼 자네 아버지가 그 마공을 익히면서 마기에 물들어 정신을 잃었다 생각하는 건가?"

유태청의 말이 떨어지자 진용은 심각한 표정으로 사람들을 둘러보았다. 그리고는 무거운 목소리를 내리깔고 한마디 한마디 듣는 사람의 심장에 화살을 박듯이 말했다.

"바로 그겁니다. 그래서 또한 찾아야 한다는 것입니다. 잘못하면 아버지가 정신을 잃은 상태에서 천하를 피로 물들일지도 모르는 일이니까요."

졸지에 단순한 아버지 찾기가 천하의 안녕을 위하는 일로 돌변했다.

천혈교를 헤집고 삼왕을 잡는 일과 천하를 혈난으로 몰아갈지 모르는 정신 잃은 진용의 아버지를 찾아야 하는 일.

실망감에 젖었던 사람들의 표정에 서서히 힘이 들어갔다.

"그렇다면야 해볼 만한 일이군."

"헛일은 아니지, 암."

"그럼 그렇지. 어르신이 별것도 아닌 일로 우리를 부르셨을 리가 없지."

두충과 정광은 이미 진용이 능구렁이 제독태감 왕효를 가지고 논 전력이 있다는 것을 알기에 그러려니 했다. 유태청도 제갈운문과의 말싸움을 봤던 적이 있어 빙긋이 웃을 뿐이었다.

하지만 사도굉, 비류명, 서문조양, 운아영은 진용이 열한 명의 고수를 요리하는 것을 보고 입이 반쯤 벌어져 있었다.

'쳇! 그 정도 가지고 놀라긴.'

물론 무수히 당해온 세르탄에게는 웃음거리도 되지 않았지만.

어쨌든 결론이 내려졌다.

모두가 진용의 일을 돕기로 했다.

4

다음날, 아침 일찍 식사를 마쳤을 때다. 두 가지 소식이 전해졌다.

탕마단이 움직이기 시작했음. 맹주께서 고 공자와 유 노사님을 만나고 싶어함.

그들이 관사에 머무르고 있다는 사실을 알고 있는 석무심의 급전이었다. 보름 이전에는 소식도 전하지 말라고 했더니 정확히 떠나려는 날 소식을 전해왔다.

두 번째는 금의위에서 온 송시명의 서신이었다. 그와 함께 보낸 서신이 동봉된 채였다.

　독행귀자 선우진광의 행방을 찾을 수 없음. 강호로 나간 것 같음. 우리는 백인검문으로 감. 무운을……

　"어떻게 생각하십니까? 이십여 년이나 무당산을 벗어나지 않았던 선우진광 노선배가 왜 무당산을 떠났을까요?"
　독행귀자의 행동을 생각한다면 당연한 일일 수도 있었다. 그러나 때가 좋지 않았다. 난세에 수십 년 거처를 떠난다는 것. 그 이유는 그리 많지 않을 것이다.
　사도굉이 머뭇거리다 입을 열었다.
　"내가 알기로 그는 백리자천에게 빚이 있네. 혹시 그 일로 떠난 것이 아닐까?"

5

　"도사 아저씨, 가는 거야?"
　"어."
　"가면 안 와?"
　"아냐, 올게."
　시무룩하던 상아가 눈물이 그렁그렁 맺힌 눈을 크게 떴다.
　"정말?"

"그으럼!"

"힝! 상아는 도사 아저씨가 좋은데."

"도사 아저씨도 상아가 좋아. 알지?"

"그럼 우리 신랑 신부 할까?"

"컥!"

"쿨럭!"

정광과 상아의 슬픈(?) 이별을 실실 웃으며 보고 있던 사람들이 목을 움켜쥐었다.

무서운 아이였다. 단 한마디로 스무 명에 가까운 강호의 고수를 질식시킬 뻔하다니.

일행들에게 일격을 가한 상아가 이번에는 쪼르르 진용에게 달려갔다.

"서생 오빠, 꼭 도사 아저씨 보내줘야 돼?"

귀신같은 아이. 정광이 진용에게 꼼짝 못한다는 걸 알고 하는 말이다. 초연상도 그러더니, 상아라는 이름을 가진 아이는 다 저런가 싶다.

"응? 물론이지. 내가 어떻게 상아 말을 무시하겠냐?"

"그리고 그 언니 찾으면 꼭 놀러 와."

상아가 연이어 진용의 가슴에 화살을 꽂았다.

연향에 대해선 아직 소식이 없었다. 진용은 상아의 말에 초연향이 더욱 보고 싶어졌다. 자신도 모르게 눈에 안개가 낀다. 당장이라도 하북으로 달려가고 싶은 마음이다.

"어? 우는 거야? 남자가 울기는⋯⋯."

웃! 이런 실수를!

"무슨 소리를! 내가 왜 운단 말이야? 하, 하! 상아가 잘못 봤 겠지."

"거짓말하면 군자가 아냐. 그리고 울면 좀 어때? 혼인할 언 니가 집을 나갔는데."

"⋯⋯."

지, 집을 나갔다고? 혼인할 언니? 말뜻이 이상하다.

어디서 그런 유언비어가?

힐끔 돌아보자 문가에 서 있던 추진상이 고개를 돌려 먼산 을 바라본다. 범인은 그였다. 그가 상아에게 초연향이 집을 나갔다고 둘러댄 것이다.

그런데 집 나간 마누라! 꼭 그렇게 들리지 않는가!

그래도⋯⋯ 혼인할 언니라는 말에 모든 것을 용서해 주기 로 했다. 아직 도움받을 일도 있고 하니까.

"다음에 뵙죠, 추 대인."

"험, 잘 가시오, 고 천호. 내 소식이 오면 지급으로 전해주 겠소."

"부탁하겠습니다."

돌아서자 사람들이 모두 쳐다본다. 안됐다는 눈빛들이다.

"힘내게. 곧 제정신 차리고 들어올 거네."

율천기가 속도 모르고 위로의 말을 건넨다. 미칠 일이다.

더구나 여기저기서 중얼거리는 소리들.

"그게 약한 것 아냐?"

"무슨 소리를? 저번에 보니까 오줌발이 세던데."

"오줌발 세면 그것도 센가?"

"어허! 이 도우들이 어디서 헛소리를! 고 공자의 그것이 얼마나 멋진데! 내가 태산에서 봤다고!"

'으캬캬캬!'

세르탄이 미친 듯이 웃는다. 최악의 아침이었다.

그렇다고 성질낼 수도 없는 일. 진용은 최대한 태연한 표정을 지으며 출발을 알렸다.

"가시죠, 사람들이 몰려들기 전에."

웅얼웅얼, 중얼중얼…….

"킬킬, 그러고 보니 고 공자도 사람은 사람이구먼."

"그러게 말이야."

"난 또 진짜 괴물인 줄 알았잖아? 흘흘."

*　　　*　　　*

삼 개 조로 나뉘어 움직이기로 했다.

삼탁, 그 희한한 단어를 그대로 쓴 채. 쪽팔리다며 바꾸자는 의견도 있었지만, 그대로 쓰자는 의견이 더 많았다. 남들이 모르는 단어이니 더 좋을 수도 있다면서.

일조인 천탁은 진용 일행이 맡았다.

이조인 지탁은 벽월 율천기가 맡고 네 명의 조원을 두었다.

삼조인 인탁은 북천산인 포은상이 맡고 다섯 명의 조원을 두었다.

각 조원의 거리는 대략 이십 장, 각 조 선두의 거리는 오 리, 언제든 연수할 수 있는 거리를 둔 채 움직였다.

그리고 연락은 비류명과 서문조양이 하기로 했다.

천하의 어떤 세력도 몇 배의 전력을 투입하지 않는 한, 그들이 오 리의 거리를 달려갈 시간에 일 개 조를 어찌할 곳은 없을 거라는 생각에서였다. 그리고 사실이 그러했다.

훗날 천공삼탁(天攻三卓)으로 불릴 그들의 첫 출발은 그렇게 시작되었다.

6

방성의 푸른 하늘을 수놓으며 비둘기가 날아올랐다.

날아오른 비둘기는 모두 다섯 마리. 모두가 다리에 전서통을 매달고 있었다.

세 마리는 서쪽과 서남, 서북을 향하고, 두 마리는 북쪽으로 날아갔다.

진용이 전서구를 본 것을 막 방성을 벗어나던 때였다. 마차의 창문 밖으로 눈을 돌리자 하늘로 비상하는 비둘기들이 보인 것이다. 한눈에 전서구임을 알 수 있었다.

사흘 전부터 수상한 자들의 움직임이 실피나의 이목에 잡혔는데, 아무래도 그들이 진용 일행의 움직임을 보고하는 것일 터였다.

목적지를 향해 날아가는 비둘기들을 보던 진용의 입가에 싸늘한 조소가 맺혔다.

"실피나……."

바람결에 스러질 정도로 나직하게 실피나를 불렀다.

마차의 창문 앞에 졸린 눈을 깜박이며 실피나가 나타났다.

"실피나, 그만 졸고 저 비둘기들이나 잡아 와."

─응? 오호호! 알았어!

다행히 싫어하는 눈치는 아니었다. 전서구들을 잡는 것이 재미있는 놀이라도 되는 것처럼 실피나는 신이 나서 전서구들을 쫓아갔다.

아마 세 마리의 전서구는 또 한 몸이 되어 도착할 것이다. 가고자 하는 목적지와는 전혀 다른 곳에.

진용의 입가에 맺힌 조소가 더욱 짙어졌다.

'이제는 그대들 마음대로 할 수 없을 것이다.'

第二章

풍운강호

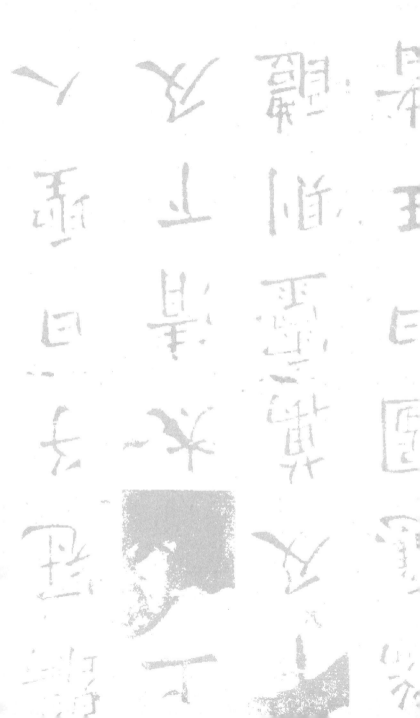

1

강소성 상주(喪主). 서쪽에 남경, 동남쪽에 소주를 두고 장
강의 수로와 뱃길을 장악하고 있는 주요 거점이 바로 상주였
다.

상주가 문인에게는 북송제일의 시인이었던 동파거사 소
식, 소동파가 귀양이 풀려 돌아오던 중에 죽은 곳으로 유명하
다면, 상인들에게는 장강의 금력이 집결하는 곳으로 잘 알려
져 있었다.

그러나 무인들이 상주를 모르는 이가 없는 이유는 그곳에
바로 삼존맹의 한 축인 일양회의 총단이 있었기 때문이다.

일양회의 총단은 거미줄 같은 수로와 흩어져 있는 작은 호

수들이 내려다보이는 야트막한 야산에 위치해 있었다. 마치 평범한 상인의 장원처럼 별다른 특색도 없는 그곳에는 십여 채의 전각만이 덩그러니 지어져 있을 뿐이었다.

일양회의 절대자인 일양마검 천인효가 본래 남에게 드러나 보이는 것을 싫어한 탓이었다.

그러다 보니 상주의 사람들 중에는 일양회의 총단을 진짜로 단순히 상인의 장원이라 믿는 사람이 있을 정도였다.

그런 일양회의 총단 한가운데 있는 전각 안에서 심각한 목소리가 흘러나온 것은 아침 햇살이 잠들어 있는 장강을 금빛으로 물들이며 깨울 즈음이었다.

"어떻게 생각하느냐?"

단순한 한마디의 물음이었다. 그러나 그 물음에는 만 근의 무게가 담겨 있었다. 묻는 사람이 바로 십천존의 일인이자 일양회의 절대자 일양마검 천인효인 것이다.

"아무래도 이상합니다. 선우청이 미치지 않고서야 영호 곡주를 죽였겠습니까? 자신을 아들처럼 생각하고 있는 곡주를 말입니다."

천인효는 자신의 군사이자 의동생인 소후천의 말에 고개를 끄덕였다.

"네 말이 맞다. 하나 분명한 것은 염마존 영호광이 죽었다는 거다. 그것도 염천마곡, 자신의 거처에서 말이다."

"후, 저도 그래서 머리가 아픕니다. 영호광도 죽고 선우청도 죽었습니다. 게다가 들리는 말로는 선우청이 자신의 죄를 시인했다고 합니다. 그것도 염왕사혼이 확인했다 하니 의심할 여지가 없습니다. 그런데 문제는 선우청이 왜 영호광을 죽였는지 그것을 알 수가 없다는 겁니다."

천인효가 갑자기 묘한 눈빛으로 소후천을 바라보았다.

"구양 맹주는 알고 있을까?"

소후천의 눈동자가 흔들렸다. 단순한 질문이 아니다.

알고 있다는 것, 그것은 곧 그가 그 일에 조금이라도 관련이 있다는 말과도 같았다.

"어쩌면……."

그럴지도 모른다. 그는 충분히 그럴 수 있는 사람이니까.

소후천은 천인효의 눈에 자신의 눈을 똑바로 고정시킨 채 입을 열었다.

"솔직히 말씀드려서, 저는 형님이 만봉성에 가는 것도 불안합니다."

"불안하다? 왜 그런 생각을 하는 건가?"

"구양 맹주는 무서운 사람입니다. 왠지 모르게 저는 영호곡주가 죽었다는 말을 듣자 구양 맹주가 떠올랐습니다."

"흠……."

천인효의 미간에 깊게 골이 파였다.

지난 삼십여 년 소후천을 지켜본 그였다. 소후천은 결코 빈말을 하는 사람이 아니라는 것을 누구보다도 그가 잘 안다.

한데 그런 소후천이 구양무경을 불신하듯이 말하고 있다.

"아우는 염천마곡의 일에 구양무경이 무슨 수작을 부리지 않았는지 그것이 걱정되나 보군."

조금 전에 자신이 물은 것 때문인가?

하지만 자신은 어떤 확신이 있어서 그리 물은 것이 아니다. 누구나 품을 수 있는 의문, 단순히 그러한 마음 때문이었을 뿐.

"충분히 그러고도 남을 사람이니까요. 그래서 드리는 말씀입니다만, 형님, 꼭 만봉성에 가셔야만 합니까?"

소후천의 걱정스런 물음에 천인효는 은근히 기분이 좋아졌다.

염천마곡에선 제자가 스승을 죽였다. 그런데 자신의 의동생은 의형의 안전을 걱정하고 있다. 기분이 좋을 수밖에 없었다.

천인효의 굳어졌던 표정이 절로 풀어졌다.

"너무 걱정 말게나. 내 아우의 걱정을 덜어주기 위해서라도 최대한 주의를 기울일 테니까."

가겠다 한 이상 갈 것이다. 자신의 말을 번복치 않는 게 의형이다. 소후천은 조금 답답한 마음이 들었지만 어쩔 수 없음 또한 알고 있었다. 그렇다면 차선책을 찾아야 할 때다.

"정 가시겠다면 삼비(三秘)뿐만이 아니라 칠양객(七陽客)도 모두 데리고 가십시오."

삼비는 회주의 비밀 호위, 칠양객은 일양회 최강의 전위 조직이었다.

"칠양객까지 모두? 굳이 그렇게까지 할 필요가 있겠나?"

"천하의 염마존 영호광이 자신의 거처에서 죽었습니다, 형님. 지금 제 마음 같아선 그들뿐만이 아니라 십팔령까지 딸려 보내고 싶은 마음입니다."

"허! 아우가 어지간히 불안한가 보군. 알겠네. 내 그들을 모두 데리고 가지. 하나 십팔령은 안 되네. 그들마저 떠나면 이곳은 무주공산이나 마찬가지야."

소후천이 조용히 웃음을 지었다. 그도 십팔령까지 빠져나가는 것은 원치 않았다. 그럼에도 십팔령을 운운한 것은 그만큼 불안감이 크다는 뜻을 전하기 위해서였다.

다행히 그의 의형은 그의 마음을 이해하고 칠양객까지는 데리고 가겠다고 한다. 우선은 그거면 됐다. 일양마검 천인효에 삼비와 칠양객이면 제아무리 구양무경이라 해도 함부로 딴마음을 먹을 수는 없으리라.

하지만 소후천이 간과한 것이 있었다. 구양무경은 결코 그가 아니라는 사실을.

그날, 오후가 되기 전에 천인효는 삼비와 칠양객을 데리고 상주를 떠났다.

폭풍의 한가운데로.

이번에도 뒷일을 본다며 숲 속으로 들어갔다.

실피나가 공터의 나무에 기댄 채 졸고 있었다. 비둘기는 그녀의 발치에 뭉쳐진 채 눈만 말똥거리고 있었다.

'저 덜떨어진 정령은 만날 자고도 졸린가 봐, 시르.'

'그래도 시키는 일은 잘하잖아. 누구보다……'

'설마, 그게 나를 말하는 건 아니겠지?'

'물론 세르탄도 잘하기야 하지. 비둘기를 못 잡아서 그렇지.'

'누가 못 잡아?! 나도 잡을 수……'

세르탄이 빽 소리치다 말고 말꼬리를 내렸다.

진용은 이상한 생각이 들었다.

'잡을 수 있다고?'

'아니, 그게 아니고……. 옛날 같으면 잡을 수 있다는 말이지.'

'세르탄.'

'어.'

'솔직히 말해봐. 나한테 말한다고 해서 내가 뭐라고 하겠어? 대체 숨기고 있는 것이 뭐야?'

'내가 뭐어얼?'

'혹시 말인데……. 이제 머릿속에서 나올 수 있는 거 아

니야?'

'나갈 수 있으면 진작 나갔지!'

'글쎄, 그럴 수도 있지만, 나가봐야 귀찮을 것 같으니까 안 나갈 수도 있잖아.'

'내가 미쳤어? 나갈 수 있으면 지금이라도 나간다니까!'

'그럼 대체 뭐야? 뭔데 그렇게 숨기는 거야?'

'숨기기는 뭘 숨겨? 나 아무것도 안 숨겼다니까!'

말하기 싫을 뿐이야. 우헤헤!

'정말이지?'

'그래.'

'대전사의 명예를 걸 수 있어?'

'…무, 물론이지.'

대전사의 명예를 언제 시르가 알아주기라도 했어? 알아주지도 않는 명예, 시르가 다 가지라구! 킬킬킬!

'좋아, 일단 믿어주지.'

아무래도 아직은 아닌 듯했다. 뭔가를 숨기고 있는 것은 분명한데…….

언제까지고 숨길 수는 없을걸? 세르탄, 두고 보자구.

시르, 내가 말할 줄 알고? 헹!

진용은 세르탄에 대한 추궁을 멈추고 실피나가 잡아온 비둘기들을 바라보았다.

그런데 실피나가 잡아온 전서구가 네 마리였다. 의외였다.

진용이 본 전서구는 세 마리였는데 한 마리를 더 잡아온 것이다.

실피나가 눈을 뜨더니 자랑스럽게 말했다.

—세 마리를 잡아서 오는데 또 한 마리가 날아오잖아. 그래서 잡아왔어. 주인아, 나 잘했지?

"그래, 잘했어. 멍청한 마족들보단 훨씬 낫다. 가서 쉬어."

'시르! 비겁하게!'

진용은 일단 입 발린 칭찬을 하고는 세르탄의 외침은 들은 척도 하지 않고 전서통을 열어보았다.

역시 삼존맹의 전서와 천제성의 전서, 그리고 정체를 알 수 없는 제삼자의 전서였다.

내용은 진용 일행이 방성을 출발했다는 것과 정체를 알 수 없는 몇 명의 고수들이 합세한 것 같다는 것 정도였다. 그리고 다음 일에 대한 지시를 바란다는 것이 전부였다.

어디에고 합세한 고수들이 그들에게 위협이 될지도 모른다는 염려의 말은 없었다.

모두가 자신들의 기운을 갈무리할 정도의 고수들. 더구나 출발하자마자 거리를 둔 것이 그들의 판단을 흐리게 한 듯했다.

진용은 조소를 머금고 나머지 한 장의 전서마저 펼쳐 보았다. 전서에 쓰인 종이는 짙은 핏빛이었다.

"억!"

전서를 펼친 진용의 입에서 갑자기 억 소리가 터져 나왔다.

'시르, 무슨 일이야?'

처음 보는 진용의 반응에 세르탄이 급히 물었다. 하지만 진용은 아무런 대답도 없이 전서만 뚫어지게 바라보았다.

초지급! 혈신께서 한중에 재림(再臨)하셨음!

단 한 줄이었다. 뜻은 알 수가 없었다.

하지만 진용은 갑자기 가슴이 답답해지는 느낌에 당혹감마저 느껴졌다.

혈신의 재림? 무슨 뜻일까?

······혈신만이 남았도다. ······혈신을 둘로 나뉘었다. ······혈신의 저주를 풀길 바라노라.

왜 지하 서고에서 보았던 글귀가 생각나는 것일까?

'혈신? 서고에서 봤던 그 이상한 책에 나온 혈신과 같은 혈신일까?'

세르탄도 기억이 나는지 이상하다는 듯 말했다.

아무것도 확신할 수 있는 것은 없다. 하지만 진용의 느낌이 말하고 있었다.

─혈신! 그것이 무엇이든, 자신과 어떤 식으로든지 관계가

있다!

진용은 석 장의 전서를 전서통과 함께 가루로 만들어 흩뿌리고는 붉은 서신만 접어 품속에 넣었다.

'아무래도 조사를 해봐야겠어.'

그때 숲 속으로 누군가가 들어오며 소리쳤다.

"고 공자, 뭐 하나?"

정광의 목소리였다. 뒤돌아보자 정광이 사도굉과 함께 잔가지들을 헤치고 공터로 들어오고 있었다.

언뜻 그들의 눈길이 바닥으로 향한다. 진용은 그제야 바닥에서 파닥거리고 있는 비둘기들이 생각났다.

'아차, 전서구.'

정광이 고개를 들더니 진용을 흘겨보았다.

"혼자……."

진용이 급히 말했다.

"금방 잡았습니다. 사실 혼자 먹기에는 좀 많지요?"

정광이 침을 흘리며 비둘기들을 노려보았다.

"험, 살이 통통한 걸 보니 셋이 먹으면 충분하겠군."

그때 비둘기를 자세히 보던 사도굉이 고개를 갸웃거리며 말했다.

"집에서 키우는 비둘기 같은데? 거 왜 전서구처럼 말이야."

귀신같은 노인네.

진용이 속마음을 감추고 어리둥절한 표정으로 물었다.

"왜요, 집에서 키운 비둘기는 먹지 못합니까? 그럼 버리죠 뭐."

사도굉이 후다닥 고개를 저었다.

"무슨 소리! 집에서 키운 것도 맛만 좋다네! 허허허!"

"그럼, 나도 태산에 있을 때 벽하사에서 많이 잡아먹어 봤지. 하.하.하!"

3

"그들을 찾았다면서?"

"예, 성주. 겨우 찾긴 했습니다만 별다른 소식은 전해오지 않고 있습니다."

적유의 대답에 백리성이 곤혹한 표정을 지었다.

"흠, 이상하군. 너무 조용해. 우리의 이목을 따돌린 이유야 짐작이 가지만, 조용히 웅크리고 있을 이유는 없잖은가."

"뭘 하려 해도 그들만으로 무얼 할 수 있겠습니까?"

"정천무맹에 힘을 보탤 수도 있겠지."

"그리한다면 분명 적잖은 위협이 될 것입니다. 하나 문제는 그가 관리라는 것입니다. 정천무맹의 원로들이 좋아할 리 없지요. 게다가 정천무맹의 주적은 천혈교지 우리가 아닙니다. 어찌 보면 차라리 그리되는 것은 우리에게도 해될 게 없는 일이지요."

"그럼 그냥 두고 보자는 건가?"

"지금으로선 그게 나을 거라 생각됩니다. 차라리 그보다는 삼존맹에 신경을 써야 할 때 같습니다."

"삼존맹이라⋯⋯. 영호광의 죽음에 대해 더 밝혀진 것은 없는가?"

"정확하지는 않습니다만 구양무경이 관여한 것 같다는 소문이 있습니다, 성주."

"구양무경이? 으음⋯⋯. 충분히 가능한 말이군. 그게 사실일 경우 우리에게 미칠 영향은?"

적유가 미간을 찌푸리며 조심스럽게 입을 열었다.

"좋지는 않습니다. 신임 곡주인 사중광은 구양무경의 뜻을 거스를 자가 아닙니다. 오히려 구양무경을 형제처럼 따르는 자이지요. 그렇다면 셋이었던 삼존맹의 머리가 둘로 되었다는 말과도 같습니다. 만일 천인효마저 구양무경을 따른다면 강호에 머리가 하나인 거룡이 탄생하게 되는 것이지요."

"천인효가? 설마. 그는 자존심이 강한 자야. 동료는 될지언정 수하는 되지 않을 자지."

절대자가 하나인 삼존맹. 그것은 두려운 일이었다. 지금까지는 삼존맹이 셋으로 갈려 있었기에 천제성이 단일 방파로는 천하제일이었다. 그러나 삼존맹이 하나로 합쳐지면 이야기가 달라진다.

사실 누가 천하제일방파냐 하는 것은 그리 큰 문제가 아니었다. 진짜 큰 문제는 합쳐진 삼존맹이 어떤 길을 가는가 하는 거였다.

그 향방에 따라 천하가 출렁일 것이 분명한 만큼 그들의 입김은 더욱 세질 것이고, 강호는 그들의 뜻을 거스르려 하지 않을 테니까.

한마디로 삼존맹이 천제성을 적대시하면 그동안 천제성을 따르던 강호의 방파 중 많은 수가 그들의 뜻에 따라 천제성에 거꾸로 검을 들이댄다는 말이었다.

그렇게 되도록 놔둘 수는 없었다.

백리성이 말했다.

"구양무경의 힘을 약화시킬 수 있는 방법을 강구해 보게."

"알겠습니다."

"그리고 이제 천혈교에 대한 공격을 시작하지. 선봉에 백검전과 위지홍을 내세워. 천제령의 명이라면 감히 거부할 수 없을 거다."

의외의 명이었는지 적유의 고개가 번쩍 들렸다. 그러나 그의 입가에 떠오른 것은 희미한 살소였다.

"좋은 생각이십니다. 그대로 시행하겠습니다, 주군."

그때였다. 명을 내리고 반쯤 돌아서던 백리성이 문득 뭔가 생각났다는 듯 적유에게 물었다.

"아! 그리고 최근에 낭인 하나가 말썽을 일으키고 있다고 하던데, 그가 누군가?"

"오죽장의 한구양이라는 자입니다. 본 성의 고수 몇 명이 무양에 나갔다가 그에게 당했다고 합니다."

"오죽장?"

"처음 들어보는 문파인데, 당한 자 중에는 그를 잡으러 갔던 비천검단의 단원들도 끼어 있습니다."

"비천검단마저? 왜 그냥 놔두는 건가?"

"그가 일을 벌이고 나면 바로 사라지는 데다, 고진용의 일과 삼존맹의 사건이 연이어 터지는 바람에 미처 신경을 쓰지 못했습니다. 그러다 최근에야 알았습니다만, 그자가 지닌 무공이 암흑마련의 마공임을 알고……."

적유의 말에 백리성이 홱 돌아섰다. 그가 경악한 표정으로 물었다.

"암흑마련?! 그게 사실인가?"

"해서 뒤를 알아볼 생각입니다. 우리에게 득이 될 자인지 아닌지 말입니다."

"계획은?"

"광혼단 셋을 은밀하게 움직였습니다. 반쯤 죽여놓고 쫓을 생각입니다, 성주."

"흠, 그거 괜찮은 생각이군. 즉시 실행에 옮기게나."

4

만붕성 추명당 제오조장인 종무길은 오십여 장 앞에서 마차가 멈추자 자신도 도토리나무 뒤로 몸을 숨겼다.

'이해할 수가 없군. 저런 자들이 어떻게 보름 이상 본 맹의 이목을 피했던 거지?'

마차의 움직임은 극히 단조로웠다. 빠르지도 않았고 길을 억지로 돌아가지도 않았다. 그냥 관도를 따라 일직선으로 달릴 뿐이었다.

게다가 보란 듯이 언덕 위에 멈춰서 쉬어간다.

'들리는 말로는 저들에게 만붕오로 중 한 명이 당하고 비밀리에 키운 살귀들도 당했다고 하던데, 소문이 사실일까? 정말 저들 중에 십절검존 유태청이 끼어 있는 걸까?'

극비로 진행되던 일에 추명당이 동원된 것은 사흘 전의 일에 불과했다.

말단 조장인 종무길은 유태청이라는 이름만으로도 심장이 멎는 줄 알았었다. 하지만 지금은 그 말을 반신반의한다.

솔직히 말하면 믿지 않다는 것이 더 정확했다.

다만 맹에서 저들을 죽이려 하다 거꾸로 당했다는 말을 듣고, 어쩌면 유태청과 관계된 누군가가 있다는 말이 그렇게 와전된 것이 아닐까 생각할 뿐이었다.

그나마도 자신의 친구가 만첩단에 조장으로 있기에 그 정도나마 믿는 것이었다.

'그놈의 자식, 알려주려면 자세히 좀 알려주지.'

마차를 호위하는 자들이 고수임은 분명했다. 하지만 만봉오로 중 한 사람을 어찌할 수 있는 자들은 아니다.

그렇다고 마차 안에 고수가 있는 것도 아니다.

아니, 고수가 있긴 했다. 우락부락하게 생긴 도사와 풍채좋은 노인 하나.

나머지야 말할 것도 없었다.

다 죽어가는 노인과 서생, 그리고 덩치가 커다란 여자.

대체 저기에 무슨 십절검존이 있단 말인가?

조금 마음에 걸리는 일이라면, 추적을 알고 있을 텐데도 마치 유람 나온 사람들마냥 행동이 너무 태연하다는 것 정도였다.

"후후, 어쨌든 너희들의 행운도 여기서 끝이다. 이 종 나리에게 걸린 이상……."

"자네 성이 종씬가?"

그때 갑자기 뒤에서 누군가의 목소리가 들려왔다.

송곳이 머리꼭지에 꽂히기라도 한 듯 종무길은 부르르 몸을 떨며 홱 몸을 돌리고는 본능적인 움직임으로 일 장가량을 미끄러졌다.

"더 오면 죽는 수가 있다네."

조금 나른하게 느껴지는 목소리가 다시 뒤에서 들린다.

종무길은 귀신이라도 만난 듯 대경하며 몸을 허공으로 뽑아 올렸다.

그러자 이번에는 말보다 앞서서 커다란 발이 얼굴 앞에 나타났다. 동시에 도집이 허리를 쓸고 지나갔다.

쾅! 퍽!

"켁!"

"그냥 내려가 있어, 귀찮게 하지 말고."

땅바닥에 나뒹군 종무길은 다급히 일어서려 했지만 어찌된 일인지 꼼짝도 할 수 없었다. 그제야 도집이 쓸고 지나간 허리 어름에서 끊어질 듯한 통증이 짜르르 밀려왔다.

'이, 이런…… 마혈이…….'

그는 정신없이 눈을 돌려 좌우를 돌아보았다.

품 자를 이룬 채 세 사람이 서 있었다. 재미있는 장난감이라도 발견한 듯한 눈빛이다.

그중 한 사람의 어깨에 턱 걸쳐져 있는 도집이 보였다. 종무길은 최대한 애처로운 표정을 지으며 도집의 주인을 향해 물었다.

"누, 누구신지?"

북리종이 눈을 크게 뜨며 손가락으로 자신을 가리켰다.

"나? 지금 그게 중요한 것이 아닌 것 같은데?"

"대체 왜 이러는 거요? 내가 귀하들에게 무슨 잘못을 했다고……."

좌측에 서 있던 위도경이 말했다.

"그냥 죽이고 가지."

"자넨 너무 마음 씀씀이가 독해서 탈이야."

"어차피 입을 열 것 같지도 않은데 시간 낭비 할 필요 없잖
아."

소진호가 나섰다. 깍지 낀 손에서 우두둑거리는 소리가 났
다.

"제가 죽이죠. 목뼈를 부러뜨려 버리겠습니다."

거짓이 아니다. 진짜 죽이겠다는 눈빛이다.

종무길은 몸을 부르르 떨며 뭐 이런 놈들이 다 있나 하는
표정으로 빠르게 세 사람을 둘러보았다.

"대체 왜……?"

말도 제대로 나오지 않았다. 자신이 지금 꿈을 꾸고 있는
것이 아닌가 하는 생각이 들었다. 꿈이라면 아주 지독한 개꿈
이었다.

하지만 얼굴에서 느껴지는 고통으로 봐서는 꿈이 아니었
다. 차라리 꿈이라면 얼마나 좋을까.

그때였다. 부스럭, 도토리나무의 넓적한 잎이 가득한 나뭇
가지가 젖혀지더니 두 사람이 종무길이 있는 곳으로 걸어나
왔다. 율천기와 귀혼필(鬼魂筆) 전옥두였다. 율천기가 말했
다.

"아직도 입을 안 열었나?"

"거짓말을 하려고 해서 그냥 죽여 버릴까 생각 중입니다."

"그래? 그럼 일단 팔다리 먼저 부러뜨려 버리고, 그래도 입을 안 열면 얼굴을 도려내고 나서 파묻어 버려."

종무길의 안색이 하얗게 탈색되었다.

'뭐, 뭐야? 얼굴을 도려내고 파묻어?'

진짜 살벌한 놈은 따로 있었다.

그에겐 얼굴색 하나 변하지 않고 말하는 율천기가 바로 악마였다. 이제 다른 세 사람은 그저 악마의 하수인에 지나지 않았다.

갑자기 종무길이 크게 소리쳤다.

"무인답게 죽겠다! 그냥 죽여라!"

북리종이 풀썩 헛웃음을 터뜨렸다.

"허, 거참, 꼭 어디에고 영웅 행세하려는 놈들이 하나씩은 있다니까. 뭐, 할 수 없지. 그렇게 죽고 싶다면……."

네 사람은 조금도 감탄하지 않은 눈으로 종무길을 바라보았다. 소진호가 한 걸음 앞으로 나섰다.

"일단 하나를 꺾고 볼까? 얼굴은 나중에 북리 형이 도려내."

"그냥 주, 죽……."

종무길의 말투가 자신도 모르게 떨려 나왔다.

소진호가 그의 팔을 하나 잡았다.

굵은 땀방울이 볼을 타고 흘러내린다. 그중 한 방울이 입속으로 흘러들었다.

종무길의 입이 황급히 열렸다.

"죽… 이더라도…… 뭘 물어보려고 한 것인지는……."

북리종이 피식 웃으며 물었다.

"갈 길이 바쁘니까 빨리 끝내자. 너, 삼존맹이냐, 아니면 천혈교냐?"

종무길의 입이 다시 자물쇠처럼 굳게 닫혔다.

하지만 아주 잠깐뿐이었다. 소진호의 손에 힘이 들어가자 그의 입이 의지를 배반하고는 저절로 열렸다.

"삼존맹입니다."

"이름과 지위는?"

씨팔! 그래! 죽고 나서 명예가 무슨 소용이야! 누가 알아주지도 않을 텐데!

"종무길. 추명단의 제이 조장입니다."

"마차를 쫓는 목적은?"

"그……."

퍽! 우두둑!

잠깐 멈칫한 사이 그의 오른쪽 팔이 뒤로 꺾여 버렸다. 뒤따르는 끔찍한 고통!

"크억!"

"좋은 게 좋은 거라니까. 다시 묻지. 목적은?"

"크으으윽. 마차를 뒤따르며 보고하는 것."

"구양무경에게?"

"예……."

"흠, 먼저 잡은 세 놈 말하고 같군."

셋? 그럼 수하들도…….

"……."

북리종이 고통조차 잊고 입을 쩍 벌린 종무길의 얼굴에 머리를 바짝 들이밀었다.

"어쨌든 사실인 것 같으니까 살려주마. 대신 멀리 도망가서 살아야 할 거야. 다른 놈들에게는 네가 입을 열었다고 했거든."

종무길의 하얀 얼굴이 흙빛으로 물들었다.

북리종이 종무길의 불룩한 가슴에서 전서구를 빼내는데도 종무길은 아무 소리도 하지 못했다.

북리종은 전서구의 다리에 묶인 통에서 종이를 꺼내 종무길의 앞에 펼치고는 다시 종무길의 품속에서 자그마한 세필을 찾아 내밀었다.

"자, 여기다 써."

"뭐, 뭐라고?"

"흠, 마차가 무양으로 가고 있다고 써. 혈을 터줄 테니까 허튼수작하지 말고."

퍽! 위도경의 발길질에 마혈이 풀리자 종무길은 이를 악물고 떨리는 손을 들어 서신을 적었다. 허튼수작은 애당초 꿈꾸지도 않았다.

놈들이 무양으로 향하고 있습니다. 추명단 제이 조장 종무길.

북리종은 종무길이 쓴 서신을 전서통에 집어넣곤 전서구를 하늘로 날렸다.

날아가는 전서구를 바라보던 율천기가 숲 밖으로 고개를 돌리더니 말했다.

"다 했으면 가세. 마차가 떠나는군."

빡! 다시 북리종의 도집이 하공을 날았다.

그 후 마혈이 제압된 종무길을 뒤로 남기고 다섯 사람은 숲을 나섰다.

마차는 이미 언덕을 넘어갔는지 보이지가 않았다. 뒤에서는 종무길의 악쓰는 소리가 들려오고 있었다.

"마혈은 풀어줘야 할 것 아니오!"

율천기가 말했다.

"마혈 풀어주고 묻어버려."

숲 속이 조용해졌다.

북리종이 뒤를 향해 말했다.

"이놈아! 산 채로 묻히기 싫으면 조용히 있어. 한 이틀 정도만 있으면 풀릴 테니까. 그리고 풀리거든 내가 말한 대로 멀리 도망가라구."

인심 쓰듯 말한 북리종이 율천기를 바라보고는 씩 웃었다.

"그런데 정말로 얼굴을 도려낼 생각이었습니까?"

율천기가 이마를 찡그리며 말했다.

"놈의 코 밑에 있는 점 정도는 도려내려고 했지. 난 나하고 똑같은 위치에 점 있는 놈이 싫거든."

십여 년 전, 낙양 포청 정문 앞에 붙은 현상 수배범의 얼굴 그림에 코 밑 점이 하나 그려져 있었다. 낙양을 지나가던 율천기는 오직 그 이유 하나만으로 관군과 한바탕 드잡이질을 벌여야만 했다. 차마 죽이지는 못하고 때려눕히기만 하면서.

그 이후로 그는 코 밑에 점이 있는 사람을 볼 때마다 그들의 얼굴에서 점을 도려내고 싶은 충동을 느꼈지만, 차마 실행하지는 못하고 돌아서야만 했다.

조금 전에도 그랬다.

'지금이라도 가서 도려내고 올까?'

그와 비슷한 광경이 오 리가량 떨어진 숲 속에서도 벌어지고 있었다. 하지만 포은상을 비롯한 네 사람은 두 구의 시신을 뒤로하고 숲을 나서야만 했다.

잡기 직전에 놈들이 서로의 가슴에 검을 쑤시고 자결을 했기 때문이다.

미처 예상치도 못한 일에 포은상 등은 혀를 내둘렀다.

게다가 그다음에 잡으려 한 놈들은 더 지독했다. 놈들은 자신들이 포위망에 갇혔다는 것을 알자마자 죽음을 택해 버렸다.

죽기 직전에 뜻 모를 말만을 남기고.

"혈신을 위해!"

진용은 비류명과 사마조양으로부터 상황을 전해받고 눈을 빛냈다. 혹시 몰라 실피나를 시켜 조사해 봤지만, 십 리 이내에는 추적자로 보이는 자가 없었다. 아마도 시간이 촉박해 후속 지원조들이 도착하지 않은 듯했다.

어쨌든 삼존맹과 천혈교의 이목이 다시 가려졌다. 제삼자의 눈까지도.

적어도 그들이 자신들을 찾으려면 닷새는 소비해야 할 터. 그 정도면 첫 번째 계획을 실행에 옮기기에 충분한 시간이었다.

"적혈문으로 가죠."

구양무경! 이제 시작이다!

第三章

선자불래 내자불선(善者不來 來者不善)

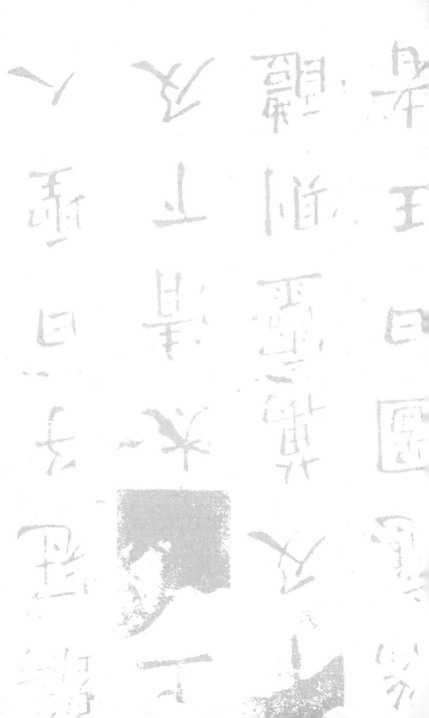

황제가 사냥에 나서자 북경에서는 누구도 도검을 차고 다닐 수가 없게 되었다. 또한 무인으로 보이는 자들은 모두 철저한 검문을 받아야만 했다.

무림에 적을 둔 문파나 흑도, 자경무사를 둔 거부들 모두가 무사들을 단속하기에 바빠졌다.

아무리 북경제일거부 구룡상방이라 해도 예외일 수는 없었다. 그들은 잠시 무사들을 불러들이고 이목만 남겨두었다.

절호의 기회였다. 하군상과 초연향은 그 틈을 이용해 변복을 하고 서로 거리를 둔 채 북경을 빠져나왔다.

그렇게 북경을 나선 지 보름. 밤에만 움직인데다 사람들의 이목이 없는 산길을 타다 보니 보름 동안 기껏 삼백여 리밖에 벗어나지를 못했다.

아직도 갈 길은 까마득한데 몸은 점점 지쳐 가고 있었다.

더구나 무공을 익히지 않은 초연향은 발이 퉁퉁 부어 발목이 장딴지만큼이나 굵어져 있었다.

언제 하북을 벗어나 그 사람 곁에 갈 수 있을까?

초연향은 발목을 주무르며 하늘을 올려다보았다.

둥근 보름달이 도주행에 지쳐 있는 그녀를 안쓰러운 듯 내려다보고 있었다.

"고 공자……."

그녀의 입술을 비집고 나직한 목소리가 새어 나왔다.

그녀는 지난 보름 동안 마음속으로 그 이름을 천 번도 더 불러봤다.

얼굴은 셀 수도 없이 그려봐서 이제 머리카락 하나까지도 눈에 선할 정도였다.

참을 수 없이 가슴이 아프면 그 이름을 부르고 그 얼굴을 그렸다.

과연 볼 수 있을까? 만날 수 있을까? 만나지도 못하고 죽으면 어쩌지?

죽음을 생각하자 문득 교주의 가족들이 떠올랐다.

아버지, 할아버지, 상아…….

모두들 자신의 결정을 어떻게 생각할까?

어리석다고 할까? 아니면 잘했다고 힘내라고 할까?

자기도 모르게 눈물이 흘러내린다.

뚝뚝 덜어지는 눈물 방울에 아버지의 얼굴이 보이고 상아의 얼굴이 보인다.

그녀는 눈을 감고 고개를 저었다. 눈물이 후드득 떨어져 내렸다.

맞은편에 앉아 있던 하군상은 불쏘시개로 모닥불을 뒤적이다 말고 그녀를 바라보았다. 초연향의 볼을 타고 흐르는 눈물이 붉게 빛나고 있었다.

"이곳만 지나면 바로 보정이오. 그곳에서 마차를 한 대 구합시다. 그럼 좀 나을 것이오."

초연향은 눈물을 훔치고 고개를 저었다.

"너무 위험해요. 아마 구룡상방에선 우리를 잡기 위해 거금을 걸었을 거예요."

"그래도 향 매가……."

"저는 참을 수 있어요. 어떻게든 석가장까지는 남의 눈에 띄지 않고 가야 해요. 그곳에 도착하면 도지방의 강상두에게 도움을 받을 수 있을 거예요."

"그가 우리를 도와줄까?"

"강상두는 자신을 총방에서 쫓아낸 하주령에게 한을 품고 있어요. 직접적으로 도와주지는 못해도 약간의 편의는 봐줄 거예요."

"그렇게만 된다면야 안양의 진 방주를 찾아가는 것이 그리 어렵지는 않을 것 같소마는……."

"오라버니가 뭘 걱정하는지 잘 알아요. 하지만 너무 걱정하지 마세요. 제가 비록 무공을 본격적으로 익히지는 않았지만, 기초적인 심법은 꾸준히 수련했기 때문에 그렇게 쉽게 무너지지는 않을 거예요."

"후, 어쩔 수 없지. 그럼 조금만 참으시오. 향 매의 의지가 그리도 강하니 우리는 분명 벗어날 수 있을 것이오."

하군상은 입술을 깨물며 고개를 끄덕였다.

사실 초연향의 계획이 자신의 계획보다 훨씬 현실적이었다. 다만 초연향의 몸이 견딜 수 있을지 그것이 걱정이었던 것이다. 아직 가야 할 길이 천 리는 될 테니까 말이다.

그런데 초연향이 굳은 의지를 내보이니 조금은 안심이 되었다.

하군상은 뒤적이던 모닥불에 마른 나뭇가지를 더 얹었다.

한데 그때였다.

하군상의 고개가 번쩍 들렸다.

"향 매, 물러서!"

쒜액!

초연향이 급히 몸을 틀자 한 자루 강전이 그녀의 어깨를 스치고 지나갔다.

하지만 그게 끝이 아니었다. 다시 어둠을 가르고 화살이 날아왔다.

하군상은 들고 있던 불쏘시개를 급히 휘둘렀다.

따닥!

감각적으로 화살을 쳐낸 하군상이 어둠을 향해 소리쳤다.

"누구냐?! 비겁하게 숨어 있지 말고 모습을 드러내라!"

어둠 속에서 비웃음이 흘러나왔다.

"흐흐흐, 제법이군. 밤인데도 화살을 쳐내다니."

"그대들은 누군데 우리를 공격하는 것이냐?"

"우리가 누군지는 알 필요 없고. 어때? 죽이지 않고 데려갈 테니 순순히 묶여주는 게?"

또 다른 자의 목소리였다. 하군상의 표정이 싸늘하게 굳었다.

'적어도 두 사람 이상……. 셋… 아니, 넷이다!'

느껴지는 인기척으로 봐서 어둠 속에 웅크리고 있는 사람은 네 사람이었다.

셋은 그다지 문제될 것이 없었다. 초연향만 아니라면 충분히 감당할 수 있는 자들이었다. 설사 셋이라 해도.

그러나 나머지 하나는 자신에 비해 약한 자가 아니었다.

하군상은 진기를 돌려 공력을 최고조로 끌어올렸다.

"오신 분이 누구신지는 모르겠지만 이만 모습을 드러내시지요."

으르렁거리는 하군상의 말투에 어둠 속에서 네 명이 모습을 드러냈다. 세 명의 장한, 한 명의 중년인. 생각대로 네 명이었다.

하군상과 초연향이 있는 뒤쪽은 높이가 십 장에 달하는 절벽이니만큼 결코 빠져나갈 수 없을 거라는 자신감이 배인 표정들이었다.

하군상은 초연향의 앞을 가리고 주먹을 움켜쥐었다.

그때 중앙에 있던 중년인이 한 걸음 앞으로 나섰다. 무기는 보이지 않았다. 대신 그의 전신에서 묵직한 기운이 밀려왔다.

'권장을 쓰는 자. 쉽지 않겠군.'

움켜쥔 주먹에 힘을 주며 하군상이 물었다.

"무슨 일로 저희를 찾아오신 겁니까?"

"목적은 한 가지네. 자네와 저 여인을 잡아가는 것."

"부끄럽지도 않으십니까? 보아하니 강호에 이름이 꽤 알려진 분인 것 같은데, 무공도 모르는 여인을 잡으러 오시다니요."

중년인의 미간에 주름이 그어졌다.

"황금 천 냥의 액수는 결코 작은 것이 아니라네."

황금 천 냥!

'빌어먹을! 지독한 계집!'

"황금 천 냥이 명예를 집어던질 정도일 줄은 몰랐군요."

하군상의 비꼬는 말투에 중년인의 미간에 그어진 주름이 몇 개 더 늘었다.

"더구나 위에서 내려온 명령이니 어쩔 수가 없네. 이해하게나."

"위에서 내려온 명령이라……. 대체 어디 위를 말씀하시는 겁니까?"

"그대가 그것까지 알 필요는 없네. 어떤가, 순순히 잡혀주는 것이?"

"훗! 아마 쉽지 않을 것이오. 그리고 그대가 어떻게 생각할지 모르겠지만, 그대는 지금 실수하고 있는 거요. 절대 건드려서는 안 될 사람을 건드린 거란 말이외다. 설사 그대가 구파일방에 비견될 정도의 대문파에 속해 있다고 해도 그것은 마찬가지지요. 크크크……. 감히 그의 여인을 건드리려 하다니……."

빠르게 이어진 하군상의 말에 그는 냉소를 지었다.

"흥! 그따위 헛소리는 통하지 않는다."

그는 더 말할 필요가 없다 생각했는지 뒤를 보지도 않고 명령을 내렸다.

"쳐라! 죽여도 좋다! 단, 계집은 될 수 있으면 사로잡아라!"

세 사람과 어우러진 싸움은 십여 초가 지나자 우열이 드러났다.

그들은 결코 하군상의 적수가 아니었다.

만일 하군상이 초연향에게 신경만 쓰지 않았다면 벌써 승부가 났을지도 몰랐다.

세 사람이 형편없이 몰리자 마침내 중년인이 끼어들었다. 한데 무엇엔가 놀란 표정이다.

"네놈은 권마 호필군과 어떤 사이냐!"

그가 달려들며 일장을 날렸다. 강맹한 격공장이 하군상을 뒤덮어간다.

갑작스런 중년인의 말에 하군상은 눈을 부릅뜨고 쌍권을 교차시켰다.

콰광!

주르륵 뒤로 물러선 하군상이 몸을 바로잡고 중년인을 노려보았다.

"당신이 어떻게 선사를 아는 것이오?"

"선사? 그놈이 죽었단 말이냐? 흥! 어차피 내가 죽일 놈이었는데 잘됐군. 내 후배를 핍박하는 것 같아 마음이 꺼려졌는데, 그놈의 제자라면 망설일 것이 없지. 나는 송구염이라 한다. 그놈은 내 동생을 죽였으니 나는 그놈의 제자인 너를 죽여야겠다! 죽거든 지옥에 찾아가서 네 사부에게 따지거라!"

"송구염? 그럼 당신이 월혼장 송구염이란 말이오?"

고수일 거라 생각은 했다. 그러나 설마 하니 하북에서도 장법으로 유명한 월혼장 송구염일 줄은 생각지도 못했다.

'젠장! 하필이면 사부와 원수를 진 자를 만나다니!'

급한 가운데서도 사부가 원망스러웠다. 협상할 여지조차

없지 않은가 말이다.

하지만 화를 내고 자시고 할 여유가 없었다. 송구염이 쌍장을 흔들며 그의 장기인 월혼십팔장(月魂十八掌)을 풀어내기 시작한 것이다.

하군상도 자신이 그동안 죽어라 연마해 온 귀전십삼권(鬼戰十三拳)을 전력으로 펼쳐 냈다.

콰과광! 쩌정!

모닥불이 사방으로 튀고, 필생필사의 의지를 담은 두 사람의 기운이 주위로 퍼져 나갔다.

초연향은 정신없이 뒤로 물러나 절벽에 등을 붙이고는 눈을 가늘게 뜬 채 주위를 훑어보았다.

하군상과 송구염의 싸움이 점점 치열해지면서 한쪽으로 옮겨가자 세 사람이 슬며시 초연향이 있는 곳으로 다가오고 있었다.

뒤는 절벽, 피할 곳이 없다. 그녀는 암울한 표정으로 비칠거리며 입술을 깨물었다.

세 사람과의 거리가 삼 장으로 줄었다. 한 번만 몸을 날리면 초연향을 잡을 수 있는 거리다. 그런데도 그들은 천천히 접근하고 있었다. 이미 덫에 갇힌 쥐라 생각하고 있는 듯했다.

암울함이 절망으로 변했다.

이제 끝인가? 여기서 끝나는 것인가? 고 공자는 영원히 만날 수 없는 것인가?

그때였다. 앞쪽 숲이 끝나고 잡풀만 우거진 건너편에서 빠르게 움직이고 있는 사람들이 스치듯 보였다.

그들은 조금도 망설이지 않고 그녀가 있는 방향으로 달려오고 있었다. 거리는 백여 장.

그들의 모습이 달빛 아래 드러나자 그녀는 그들의 복장을 알아볼 수 있었다.

"설마 저들은……?"

어둠처럼 짙은 흑의, 가슴에는 붉은 용.

그녀는 그 복장을 어릴 적 해룡선단에서 본 적이 있었다. 십 년 전 구룡상방이 해룡선단의 어려움을 해결해 주기 위해 비밀리에 사람을 파견한 적이 있었는데, 그때 온 자들이 바로 그러한 복장을 하고 있었다.

지옥의 살귀라 칭해졌던 자들, 구룡상방의 척살조, 혈룡단이 바로 저들이었다.

'응?'

떨리는 눈으로 혈룡단을 바라보던 초연향이 갑자기 눈을 부릅떴다.

자세히 보니 그들뿐이 아니다. 느긋한 자세로 혈룡단의 후미를 따라붙은 자들이 또 있다.

느긋한 걸음걸이. 보는 것만으로도 왠지 모를 답답함이 느껴지고 온몸이 굳어진다.

그들을 본 초연향의 눈매가 파르르 떨렸다.

'저들은 누군데 저토록 무서운 기운을 뿜어내는 걸까?'

혼신의 힘으로 정신을 집중해서 그들을 살펴보았다.

혈룡단의 기운조차 장난처럼 여겨질 정도의 가공할 기운이 그들에게서 풍겨져 나온다. 바로 죽음의 기운이!

저런 자들이 어떻게 이곳에 오는 걸까. 하주령이 어떻게 저런 자들을 동원할 수 있었던 것일까?

하주령과 죽음의 기운을 지닌 가공할 고수들.

문득 한 가지 가정이 떠올랐다.

'서, 설마 저들이?!'

그사이 세 명의 장한이 이 장 앞까지 다가왔다. 그들의 입가에 흐뭇한 미소가 떠오르고 있었다. 이제는 하군상이 아니라 더한 고수가 온다 하더라도 상관없다는 표정이다.

그녀가 악을 쓰듯 말했다.

"혈룡단이 오고 있어요! 아마 이곳에 있는 모두를 죽이려 할 거예요! 어서 피해요!"

그녀에게 접근하던 세 사람 중 활을 메고 있던 장한이 비릿한 조소를 지으며 말했다.

"엉뚱한 수작 부리지 마라. 그들이 왜 우리를 죽인단 말이냐?"

"제발 믿어줘요! 그들은 우리의 죽음이 알려지지 않기를 바라고 있어요. 어서 피해야 해요!"

"흥! 네년이 무슨 대단한 사람이나 되는 것처럼 말하는군."

초연향이 입술을 깨물고 입을 열었다. 이미 혈룡단은 숲 속으로 들어서서 반쯤 왔을 터였다. 시간이 없다.

"혈룡단뿐만이 아니란 말이에요. 천혈교의 무사들까지 왔어요. 아직도 모르겠어요? 피하지 않으면 다 죽는다구요!"

"천혈교?"

처음으로 활을 멘 장한의 눈에 의아함이 떠올랐다. 그가 멈칫 걸음을 멈추었다.

피잉!

그때 한줄기 섬광이 그의 목을 훑고 지나갔다.

"헛! 어떤 놈이냐!"

대답 대신 다시 두 줄기의 섬광이 절벽 위에서 날아들었다.

"컥!"

거치도를 빼 들고 두리번거리던 장한이 선혈이 솟구치는 목을 움켜잡고 빙글 돌며 쓰러졌다.

그제야 활을 멘 장한은 초연향의 말을 상기하고는 대경해 소리쳤다.

"송 당주! 놈들이 우리까지 죽이려 하는 것 같소!"

두 사람은 일류고수라 할 수 있는 사람들. 제아무리 싸움에 열중했어도 초연향의 말을 듣지 못할 정도는 아니었다. 게다가 이어진 비명과 외침은 그들의 정신을 흐트러뜨리기에 부족함이 없었다.

하군상을 밀어붙이고 있던 송구염의 동작이 잠시 잠깐 흔들렸다. 그사이 하군상은 오권을 번개처럼 휘두르고는 재빨리 뒤로 두어 걸음 물러났다.

"그게 무슨 소린가?"

송구염이 눈길은 하군상에게 둔 채 수하에게 물었다.

"산 형이 당했습니다!"

활을 멘 장한은 주위를 두리번거리며 뒤로 주춤 물러섰다.

그때 송구염이 홱 고개를 돌려 위를 바라보고는 소리쳤다.

"탕소, 조심해! 위다!"

탕소라는 자가 위를 향해 번개처럼 활시위를 당기고는 급히 몸을 굴렸다.

파바박!

세 자루의 수리검이 그의 전신을 훑고 지나간다.

"크읍!"

짧은 신음. 솟구치는 피분수.

송구염의 입술이 짓이겨졌다.

"웬 놈들이냐!"

찰나의 기회였다. 하군상의 몸이 앞으로 튀어나갔다.

"헛! 이놈이!"

콰광!

삼장 삼권이 맞부딪치고, 주르륵, 미처 힘을 제대로 쓰지 못한 송구염의 신형이 뒤로 밀려났다.

하군상은 반탄력을 이용해 재빨리 몸을 날려 초연향의 앞을 가로막고 소리쳤다.

"송 대협! 우리의 일은 나중에 해결합시다!"

송구염은 하군상의 말에 아무런 대답도 하지 못했다. 아니, 하군상에게 신경을 쓸 정신조차 없었다.

상황이 괴이하게 흐른다.

이제는 자신들의 안전마저 위협받고 있는 상황이다.

송구염은 초조한 표정으로 사방을 둘러보았다.

그사이 하군상은 급히 초연향의 손목을 잡고 한쪽으로 이끌었다. 세 명의 장한 중 두 명이 쓰러지자 우측에 구멍이 뚫렸다. 절벽 위에는 정체를 알 수 없는 자들. 앞에는 혈룡단이 몰려오고 있었다. 지금이 아니면 벗어날 기회는 영영 없을지도 몰랐다.

그때다. 누군가의 전음이 들려왔다.

"우리가 막는 동안 빠져나가시오!"

정체를 숨기려는지 낮게 깔린 목소리다. 절벽 위에서 들려오는 듯하다.

그렇다면 절벽 위에서 송구염의 수하들을 처리한 자는 적이 아니었단 말인가?

한데 기이한 느낌. 어디선가 들어본 목소리 같다.

"어서 가시오! 놈들이 오고 있소!"

전음이 더욱 다급해졌다. 그제야 목소리의 주인이 누군지 생각이 났다.

하지만 하군상은 놀란 표정을 지을 시간도 없이 초연향을 잡은 손에 힘을 주었다.

혈룡단의 살귀들이 먹물처럼 시커먼 숲에서 어둠에 젖은 모습으로 스멀거리며 빠져나오고 있었다.

츠르릉! 그들의 손에 도, 검, 삭, 창, 가지각색의 병기가 들리자 살기가 달빛조차 얼려 버리며 내려앉는다.

"향 매! 잠시 실례하겠소!"

하군상은 초연향의 허리를 끌어안고 신형을 날렸다.

두 번을 도약하자 어둠에 물든 숲이 두 사람을 삼켜 버렸다.

뒤쪽에서 격렬하게 싸우는 소리가 들린다. 송구염이 혈룡단과 싸우는 것인가? 아니면 절벽 위의 그가?

하긴, 자신이 신경 쓸 일은 아니다. 자신이 할 일은 오직 하나!

하군상은 숲으로 뛰어들자마자 초연향을 안은 채로 전력을 다해 앞으로 나아갔다. 나뭇가지가 얼굴을 할퀴고, 가시덩쿨이 옷을 찢으며 온몸을 긁어대도 멈추지 않았다.

그렇게 이십여 장을 나아갔다. 그 누구도 두 사람의 앞을 막지 않았다.

하군상은 더욱 힘을 내 앞으로 달려갔다.

빠져나갈 수 있다는 희망이 보인다.

'어제 본 계곡까지만 갈 수 있다면…….'

하지만 그것은 하군상만의 희망이었다.

"클클클! 너희들이 갈 곳은 없다!"

일 장 높이의 바위를 타 넘고 두 그루의 커다란 소나무를 돌아가려는데 오싹 소름 돋는 음성이 부챗살처럼 퍼지며 앞을 가로막았다.

두 사람은 처음부터 그러려고 했던 것마냥 걸음을 멈추고 몸을 부르르 떨었다.

세 사람이 소리없이 나타나고 있었다. 어둠이 그 세 사람 주위로 더욱 몰려드는 것만 같았다.

그들이었다, 혈룡단의 뒤에서 느릿하게 움직이던 자들. 죽음의 기운을 뿜어내던 자들.

초연향의 이가 악다물렸다.

"으악!"

"이 더러운 놈들!"

멀리서 누군가의 처절한 비명 소리와 송구엽의 노성이 들려오고 있었지만 하군상과 초연향은 눈도 깜짝할 수 없었다. 거미줄에 걸린 새끼 나방처럼.

세 사람 중 하나가 두 사람 앞으로 천천히 걸어나왔다. 여전히 느릿한 걸음걸이다.

"정말 귀여운 계집아이야. 듣던 대로 아주 묘한 눈인걸?"

언뜻 보기에 오십 정도 되어 보이는 것 같기도 하지만, 자세히 보면 그보다 훨씬 더 먹은 것처럼도 보이는 괴이한 자였다.

특히 검은색인지 붉은색인지 노란색인지 감을 잡기가 힘들 정도로 사이하게 생긴 눈동자는 보기만 해도 정신이 아득해질 정도였다.

사이한 삼색안(三色眼)을 지닌 그가 혀로 입술을 핥으며 가느다란 목소리로 입을 열었다.

"나를 따라가자. 그럼 목숨만은 살려주마."

"누, 누구…… 시죠?"

"켈켈켈켈! 과연, 과연 대단한 계집이야. 나의 삼혼안(三魂眼)을 정면으로 보면서 질문까지 하다니."

입술을 잘근 깨문 초연향이 다시 물었다.

"주령 언니가 보냈나요?"

"클! 그깟 계집이 나에게 오라 가라 할 수 있을 거라고 생각하느냐?"

"천혈교에서 오신 분이 아니시던가요?"

뜻밖이었는지 삼색안의 괴인이 탄성을 발했다.

"호! 역시 굉장해! 어떻게 알았지?"

"그보다, 왜 저를 살려서 데려가려 하시는 거죠? 구룡상방에선 죽이라 했을 텐데요."

"흐흐흐……."

괴인은 초연향을 조용히 응시하더니 뒤를 돌아보고 말했다.

"어떠냐? 쓸 만할 거라고 했지? 그래도 이 계집을 죽이는 게 낫다고 생각하느냐?"

아무런 감정도 없는 얼굴로 있는 듯 없는 듯 서 있던 두 회의인 중 하나가 나직이 입을 열었다.

"저희는 명을 받은 대로 움직일 뿐입니다, 사령호법(邪靈護法)."

"홍! 너희들이 나와 함께 움직이는 이상 명은 내가 내리는 것임을 잊지 말아야 할 것이야."

"물론 그 사실도 잘 알고 있습니다."

초연향과 괴인의 대화가 이어지고 잠시 괴인이 눈을 돌리자, 하군상은 멍했던 정신이 조금 드는 듯했다.

'이, 이런 실수를!'

그는 혀끝을 이빨 사이에 집어넣고 지그시 깨물었다. 머리 꼭대기로 치솟는 통증과 함께 정신이 번쩍 들었다.

때마침 전음이 귀청을 울렸다.

"뭐 하는 건가, 멍청하게! 내가 공격할 테니까 그녀를 데리고 도망가!"

확실했다. 전음의 주인은 역시 그였다.

탁인효!

그가 급한 마음에 목소리를 숨기지 않고 소리쳤다.

젠장, 저놈이 지금 무슨 짓을 하는 거야! 고맙긴 하지만 빚지면 갚아야 하잖아! 꼴 보기 싫은 놈에게 도움받긴 싫은데…….

겉 표정은 그래도 속마음은 감지덕지다.

'좋아! 탁인효가 움직이면 함께 놈들을 치고, 놈들이 물러서면 그 기회를 이용해 빠져나간다!'

생각이 끝나기도 전 절벽 위에서의 움직임이 느껴졌다.

하군상은 땅을 박찼다. 거의 동시, 절벽 위에서 날개 펼친 독수리처럼 호선을 그리며 네 명이 날아 내렸다.

"켈!"

삼색안의 괴인이 그걸 보더니 묘한 웃음을 터뜨렸다.

그가 가볍게 한 발을 내딛으며 허공을 움켜쥔다. 그와 하군상 사이의 대기가 손가락의 움직임을 따라 오그라들었다.

"크억!"

일 장의 간격을 두고 하군상의 입이 쩍 벌어졌다.

콰직! 갈비뼈 부러지는 소리가 어둠 사이로 조각나 흩어진다.

젠장! 엄청나군! 일격조차 피하지 못하다니!

"악! 하 오라버니!"

초연향의 어둠을 찢는 비명이 적막을 뒤흔들었다.

핏물을 뿜어내며 튕겨진 하군상은 두어 바퀴 땅바닥을 구르고 황급히 몸을 일으켰다.

따다당!

허공에서 울리는 폭죽이 터지는 듯한 굉음!

고개를 들자 탁인효와 그의 동료로 보이는 세 명의 신형이 사방으로 튕겨지고 있었다.

하군상은 가슴을 움켜쥔 채 비틀거리며 물러서서 경악한 눈으로 괴인을 바라보았다.

그때 문득, 조금 전에 괴인이 한 말이 스쳐 지나갔다.

"나의 삼혼안을……."

경악한 눈이 튀어나올 듯이 부릅떠졌다.

"마, 맙소사! 당신은 삼혼신마(三魂神魔)……."

그의 악다문 입에서 핏물이 흘러나왔다. 뼈가 부러진 가슴의 통증조차 놀람으로 인해 느껴지지가 않았다.

마도의 하늘이라는 혼세십팔마(混世十八魔) 중 육사(六邪)에 이름을 올린 전대의 노마. 십여 년 전 마제 등우광에게 패한 후 죽었을 거라 소문난 자.

그런 삼혼신마가 앞에 있다.

절망이 온몸을 엄습했다. 가슴의 통증이 심혼을 갉아댔다.

주령아, 하주령아! 너는 대체 어찌하려고 이런 자들을 끌어들였단 말이냐!

하군상이 절망감에 휩싸여 삼혼신마를 바라보고 있을 때다.

튕겨져 나간 탁인효와 그 일행이 다시 삼혼신마 일행을 향해 짓쳐들었다.

삼혼신마의 눈에 혈광이 번뜩였다.

"정말 죽고 싶은 모양이구나."

한 번의 공격으로 탁인효 일행을 물리친 자들이 다시 앞으로 나섰다. 그때 탁인효가 소리쳤다.

"가! 가란 말이야! 이들은 나를 죽이지 못해! 그러니 하 형은 향 매를 데리고 도망가!"

"탁 형!"

"진작 이랬어야 하는데! 그랬으면 이런 일도 벌어지지 않았을 텐데! 다 내 잘못이야! 미안하오, 향 매! 으아아!!"

탁인효가 비명 같은 외침을 토하며 삼혼신마를 공격했다. 죽음을 각오한 공격이었다.

하군상은 어렴풋이 탁인효의 말뜻을 알아들을 수 있었다.

그가 나서서 하주령을 적극적으로 막았다면, 하다못해 초연향을 데리고 구룡상방을 떠났다면 적어도 이런 일은 벌어지지 않았을 것이다. 그는 그것이 가슴 아픈 것이다.

그리고 그의 말대로, 어쩌면 삼혼신마는 탁인효를 죽이지 않을지도 몰랐다. 구룡상방과의 관계를 끊을 생각이 아니라면, 천화상단과의 관계를 끊을 생각이 아니라면 말이다.

아닐 수도 있지만, 그럴 가능성 또한 높았다.

죽느냐 사느냐가 찰나에 결정되는 상황. 그렇다면 망설일 이유가 없었다.

하군상은 한 손으로는 가슴을 움켜쥐고 한 손으로는 초연향의 몸을 옆구리에 끼었다.

초연향이 순순히 그에게 몸을 맡겼다.

하군상은 혼신의 힘을 다해 신형을 날렸다. 그를 주시하고 있던 회의인도 소리없이 움직였다.

탁인효와 함께 온 세 명의 중년인이 그들을 막아서고,

쉬이익!

듣는 것만으로도 오싹한 한기가 도는 귀명이 그들을 휩쓸었다.

"컥!"

"크으윽!"

두 명의 중년인이 쥐어짜는 신음을 토하며 뒤로 물러섰다.

찰나의 순간, 하군상의 신형이 검은 장막이 둘러진 숲 속으로 뛰어들었다.

그걸 본 삼혼신마가 노성을 지르며 앞을 가로막고 있는 탁인효를 덮쳤다.

"건방진 놈! 내가 장사꾼 따위를 두려워할 줄 알았단 말이냐!"

구부린 좌수의 손가락이 탁인효의 검날을 움켜쥐고, 시뻘겋게 변한 우수가 허공을 쥐어뜯었다.

삼혼신마가 전력을 다한 일수는 가공했다. 첫 번째 격돌에서 심한 내상을 입은 탁인효가 막을 수 있는 공격이 아니었다.

쩡!

검날이 부서져 흩뿌려지고,

우드득, 퍽!

탁인효의 한쪽 팔이 피분수를 뿜으며 뜯겨졌다.

"크어억!"

한줄기 비명에 정신없이 달리던 하군상이 눈을 부릅떴다.

신음이 아니다. 비명이다. 처절한 비명!

누가 죽었을까? 설마 탁인효는 아니겠지?

아닐 거야. 아니어야 돼! 삼혼신마가 아무리 미친놈이라도 그를 죽일 수는 없어!

하지만 자신이 없다. 상대는 삼혼신마. 천화상단이라는 이름이 과연 그를 막아줄 수 있을까?

'바보 같은 탁 형! 제발 살아 있으라구! 그래야 빚을 갚지!'

하군상은 젖 먹던 힘까지 끌어올려 달리는 속도를 더욱 높였다.

가슴의 통증은 점점 심해지고 있었다. 둔중한 망치가 통째로 꽂힌 것만 같다.

게다가 잔떨림이 느껴지는 초연향. 그녀가 울고 있다.

뭔가를 본 것인가? 아니면 비명 소리만으로 비명의 주인이 누군가를 안 것인가?

제기랄! 그래도 멈출 수는 없다. 멈추면 끝장이다!

'조금 만 더, 조금만⋯⋯.'

땅을 딛는 발에 울림이 느껴진다. 목적지가 지척이다.

그때, 뒤에서 밀려오는 거대한 기운이 전신으로 느껴졌다.

'젠장! 놈이다, 삼혼신마!'

하군상은 정신을 차리기 위해 입술을 잘근 깨물었다. 찢어진 입술에서 새어 나온 비릿한 핏물로 순식간에 입 안이 가득 채워졌다.

탁인효의 목소리는 더 이상 들려오지 않고, 삼혼신마의 기운만이 느껴지는 상황.

하군상이 달리는 와중에도 초연향에게 **빠르게** 말했다.

"향 매, 조그만 더 가면 계곡이 있소."

전날 먹을거리를 구하기 위해 돌아다니다 계곡을 봤었다. 자신이 방향을 잘못 잡지 않았다면, 조금만 더 가면 바로 그곳이었다.

"그곳에는 해가 떨어지기 전인데도 안개가 끼어 있었소. 아마 지금쯤이면 밤안개가 그때보다도 더 짙게 끼어 있지 않을까 싶소."

태양이 중천으로 떠오를 즈음이면 거짓말처럼 흔적도 없이 사라지는 것이 안개다.

그런 안개가 해가 지기 전까지 끼어 있었다니.

하군상이 잘못 봤을 리가 없다. 그렇다면 지금쯤 그곳에는 한 치 앞도 볼 수 없는 안개가 끼어 있을 게 분명했다. 어둠과

조화를 이룬 유난히 짙은 밤안개가.

삼혼신마가 과연 그토록 짙은 밤안개를 뚫어볼 수 있을까?

초연향은 그제야 하군상이 왜 길을 아는 것마냥 망설임없이 달리는지 이해할 수 있었다.

실낱같은 희망이 그곳에 있었던 것이다. 그곳까지 갈 수만 있다면 말이다.

초연향의 몸이 부르르 떨렸다.

그래, 우리는 살 수 있어! 꼭 살아야 돼!

하군상이 거친 숨을 몰아쉬며 말을 이었다.

"혹, 혹, 게다가 안개 사이로 보이는 아래쪽에는 시퍼런 물살이 제법 세차게 흐르고 있었는데, 계곡물이 절벽 사이로 흐르고 있었소. 그곳이라면…… 어쩌면……."

그러고 보니 초연향의 귀에도 언제부턴가 은은히 물소리가 들려오고 있었다. 아마 삼혼신마를 만났을 때도 들렸던 것 같다. 워낙 긴장한 터라 미처 생각을 못했을 뿐.

초연향은 고개를 돌려 옆을 바라보았다.

심장이 튀어나올 것만 같은 거친 숨소리. 각오로 다져진 굳은 눈빛.

입술 가장자리를 비집고 흘러나온 핏방울이 볼을 따라 흐르면서 땀과 뒤섞이자 비릿한 향이 코를 간지럽힌다.

결코 역겹지 않은, 아니, 감격의 눈물을 주체할 수 없게 만드는 향기다.

'미안해요. 정말 미안해요. 공연히 저 때문에…….'

하지만 이제는 돌이킬 수 없는 상황. 초연향이 떨리는 목소리로 물었다.

"그곳으로 뛰어들 건가요?"

"향 매는 어떻게 하겠소? 내 생각에는 그 방법밖에 없을 것 같은데?"

초연향이 처연한 표정으로 고개를 끄덕였다.

"그 방법밖에 없다면, 하는 수 없죠. 죽을 때 죽더라도……."

하군상도 짧게 고개를 끄덕였다.

초연향은 바다를 벗하고 살아온 여인. 물질을 못하지는 않을 것이다. 그가 그런 계획을 말한 것은 바로 그 때문이었다.

다만 그렇게 하기 위해선 한 가지 난관을 넘어야만 했다.

삼혼신마! 그가 다가오고 있었다!

대자연이 숲에 펼쳐 놓은 어둠의 그물망을 가르며!

죽을힘을 다해 이십여 장을 더 가자 안개가 어둠조차 집어삼킨 계곡이 보였다.

하군상은 조금도 망설이지 않고 앞으로 달려갔다.

한데 삼혼신마의 살기 띤 기운이 바로 뒤에서 느껴진다.

이 장? 삼 장? 제기랄! 조금만 더 가면 되는데!

그때다. 언뜻 회오리 같은 기운이 두 사람을 에워싼다. 부드러우면서도 끈적끈적한 기운.

'섭물공?'

아직도 초연향을 포기하지 않은 것인가?

하군상의 눈이 빛났다.

삼혼신마가 일수만 펼쳐도 두 사람은 생사를 장담할 수가 없다. 그런데 그가 초연향을 살리려 한다.

강자의 자신감인가? 아니면 오만인가?

그가 펼친 섭물공에 몸이 딸려가려 하자, 초연향이 자신의 팔을 잡은 손에 힘을 주고 악착같이 버티고 있다.

팔을 타고 전해지는 파들거림이 필사적이다.

하군상은 이를 악물었다.

'그래! 남자가 한 번 죽지 두 번 죽냐!'

어머니의 원한을 풀어주지 못한 것이 안타깝긴 하지만, 어차피 모르고 지냈던 일이었다.

'혹시 또 알아? 향 매가 살아나면 갚아줄지. 그래, 분명히 향 매는 내가 한 말을 잊지 않았을 거야!'

그는 보다 편해진 마음으로 초연향을 안은 팔에 힘을 주었다.

이제 더 이상의 여유가 없다.

놈이 초연향을 포기할지도 모르는 일. 그러기 전에 결정을 내려야 한다.

다행히 목적지가 바로 코앞에서 뿌연 안개 주단을 깔고 기다리고 있지 않은가.

"차앗!"

하군상은 남은 힘을 모조리 긁어모아 초연향을 앞으로 던졌다.

"하 오라버니!"

초연향이 계곡을 향해 날아가며 경악성을 내질렀다.

"가시오! 살아서 꼭 고 형을 만나셔야 하오!"

하군상은 안개 속으로 사라지는 초연향에게 소리치고는 하얀 웃음을 지으며 돌아섰다.

돌아서자 악귀의 얼굴을 한 삼혼신마가 바로 앞에 보였다.

하군상은 마지막 남은 힘을 모아 쌍권을 내질렀다.

"어디 한번 죽여봐!"

그러자 삼혼신마가 구부린 손가락으로 그의 권세를 찍어 흐트러뜨리더니 손목을 휘돌리며 두 팔을 움켜쥐는 시늉을 했다.

마지막 힘을 내쏟은 하군상의 무공으로는 삼혼신마의 일초식조차 견뎌낼 수가 없었다.

뚜둑! 두 팔이 거꾸로 꺾어지며 부러져 버렸다.

이어 삼혼신마의 두 손에서 뻗친 장력이 그의 가슴을 파고들었다.

"괘씸한 놈! 네놈이 감히!"

옷자락이 스러지고, 가슴살이 뭉개지며, 인간으로선 참을 수 없는 통증이 몰려왔다.

그래도 하군상은 웃음을 지우지 않고 삼혼신마를 노려봤다. 이제 삼혼안 따위는 두렵지 않았다.

"이제 보니 미친 개눈깔 같군! 언제고 고 형이 네놈의 개눈깔을 뽑아버릴 거다, 늙은이!"

입에서 핏물이 튀었다. 속이 다 시원했다.

까짓 것 죽기밖에 더 하겠어?

"고 형이 누군지 알아? 네까짓 늙은이는 단숨에 통닭처럼 튀겨 버릴 수 있는 사람이지!"

"이 찢어 죽일 놈이!"

삼혼신마는 더 이상 참지 못하고 손바닥을 뒤집었다.

퍼억!

만 근 바위조차 짓뭉갤 수 있는 거력이 하군상을 가랑잎처럼 날려 버렸다.

하군상은 날려가는 와중에도 아득해지는 정신을 붙잡고 마지막 말을 내뱉었다.

"크크크……. 개눈깔, 내가 먼저 지옥에 가서 기다리마. 그때는…… 내가 선배……."

그의 목소리는 희미한 여운만 남긴 채 스러지고, 달빛에 은은히 빛나는 뿌연 안개가 그를 통째로 삼켜 버렸다.

第四章

봉문(封門)

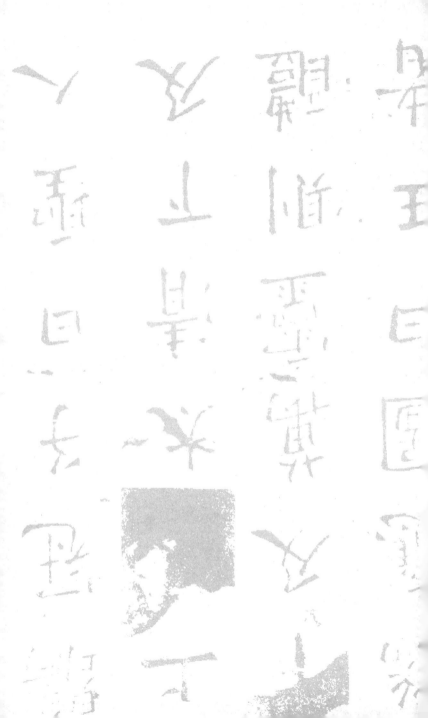

1

안휘 팔공산의 만붕성을 중심으로 동쪽에는 등천각(騰天閣), 남쪽에는 용검문(龍劍門), 북쪽에는 혈도방(血刀幫), 서쪽에는 적혈문(赤血門)이 있었다.

구양무경을 수족처럼 따르는 사대문파. 사람들은 그들을 만붕사벽(萬鵬四壁)이라 불렀다.

그중에서도 동쪽의 적혈문은 구양무경이 하남에 세력을 뻗치기 위해 직접 나서서 끌어들인 만붕성의 전초기지였다.

그러니 만붕성으로선 결코 잃어서는 안 되는 곳이기도 했다.

사월이 반쯤 지난 늦봄의 어느 날이었다.

만붕성을 따른 이후 천하에 두려울 것이 없는 적혈문에 손님들이 찾아왔다.

진용 일행이었다.

그들은 예고도 없이 적혈문에 들이닥쳤다. 난데없는 폭풍을 동반하고서.

휘이익, 쾅!

근원을 알 수 없는 폭풍이 오직 한곳으로만 집중되어 불었다 싶은 순간, 커다란 적혈문의 정문 문짝이 통째로 뜯겨져 날아갔다.

정문을 지키던 위사들도 함께 날아갔다.

실피나가 펼친 윈드스톰의 위력이었다.

사람들의 입이 쩍 벌어졌다. 대체 어찌 된 영문인지 모르겠다는 표정들이다.

정광만이 진용을 향해 홱 고개를 돌렸다.

그때 진용이 아무것도 모르는 것처럼 태연한 목소리로 명령을 내렸다.

"두 위사, 그대로 밀고 들어가요!"

들어가는 일은 그리 어렵지 않았다. 지키던 자들도 다 날아가 정문은 텅 비어 있었으니까.

두충은 어깨를 펴고 눈에 잔뜩 힘을 준 채 고삐를 흔들었다.

"이랴!"

지난 몇 달 사이 그의 간담은 커질 대로 커져 있었다.

까짓 삼존맹, 천제성과도 싸웠는데 적혈문 정도야!

물론 등에 진 보따리 속의 벽력탄을 믿기 때문이기도 했다.

수틀리면 던져 버리지 뭐!

마차가 이제는 문짝조차 달려 있지 않은 정문을 통과하자 비류명과 서문조양이 마부석에서 내려섰다.

그제야 적혈문의 안쪽에서 사람들이 쏟아져 나왔다.

"웬 놈이냐?"

"문이 부서졌다! 적이다!"

그들은 소리를 지르며 뛰어나오다 말고 멈칫, 걸음을 멈추고는 마차와 문짝을 번갈아 바라보았다.

삼 장의 거리를 두고 떨어져 있는 거대한 정문의 문짝. 그리고 그 주위에서 신음을 흘리고 있는 수문위사들.

무슨 일이지? 대체 저 마차는 뭐야?

그들의 의문을 풀어주기라도 하려는 듯 마차의 문이 열렸다.

진용을 비롯해 정광과 사도굉이 마차를 나오자 사람들의 눈이 그들에게 고정되었다.

적혈문의 무사들 중 한 사람이 앞으로 나섰다.

그는 귀도당의 부당주인 윤문오라는 자였다.

"누군데 감히 본 적혈문에서 소란을 피우는 것이냐?"

그는 소리를 지르며 재빠르게 상황을 살펴보았다.

대체 저 문짝이 왜 저곳에 있는 것이지? 저놈들은 뭐야?

진용은 마차를 나오자마자 실피나를 바라보았다. 실피나는 허공에 떠서 '나 잘했지?' 하는 표정을 짓고 있었다.

그래, 잘했다. 에휴! 문을 열라고 했더니 아예 부숴 버렸군.

"들어가 있어, 실피나."

실피나가 사라지자 진용이 앞으로 나섰다.

"척 문주께선 안에 계신가요?"

"문주님? 안에 계시긴 하다만, 무슨 일로 문주님을 찾는 것이냐?"

진용의 입가에 작은 미소가 떠올랐다.

그때 율천기와 포은상이 조원들을 이끌고 정문으로 들어섰다.

모여든 적혈문의 무사들도 어느새 백 명 정도 되어 보였다.

마차를 가운데 두고 팽팽한 대치가 이루어졌다. 적어도 모르는 사람들이 보기에는 그렇게 보였다.

진용은 금방이라도 달려들 것처럼 눈을 부라리고 있는 적혈문의 무사들을 둘러보며 입을 열었다.

"만나서 할 이야기가 있습니다. 안내해 주시겠습니까?"

윤문오가 미간을 씰룩거렸다.

평범한 서생인 것은 분명한데, 눈이 마주치자 왠지 모르게 전신이 오그라드는 것만 같다. 더구나 서생을 따라 마차에서 나온 도사와 노인, 그리고 들어서자마자 빙 둘러선 열한 명의 무인들.

결코 어느 하나 고수 아닌 자들이 없다. 그것도 엄청난 고수들.

'씨팔! 대체 이놈들은 뭐야? 겁나게 센 놈들 같은데……'

그가 뭐라 말을 하려는데 한 사람이 무사들을 비집고 앞으로 나섰다. 그가 냉랭하게 소리쳤다.

"문주님께선 한가한 분이 아니시다! 더구나 문을 부수고 들어온 자를 반길 분도 아니시다!"

사십대의 중년인. 왼쪽 눈에 안대를 한 그를 향해 윤문오의 고개가 숙여졌다.

"귀도당 부당주 윤문오가 신혈당주를 뵈오."

"대체 무슨 일인가? 왜 저자들을 저대로 놔둔 건가? 일단 잡아! 잡아서 족쳐!"

진용의 뒤에 서 있던 정광이 피식 웃었다.

"눈깔이 하나 없으니 보이는 것이 없는 모양이군."

사도굉이 혀를 차며 말했다.

"쯔쯔, 말을 해도 꼭. 너 같으면 외눈깔에게 눈깔 없다고 하면 기분이 좋겠냐?"

외눈깔, 독안검귀 홍상규의 외눈에서 불길이 일었다.

"이런 개 같은 놈들이! 뭐 하나, 윤 부당주!"

하지만 정광은 꿈쩍도 하지 않고 같잖지도 않다는 듯 말했다.

"아따 그놈, 성질 더럽게 급하네."

사도굉이 그런 정광을 째려봤다.

"그러게 왜 외눈깔이라고 놀려. 저 외눈깔, 화났잖아!"

홍상규의 외눈에서 불길이 일었다.

"으아아! 내가 책임진다, 다 죽이란 말이다!"

적혈문의 무사들이 일제히 무기를 꺼내 들더니 조심스럽게 마차를 에워쌌다.

그들도 덤벼들고 싶었다. 감히 적혈문에 쳐들어와서 당주를 놀리다니!

더구나 독안검귀 홍상규의 더러운 성질을 모르는 그들이 아니다. 그의 명령을 따르지 않는다면 혹독한 책임 추궁이 뒤따를 게 분명했다.

하지만 마음이 그렇다고 해서 그 마음을 행동으로 옮길 수는 없었다.

단 열일곱 명. 그러나 백칠십 명이 서 있는 것보다 더한 위압감이 느껴진 것이다.

적혈문의 무사들은 숨조차 쉴 수 없었다.

수하들이 망설이자 홍상규의 눈길이 수하들을 향했다. 그도 모르는 바가 아니다. 눈앞에 있는 놈들은 강하다. 자신조차 한 명을 자신할 수 없을 정도로.

그래도 이곳은 적혈문. 무사들의 수도 압도적이다.

"쳐! 죽여!"

그가 악에 받쳐 소리쳤다. 무사들도 하는 수 없다는 표정으로 진용 일행을 향해 덤벼들었다.

그리고 단 일각, 적혈문의 널따란 연무장은 백 수십 명이 내뱉는 신음 소리로 가득 찼다.

드르르륵!

신음을 흘리는 사람들 사이로 마차가 다시 움직였다.

누구도 마차를 막지 않았다. 막을 자도 없었다. 진용이 걸어가고, 마차가 그 뒤를 따랐다.

순식간에 백수십 명을 눕혀 버린 삼탁의 무인들이 그 뒤에 늘어서서 천천히 걸음을 옮겼다.

그제야 안쪽에서 적혈문의 간부들이 놀란 표정으로 뛰쳐나왔다.

몇 명의 호위를 거느리고 선두에 서서 달려나온 자가 호안을 부라리며 소리쳤다.

"모두 멈춰라!"

적혈신마(赤血神魔) 척등.

현 나이 쉰둘. 그는 서른한 살에 적혈문을 물려받고, 구양무경에게 패한 서른다섯 이후 십칠 년간을 만봉성의 동쪽을 지키며 살아왔다.

그 십칠 년 동안 그는 자신이 택한 결정을 한 번도 후회하지 않았다. 남들이 왜 신생 세력인 만봉성에 고개를 숙이냐고 비웃어도 그냥 웃어넘겼다.

그러다 삼존맹이 결성되며 천하삼대세력으로 떠오를 즈음이 되어서야 그는 사람들에게 웃는 얼굴로 말했다.

―나는 호랑이 꼬리와 고양이 꼬리도 구분 못하는 눈뜬장님이 아니라네.

너희들은 모두 눈뜬장님이다, 그 말이었다.

그렇게 자신의 사람 보는 눈에 자신감을 갖고 있는 그였건만, 그런 그조차도 지금 눈앞에 서 있는 서생을 보고 도무지 아무것도 짐작할 수가 없었다.

입은 옷은 서생복이다. 그러나 그는 눈앞에 있는 서생이 절대 평범한 서생이 아니라는 데 모든 것을 걸 수 있었다.

그래서 머리가 더 아팠다.

"그대는 누군가?"

진용은 순순히 자신의 이름을 밝혔다.

"고진용이라 합니다."

그런데 묘하다. 척등의 표정을 봐선 그가 자신의 이름을 알지 못하는 것 같다.

'의외로군.'

결론은 한 가지. 구양무경은 자신에 대한 일을 외부에 알리지 않았다. 심지어 방계의 대문파들에게조차.

그렇다면 오직 만붕성만이 자신의 일에 매달리고 있다는 말.

하긴 황궁과 적대시한다는 사실이 알려지면 휘하 문파들 중 흔들리는 자들이 나올지도 모르는 일. 어찌 생각하면 당연한 일이었다.

척등이 눈살을 찌푸리며 입을 열었다.

"무슨 일로 온 것인가?"

"문주께서 만붕성과의 관계를 끊을 생각이 없는지 알아보러 왔습니다."

어이없는 말이었다. 잠시 말문이 막힐 정도였다.

"느닷없이 쳐들어와서 수하들을 때려눕히고 한다는 말이 만붕성과의 관계를 끊어라? 그대는 그게 말이 된다고 생각하는가?"

"적혈문도 처음부터 만붕성과 관계가 있었던 것은 아닌 것으로 알고 있습니다만……."

"만일 본 문주가 자네의 요구를 거절한다면 어쩔 셈인가?"

"조금 마음이 아프지만, 적혈문은 오늘부로 봉문을 해야 할 것입니다."

하나도 마음이 아프지 않은 말투로 진용이 말했다.

척등의 눈에 노화가 피어올랐다.

생각 같아서는 단 주먹에 때려죽이고 싶은 마음이다. 하지만 그러기가 쉽지 않다는 것을 누구보다도 그가 잘 알고 있었다.

마차 안에 있는 자를 빼고도 열일곱.

적혈문 일백 수십 무사를 일각 만에 때려눕힌 자들이다.

지금도 사방에서는 신음 소리가 울려 퍼지고 있다.

물론 적혈문의 전력에서 그들이 차지하는 비율은 극히 미미하다. 간부 중에선 기껏해야 홍상규와 윤문오를 비롯해 서너 명이 그들 중에 끼어 있을 뿐이니까.

그러나 문제는 백수십 명을 눕힌 적들 중 숨결 하나 흐트러진 자들이 없다는 것이다.

가공할 고수들. 놀랍게도 모두가 절정에 달한 고수들이다!

'나와 호법들과 장로들이 모두 나선다면 이길 수 있을까?'

자신의 뒤에 늘어선 적혈문의 고수들은 근 삼십여 명에 이른다. 그리고 점점 몰려들고 있는 수하들.

충분히 가능한 일이다.

적들이 아무리 강하다 해도 일반 무사들이 일단 힘을 빼고 고수 두 명이 적 한 명을 맡는다면 승산이 있다.

그가 속으로 계산을 끝내고 내심 마지막 결정을 내렸을 때다.

"건방진 자! 감히 이곳이 어딘 줄 알고 함부로 망발이냐!"

뒤에 서 있던 간부들 중 하나가 참지 못하고 앞으로 나섰다. 적혈문의 장로인 참혼마수 역수강이었다.

척등은 그가 허락도 없이 나서는데도 그대로 두었다. 어차피 적을 치기로 한 이상 많은 피해를 감수해야 할 터였다. 아마 이긴다 해도 그동안 불만을 품고 있던 원로들이 들고일어날 것이다.

적혈문의 존망을 걸고 싸워야 할 정도로 삼존맹과의 관계가 가치있는가?

그러니 누군가는 짐을 져야만 할 테고, 역수강이 그 짐을 지면 될 터였다.

진용은 앞으로 나선 역수강을 무심한 눈으로 바라보았다.

척등이 말리지 않는 걸 봐선 나름 결정을 내린 듯했다.

그렇다면 굳이 더 긴말이 필요없었다.

진용은 뒤를 바라보지도 않고 입을 열었다.

"율 대협."

율천기가 근엄한 표정을 지은 채 앞으로 나섰다.

그는 나서자마자 역수강 앞으로 성큼성큼 걸어갔다.

진용이 자신의 이름을 부른 이유는 한 가지밖에 없다. 그 이유가 그를 만족하게 했다.

그는 역수강과 일 장의 거리가 되자 자신의 애검 월상(月霜)의 검병에 손을 얹고 천천히 빼 들었다. 시퍼런 검광이 월상의 미끈한 검신을 타고 흘러내렸다.

역수강이 미간을 찌푸리며 그의 검을 바라보고는 냉막한 목소리로 입을 열었다.

"나는 참혼마수 역수강이라 한다. 이름도 없는 자를 상대하고 싶지 않으니 그대는 이름을 밝혀라!"

참혼마수 역수강. 하남의 동부에선 모르는 자가 없는 이름이다. 공포의 참혼마수라 부르는 자도 있을 정도다. 역수강은 자신의 이름에 적이 겁을 먹기를 바랐다.

하지만 율천기는 조금도 흔들리지 않았다. 그는 그 이름을 들어본 적이 없었다. 적혈신마 척등이라면 한두 번 들어보긴 했지만.

율천기가 무덤덤한 표정으로 나직이 입을 열었다.

"나는 율천기. 친구들은 벽월(劈月)이라는 이름으로도 부르지."

순간 역수강의 냉막한 표정이 묘하게 틀어지는가 싶더니 뭔가가 생각났는지 갑자기 눈을 홉떴다.

"벼, 벽월 율천기? 그대가?"

그뿐이 아니었다. 척등은 물론이고 그의 뒤에 서 있던 적혈문의 대부분 고수들도 경악한 표정을 감추지 못했다.

'저자가 십은(十隱) 중 하나인 벽월(劈月) 율천기?!'

말리고 싶었다. 소문대로라면, 아니, 소문의 반만 사실이어도 역수강은 율천기의 적수가 아니었다.

"시작하지."

그때 율천기가 다시 입을 열고는 주욱 미끄러져 들어갔다.

월상이 허공에 시퍼런 선을 그었다.

찰나간에 역수강을 덮어가는 수십 가닥의 청광!

역수강은 놀란 와중에도 황급히 몸을 놀려 청광의 그물을 벗어나려 발버둥쳤다.

일 초, 이 초, 삼 초.

"커윽!"

단 삼 초 만에 역수강의 몸이 뒤로 튕겨졌다. 다행히 검날이 아닌 검면에 허리를 맞아 죽지는 않았지만, 그는 구부러진 허리를 펴지도 못한 채 피를 한 사발 토해내며 무너졌다.

다른 누군가가 그를 돕기 위해 뛰어들 시간조차 없었다.

"고 공자가 죽이지 말라 했으니 목숨은 거두지 않겠다."

율천기는 무너진 역수강을 바라보며 엄숙한 선언을 하듯 한마디 하고 월상을 검집에 집어넣었다.

그리고 쓰윽, 척등을 바라보고는 뒤돌아섰다.

어둠이 내려앉은 듯 적혈문의 거대한 연무장이 정적에 휩싸였다.

척등은 이를 악물고 진용을 바라보았다.

십은 중 한 사람인 벽월 율천기에게 명을 내리는 서생.

자신이 말한다 해서 누가 이 사실을 믿을까?

이대로 굽혀야 하나?

그럴 순 없다. 그리하면 만봉성이 가만있지 않을 것이다.

이들을 상대하면 살 가능성이라도 있지만, 만봉성을 배신하면 죽는다. 그것만이 진실이다.

결국 이러나저러나 자신이 내릴 결정은 한 가지뿐. 아마 저들도 자신이 그런 결정을 내릴 거라는 것을 알고 있을 것이다.

분명히!

그가 비장한 표정으로 입을 열었다.

"우리가 할 수 있는 일은 한 가지뿐이네. 그게 뭔지는 그대도 알 거라 생각하네. 그러니 이해하게."

진용이 고개를 끄덕였다. 그도 익히 그럴 거라 생각한 일이다.

"굳이 일반 무사들을 희생시킬 필요는 없을 거라 생각합니다만……."

척등의 표정이 보일 듯 말 듯 흔들렸다.

진용은 척등의 흔들리는 표정을 바라보고는 천천히 손을 들었다.

순간 푸르스름한 뇌전이 그의 다섯 손가락 끝에 둥근 구슬처럼 뭉쳤다.

척등과 적혈문의 무사들이 모두 눈을 부릅떴다.

율천기와 포은상을 비롯해서 삼탁의 고수들도 모두 진용의 손끝을 바라보았다.

저 괴물 같은 인간이 뭘 하려는 거지? 하는 눈으로.

그때 진용의 신형이 갑자기 흐릿하게 보이는가 싶더니, 십여 개로 늘어나 보이는 손이 일 장 허공에서 떨쳐졌다. 그러자 그의 손가락 끝에 숨겨져 있던 폭죽이 일시에 터지기라도 한 듯 시퍼런 뇌전이 사방으로 쏘아졌다.

쩌저저적! 콰과과광!

쏘아진 뇌전은 삼십여 장의 원을 그리며 연무장 바닥의 청석을 시커멓게 태워 버렸다.

입조심하려 어지간하면 입을 열지 않던 세르탄이 자신도 모르게 감탄성을 터뜨렸다.

'오호! 시르, 제법인데? 뇌전의 능력에 풍환법을 섞어 쓰다니.'

굉음이 가라앉은 연무장은 튀어 오른 돌가루가 떨어지는 소리조차 들릴 정도로 조용해졌다.

효과 만점이었다. 생각보다도 괜찮은 반응이었다.

분분히 물러선 적혈문 무사들의 얼굴에 공포가 어려 있다.

"삼십 장……. 고 공자가 작정했군. 삼십 장 안은 지옥이라 그 말인가?"

북리종이 중얼거리자 삼탁의 고수들 모두가 고개를 끄덕였다.

진용은 못 들은 척 무심한 표정으로 척등을 향해 입을 열었다.

"저 선 안에 들어온 자의 생사는 저희도 어쩔 수가 없습니다. 이런 방법을 택한 저의 마음을 이해해 주시길. 물론 문주께서 결단을 내리셔야 하겠지만 말입니다."

척등은 창백하게 굳은 표정으로 진용을 노려보았다.

공포에 질린 무사들의 표정이 보지 않아도 느껴진다. 단 일수에 기가 꺾여 버렸다. 기가 꺾인 무사들은 그저 연무장의 청석을 붉게 물들이는 데 일조할 뿐.

내심 세운 계획이 시작도 하기 전에 틀어져 버린 것인가?

적혈문의 무사들은 남다른 투지를 자랑했는데, 자신이 그렇게 키웠는데, 그 모두가 단 일수에 공염불이 되어버린 것인가?

이제는 설령 수하들이 싸운다 해도 자신이 말려야 할 판이었다. 수하들을 모조리 사지로 내몰 작정이 아니라면.

젠장!

그는 마지못한 듯 천천히 고개를 끄덕였다.

"좋네. 불필요한 희생은 줄여야겠지."

진용이 무심한 얼굴에 희미한 미소를 지으며 말했다.

"그럼, 시작할까요?"

너무도 자연스런 말투로. 마치 비무를 즐기듯이.

그의 말이 떨어지자 삼탁의 고수들이 적혈대전의 앞에 늘어서 있는 적혈문의 호법과 장로들을 향해 다가갔다. 오직 척등만 놔둔 채.

─대장은 대장이 상대한다.

그들이 나름대로 정한 규칙이었다.

솔직히 말하면, 진용의 무공이 대체 얼마나 강한지, 한계가 어딘지, 어떤 희한한 무공을 지녔는지 궁금한 만큼 자주 실전을 지켜봐야 한다는 것이 진짜 이유였지만.

진용도 어렴풋이 그들의 뜻을 알기에 고소를 머금고 척등을 바라보았다.

그가 자신의 허리에서 도신이 붉은 도를 빼 들고 있었다.

적혈신마 척등의 무기는 날 길이만 석 자에, 도신 넓이가 여섯 치에 이르는 한 자루 붉은 강도였다.

사람들은 척등의 도를 보고 인혈을 먹어서 붉어졌다고도 하고, 담금질을 할 때 이무기를 잡아 그 피를 사용해서 붉게 변했다고도 했다.

이무기의 뼈를 가르고 인혈을 머금었다는 칼, 척혈마도(剔血魔刀).

그것이 바로 척등이 지닌 도의 이름이었다.

적혈문이라는 이름도, 그의 별호가 적혈신마가 된 것도 모두가 척혈마도로 인해서였다.

척등은 진용을 노려보며 척혈마도를 빼 들었다. 붉은 도신이 모습을 드러내자 진용의 눈에 이채가 떠올랐다.

'시르, 제법 날카롭게 생겼다. 손 벨라. 조심해.'

저런 보도를 보고 기껏 생각한다는 게 손 벨 걱정이라니.

진용은 세르탄의 어이없는 걱정을 들으며 주먹을 움켜쥐었다.

그제야 척등은 진용의 손이 일반 무사의 손과 다르다는 것을 알아챘다. 그가 감탄한 눈으로 탄성을 발했다.

"진짜 멋진 주먹!"

"고생을 좀 했죠."

"그런 주먹을 가질 수 있다면 어떤 고생도 힘들게 생각되지 않았을 것 같군."

'클클, 눈은 있어서……. 그게 바로 이 대전사 어르신의 환상타공지를 익혀서라고.'

세르탄이 방정을 떨어댔다. 진용이 말했다.

"사실 기분은 별롭니다. 속은 것 같아서 말이죠."

'시르! 누가 속였다는 거야?'

'아니면 왜 아직도 손이 작아지지 않는 거지?'

'그거야 아직 환상타공지를 완벽하게 익히지 못해서 그렇지.'

'그럼 나머지도 빨리 가르쳐 줘. 그래야 이렇게 무식한 손이 제대로 돌아올 것 아냐?'

'……'

세르탄은 입을 꾹 다물었다. 말해봐야 본전도 못 찾을 게 뻔한 일. 입을 다무는 게 최선이었다.

─눈치만 늘어서는…….

진용은 조금 실망한 마음으로 척등을 향해 걸음을 옮겼다.

이미 삼탁의 무인들은 적혈문의 고수들과 격전을 벌이고 있고, 적혈문의 무사들은 이러지도 못하고 저러지도 못한 채 자신과 척등을 주시하고 있었다.

더 이상 시간을 끌 수는 없었다. 시간을 오래 끌면 일반 무사들이 움직일지도 몰랐다. 그럼 많은 피를 봐야 할 게 자명했다. 아마 이쪽의 피해도 만만치 않을 게 분명한 일.

그래선 남는 게 없다.

진용은 척등과의 거리가 이 장으로 줄어들자 서서히 건곤천단심법을 끌어올렸다.

푸르스름한 강기가 그의 주먹을 휘돌며 작은 회오리를 만들었다.

그걸 본 척등이 먼저 공격을 감행했다.

더 이상은 말이 필요없었다.

쉬아악!

척혈마도가 핏빛 강기를 발산하며 진용을 향해 휘둘러졌다.

건곤천단공이 실린 진용의 손가락이 결을 짚듯 척혈마도의 동선을 따라가며 도신을 두드렸다.

따다다앙!

청명하면서도 묵직한 도명(刀鳴)이 울렸다.

붉고 푸른 강기의 파편이 너울지며 퍼져 나간다.

척등의 눈에 경악이 떠올랐다.

강기마저 어린 척혈신도를 맨손으로 쳐내는 무식한 수법이라니. 그로선 상상도 못한 수법이었다.

더구나 도신을 통해 전해지는 짜릿한 떨림. 시간이 갈수록 강해진 떨림이 손목까지 기어오른다.

이를 악물고 진정시키려 하지만 쉽지가 않다.

자신도 모르게 주춤 한 걸음 물러선 척등의 얼굴이 와락 이지러졌다.

진용은 한 점 흔들림없이 척등을 바라보며 주욱 앞으로 나아갔다.

척등이 이를 악물고 다시 척혈마도를 휘둘렀다. 붉은 그림자가 세 줄기로 갈라져 진용을 베어갔다.

척혈팔도식 중 척혈참마(剔血斬魔)의 식(式).

순간 스윽, 푸르스름한 건곤천단의 기운이 실린 진용의 두 손이 나아가던 기세 그대로 좌우로 엇갈렸다.

백수신타에 뇌전의 능력이 실린 채!

뇌전건곤(雷電乾坤)!

붉은 도강의 동선이 흔들렸다. 제멋대로 방향을 틀어버린 도가 그의 심맥조차 흔들어 버렸다.

척등은 대경하며 뒤로 빠르게 물러섰다.

진용이 다시 쇄도했다. 숨 돌릴 여유조차 주지 않고!

"지독한……! 타앗!"

억눌린 기합성이 척등의 입에서 터져 나왔다.

척혈마도에서 구명 삼식이 연달아 풀어져 나온다.

삭혼(削魂), 파혼(破魂), 무혼(無魂).

줄기줄기 붉은 도강이 그물처럼 펼쳐지고, 결국에는 붉은 도막이 진용의 앞을 가로막았다.

척혈신마라는 이름에 걸맞은 도식이었다. 진용조차 눈빛

이 굳어질 정도의 위력인 것이다.

하지만 이보다 더한 경우의 공격을 몇 번이나 감당해 본 진용이었다. 척등의 척혈팔도 정도에 물러서기에는 진용이 그동안 상대한 적들이 너무나 강한 자들이었다.

진용의 두 손이 태극을 그리며 휘돌았다.

끝내 이를 악다문 척등의 입술이 터지며 짧고 답답한 신음이 흘러나오고, 일순간 수십 줄기의 붉은 도강으로 이루어진 도막이 구렁이 똬리 틀듯이 뭉쳐졌다.

진용의 두 손이 열십 자로 그어졌다.

붉은 도막이 종잇장처럼 찢겨지고, 척등의 입에선 거친 신음이 흘러나왔다.

"크으으……."

그가 신음을 토하며 뒤로 물러서자 진용의 신형이 그림자처럼 따라붙었다.

좌수가 척혈신도를 걷어냈다. 이어서 우수가 척등의 가슴을 파고들었다.

쾅! 와직!

엉겁결에 들어 올린 팔이 마른 수수깡처럼 부러지고, 척등의 몸뚱이는 철벽에 부딪친 쇠 구슬처럼 튕겨졌다.

그런데도 서로의 몸을 묶어놓기라도 한 것마냥 두 사람의 거리가 석 자에서 벌어지지를 않는다.

진용이 척혈신도를 움켜쥔 채 신형을 날린 때문이었다.

척등이 상황을 감지하고 도를 놓으려 했을 때는 이미 허공에서 한 바퀴 휘돈 진용의 뒤꿈치가 팔랑개비 휘돌 듯 척등의 어깨뼈를 부수며 떨어져 내리고 있을 때였다.

콰직!

"크억!"

땡그랑!

척혈신도가 주인의 손을 떠나 바닥에 나뒹굴었다. 척등도 이 장 밖으로 튕겨져 나뒹굴었다.

진용이 꿈틀거리며 일어서려는 척등을 바라보면서 무심한 목소리로 입을 열었다.

"제가 이긴 것 같군요."

여전히 흔들림없는 목소리.

조금 떨어진 곳에서 장로 둘을 십 초 만에 눕히고, 다른 상대를 찾아 몸을 돌리던 율천기의 어깨가 흠칫 떨렸다.

자신도 척등을 이길 수는 있다. 하지만 십여 초 만에 이길 수는 없다. 얼핏 본 척혈팔도의 위력이라면 삼십 초 이상은 겨뤄야 이길 수 있을 거라는 게 그의 판단이었다.

그런데…… 그런 척등이 십 초도 안 되어 무너지다니.

진용을 바라보는 율천기의 눈 가장자리가 가늘게 진동했다.

'비무를 포 형 다음에 하기로 한 건 정말 잘한 일이군.'

한 시진 후, 적혈문의 정문에 경첩이 떨어진 문짝이 대충 걸쳐졌다. 그리고 한가운데 한 장의 방문이 나붙었다.

적혈문은 십 년간 봉문(封門)한다.

2

한줄기 노성(怒聲)에 만붕전이 뒤흔들렸다.

"뭣이! 적혈문이 어떻게 되었다고? 봉문?"

"좀 전에 지급으로 들어온 소식에 의하면 고진용이 적혈문을 쳤다고 합니다. 그들 일행 중에는 벽월 율천기를 비롯해 십여 명의 고수가……."

"그걸 말이라고 하느냐!"

지금까지 보지 못했던 구양무경의 노한 모습에 공은수는 간이 오그라들고 폐가 타 들어가는 것만 같았다.

"그가 행방을 감춘 것은 기껏해야 보름 정도였다. 그 시간에 십여 명의 절정고수라니! 게다가 뭐라? 벽월 율천기?"

"아마도 십절검존이 힘을 쓴 듯……."

갑자기 구양무경의 얼굴이 얼음장처럼 싸늘하게 굳어졌다. 급변하는 구양무경의 기세에 공은수는 숨조차 쉴 수가 없었다.

"유태청이……?"

가능한 일이었다. 그라면 충분하다 못해 넘칠 정도다.

단, 예전의 그라면 말이다.

하지만 지금의 그는 거의 죽기 직전이라 했다. 선천진기마저 흩어져서 살아도 산목숨이 아니라 했다. 그저 죽음만 기다리는 힘없는 노인이 바로 십절검존 유태청인 것이다.

천제성에서 보내온 정보도 그러했고, 자신이 파악한 정보 또한 그러했다.

'그사이 나도 모르게 내가 너무 천제성의 정보에 기대고 있었던 건가?

기껏해야 보름이었다, 염천마곡의 일을 처리하고 천인효에 신경을 쓴 시간은. 그런데 천인효는 아직 처리하지도 못했고, 만붕사벽 중 하나인 적혈문이 봉문을 당했다.

단 보름 만에 일어난 실수치고는 너무도 피해가 컸다.

'내가 너무 자만한 것인가?

구양무경은 화를 억누르며 서서히 냉철함을 찾아갔다.

한참 만에야 그의 입이 다시 열렸다. 처음처럼 싸늘히 가라앉은 눈빛으로 공은수를 바라보며.

"현재 놈의 진로는?"

"전력을 다해 쫓고는 있습니다만, 괴이하게도 어떻게 우리의 움직임을 아는지 미리 알고 귀신같이 피하고 있어서 꼬리를 잡기가 쉽지 않습니다."

"천제성의 움직임은?"

"그들은 천혈교의 초청에 응한 뒤 그들을 치기 위해서 은밀히 본 성의 고수들을 움직인 것으로 밝혀졌습니다. 그래선지 고진용을 뒤쫓는 자들은 소수에 불과합니다."

"정천무맹은?"

"정천무맹은 이미 탕마단을 일차로 소집해서 신양으로 출발시켰습니다. 정보에 의하면 오백 명 정도라 합니다. 곧 이차, 삼차 탕마단이……."

"흥! 그것 하나는 뜻대로 흘러가는군."

구양무경의 눈에 점차 불꽃이 살아나기 시작했다.

"천제성의 뜻대로는 되지 않을 것이다. 천혈교의 무서움을 모르는 한 그들은 낭패를 볼 수밖에 없어. 문제는 정천무맹이야. 그들의 저력은 생각보다 대단하거든."

공은수의 고개가 살짝 들렸다. 구양무경이 일어섰다.

"급한 일부터 처리하는 게 순서겠지. 공 각주!"

"예, 주군!"

"사중광에게 고진용을 맡겨라! 염천마곡을 휘어잡기 위해서라도 뭔가 사건이 필요한 시점이야. 미적거리는 놈들을 모조리 동원하라고 해."

"존명!"

"그리고 천인효를 제거한다. 천자 이호에게 서신을 보내라. 일양회를 접수하라고 해!"

공은수의 처박혔던 고개가 번쩍 들렸다.

마침내 때가 된 건가? 삼존맹이 하나로 뭉칠 때가?

불꽃이 이는 눈을 들어 허공을 바라보는 구양무경을 공은수는 감격에 물든 눈빛으로 바라보다 천천히 고개를 숙였다.

"즉시 거행하겠나이다!"

3

"둘 중 하나를 택해라! 봉문을 하겠는가, 아니면 전멸을 당할 건가?"

귀옹곡주 양천생은 피눈물을 뿌리며 무릎을 꿇었다.

사방에 널브러진 수하들의 신음과 비명이 귀청을 찢을 듯이 울리고 있었다.

반 시진 전 한 대의 마차가 곡구에 들어섰다 했다. 막아선 수하들이 추풍낙엽처럼 나가떨어졌다는 보고를 받고 자신이 나갔을 때는 이미 마차가 귀옹각 앞에 당도해 있었다.

곡구에서 귀옹각까지의 거리는 오 리. 그 사이에 수백 명이 쓰러져 있는 것이 보였다.

그리고 한 사람이 시키면 몽둥이를 들고 달려든 지 십 초도 지나지 않아 자신의 무릎이 꿇렸다.

믿을 수 없게도 귀옹곡이 무너지는 데 걸린 시간은 단 반 시진에 불과했다.

"봉문…… 하겠소."

하지만 그는 몰랐다.

자신뿐만이 아니고 이미 네 개의 문파가 자신처럼 반 시진 도 견디지 못하고 무너졌다는 사실을.

심지어 만붕사벽 중 하나인 적혈문마저 이틀 전 한 시진 만 에 봉문했다는 사실을.

第五章

대포객잔(大包客棧)

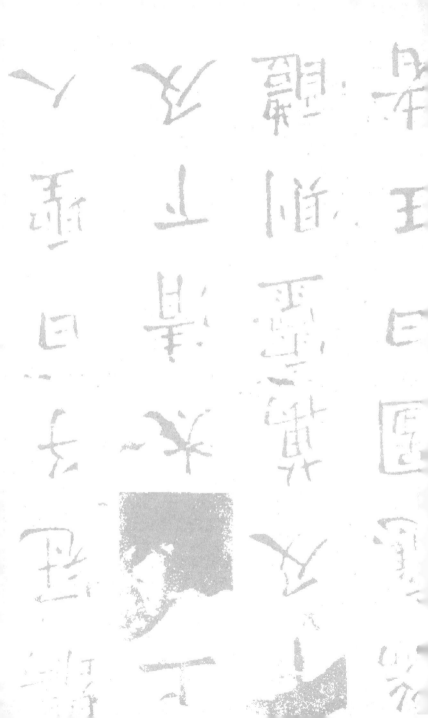

1

정양(正陽)으로 가는 길은 너무 조용하고 평화로워서 마치 별개의 세상에 온 것만 같았다.

"날씨 한번 끝내주는군."

하늘에는 실낱같은 구름 한 점도 끼어 있지 않았다. 너무 파래서 콕 찌르면 푸른 물이 좌아, 쏟아질 것만 같았다.

적당한 세기로 옷깃을 문지르며 스쳐 지나가는 실바람에 절로 눈꺼풀이 감길 지경이다.

두충은 마부석에서 실눈을 뜨고 하늘을 올려다보다 옆자리를 향해 고개를 돌렸다.

비류명이 꾸벅꾸벅 졸고 있었다.

'그 양반, 무사라는 사람이 졸기는……'

문득 장난기가 동했다.

두충은 손을 살짝 들어 올려 때리는 시늉을 해봤다. 확!

순간, 번쩍! 비류명이 눈을 뜨고는 가슴에 품고 있던 구류도의 도병을 잡는다.

피식, 두충의 입가에 실없는 웃음이 떠올랐다.

'호! 제법인데? 그 와중에도 긴장을 풀지 않다니.'

그때 반대쪽에 앉아 있던 사마조양이 지나가듯이 말했다.

"언젠가 비 형에게 장난을 걸었다가 손모가지가 잘린 친구가 있었지, 아마?"

비류명이 눈살을 찌푸렸다.

"목을 자르려고 했는데, 손목을 갖다 대는 바람에 어쩔 수 없었어."

두충의 고삐를 잡은 손이 가늘게 떨렸다.

'지미…… 겁주기는……'

장난으로 하는 말이라는 것을 모르지는 않았다.

설마 장난 한번 했다고 손목을 자르기야 할까?

그래도 혹시 모르는 일. 이후로 두충은 장난으로라도 비류명을 향해 손을 들어 올리지 않았다.

말없이, 비류명에게 장난도 걸지 않고 마차만 몰던 두충이 그들을 본 것은 우연이었다.

우연이 겹치면 필연이라고도 하지만 이번 일은 그런 것과는 전혀 상관이 없었다.

졸렸다. 너무 졸렸다. 비류명과 사마조양에게 장난을 걸수도 없으니 더 졸렸다. 그래서 고개를 좌우로 돌리는데 그들이 보였다.

세 사람이 서로를 부축한 채 숲을 빠져나오고 있었다. 스님들이었다. 상당히 먼 거리였지만 그들이 스님이라는 것을 알아보는 것은 그리 어렵지 않은 일이었다.

박박 깎은 머리, 노란 승복. 그런데 언젠가 본 모습들이다.

두충이 졸음을 떨치고 놀라 소리쳤다.

"어? 저들은…… 혹시 소림의 스님들 아냐?"

그 말에 덜컹, 마차 문이 열리고 곧바로 진용과 정광이 마차를 나섰다.

두충은 두 사람이 마차를 나서자 급히 마차를 세우고는 손을 들어 우측의 숲을 가리켰다.

"고 공자님, 저기……."

진용은 마차로 인해 일어난 먼지에도 아랑곳하지 않고 우측의 숲을 바라보았다.

두충의 말대로였다. 세 명의 스님이 숲에서 나오고 있었다. 거의 쓰러지기 직전의 몰골들이었다.

"가보죠."

진용 일행이 다가가자 세 명의 소림승은 바짝 긴장한 표정으로 진용 일행을 쳐다보았다.

"혹시 소림에서 오신 분들이 아니신지요?"

진용은 물음을 던지면서 세 명의 스님을 살펴보았다. 부축을 받으며 기대서 있는 중년승의 머리에 찍힌 여섯 개의 계인이 그가 소림승이며 그 지위 또한 그리 낮지 않음을 말해주었다.

중년승은 다가온 자들이 적이 아님을 느꼈는지 힘겹게 손을 들어 올려 반장을 취하며 입을 열었다.

"아미타불, 빈승은 소림의 효정이라 하오. 시주는 뉘신지?"

진용의 눈이 반짝 빛을 발했다.

"소생은 고진용이라 합니다."

진용의 말이 떨어지자 효정은 물론이고 곁의 두 소림승마저 눈을 휘둥그렇게 떴다.

"고진용!"

"저를 아십니까?"

알다마다. 우리가 왜 이 고생을 하고 있는데!

효정이 멍하니 진용을 바라보다가 한숨을 내쉬며 입을 열었다.

"후우, 당연히 알고 있지요. 빈승은 사부님의 명을 받아 고시주와 유 노시주를 찾고 있었소이다."

"예? 저를요?"

진용은 일단 효정을 비롯한 세 명의 소림승을 마차로 데려왔다. 그들은 마차 안에 앉아 있는 노인이 유태청임을 알고 놀란 표정을 감추지 못했다.

"일단 치료부터 하고 이야기를 나누세."

입을 열려는 그들을 유태청이 말렸다. 중년승 효정의 상세는 매우 심각한 상태였다. 정신력으로 버티고는 있지만 언제 쓰러진다 해도 이상할 게 없을 정도였다.

다행히 그동안의 경험으로 마차에는 적지 않은 약재가 구비되어 있었다.

일각이 흘렀다. 상처를 물로 씻어내고 금창약을 바른 후 깨끗한 천으로 동여맸다.

간단하게나마 치료를 하고 나자 그제야 마음이 안정되는지 효정이 그간의 사정을 말하기 시작했다.

성승을 해친 효망이 신양 부근에서 발견되었다는 이야기부터 시작해서, 소림이 둘로 나뉘어 탕마단과는 별도로 움직이고 있다는 이야기까지.

그리고 요양이 효정에게 십절검존을 찾으라 했다는 말까지.

비밀이라 할 수도 있는 이야기였지만, 요양이 모든 것을 말하라 했다는 것이다. 십절검존의 도움을 얻으려면 사실대로 모든 것을 털어놓는 것이 나을 거라며.

"그 후에 저희는 사부님의 명을 받고 고 시주와 유 노시주를 찾아다녔습니다. 무려 한 달이 넘게 헤매었지요."

"저를 무슨 일로 찾으신 겁니까?"

진용이 의아한 표정으로 묻자 효정이 숨을 가다듬고 요양의 말을 전했다.

"말씀드렸다시피 장문인께선 이번 일로 두 가지의 뜻을 이루고자 하십니다. 너무 위험한 계획이지요. 해서…… 만약 소림이 위급해지면 소림을 도와주십사 부탁을 드리기 위해서입니다. 사부님께서 말씀하시길, 유 노시주와 고 시주라면 방법이 있을지도 모른다고 하셨습니다."

"저나 유 어르신에게 소림을 도울 힘이 있을 거라 생각하십니까?"

효정은 차분히 가라앉은 눈으로 진용을 바라보았다.

"처음에는 그저 사부님의 명이니 그리 전하기만 하면 될 뿐이라 생각했지요. 하나, 이제는 사부님의 명이 아니라도 빈승이 부탁을 드리고 싶습니다. 고 시주, 소림을 도와주시오."

효정의 눈이 온화하니 빛을 발했다.

진용은 그 눈빛이 특이하다 생각했다. 부드러우면서도 힘이 있는 눈빛. 부탁을 하면서도 결코 흔들림없는 눈빛이다.

'소림에 또 다른 거인이 있었구나.'

진용은 감탄하지 않을 수 없었다. 그리고 효정의 무공 또한 어쩌면 처음 생각했던 것보다 더 강할지 모르겠다는 생각이 들었다.

소림은 잠을 자지도, 늙지도 않았다 했던가?

새삼 유태청의 말이 마음에 와 닿았다.

"제가 할 수 있는 일이 있다면 그리하지요. 소림과 아주 무관한 관계도 아니니 말입니다."

효정은 그 말뜻을 정확히 이해하지는 못했지만 진용의 허락만으로도 마음이 편안해졌다.

그때 진용이 물었다.

"그 상처는 어떻게 된 겁니까?"

효정이 인상을 찡그리더니 천천히 생각을 더듬어 이야기를 풀어나갔다.

"어제였지요. 다 무너진 사당이 보이기에 쉬어가려다 괴이한 자들을 만났습니다. 모두 다섯이었는데, 무너진 사당에서 제를 올리고 있더군요. 가끔 봐온 거라서 그러려니 하고 들어갔더니, 그들이 갑자기 덤벼들었습니다."

효정이 잠시 말을 멈추더니 차마 못할 말을 한다는 표정으로 말을 이었다.

"제단의 커다란 항아리에 사람의 피로 보이는 붉은 선혈이 담겨 있었는데, 아마도 해서는 안 될 짓을 하다 들켰기 때문에 본 사람들을 모두 죽이려는 것 같았습니다."

효정이 말을 맺자 청년승 원요가 조심스럽게 입을 열었다.

"그들의 말로는 혈신께서 재림했으니 제물을 올린다나 뭐라나 했습니다. 효정 사숙께서 몸을 상해가면서까지 그들 중한 사람을 제거하지 않았다면, 아마 소승들은 모두 죽었을지도……."

효정이 몸을 던져 막은 덕분에 청년승들이 무사할 수 있었다는 말이었다.

청년승은 그때의 광경이 생각나는지 자신도 모르게 몸을 떨었다. 그것은 두려움이었다.

소림의 십팔나한 중 한 사람이자 진용이 보기에도 대단한 고수로 보이는 효정을 곤란하게 만든 사람. 소림승이 몸을 떨 정도의 두려움을 줄 수 있는 자. 그자들이 누굴까?

진용의 얼굴이 굳어졌다. 대단한 무공을 지닌 것으로 보이는 효정이 무명의 고수에게 당했기 때문이 아니었다.

혈신!

갑작스럽게 튀어나온 그 이름 때문이었다.

혈신이라는 이름을 가로챈 서신에서 우연찮게 본 것이 한 달 전이었다. 그리고 오늘 또 혈신에 대한 말을 들었다.

"한번 알아보는 게 어떻겠나?"

유태청도 심상치 않음을 느꼈는지 진용을 보며 말했다.

"변수가 될지도 모르니 그리해야 할 것 같습니다."

2

154 마법서생

하늘은 여전히 푸르렀고, 햇빛은 따사롭기만 했다.

마차는 누렇게 익은 보릿대가 황금 물결을 일으키는 평원 사이의 관도를 종전보다 더 빠른 속도로 달려갔다.

만봉성의 외벽 중 하나인 적혈문을 봉문시킨 지 닷새가 지난 날이었다.

진용 일행과 세 명의 소림승을 태운 마차는 해가 떨어지기 전에 정양성에 들어설 수 있었다.

효정과 원 자 배의 두 청년승은 소림의 속가제자가 주인으로 있는 수경산장으로 가겠다며 정양에 들어서자마자 마차를 떠나갔다.

그리고 진용 일행은 사도굉의 안내로 대로를 피해서 허름한 집들이 밀집한 뒷골목을 찾아들어 갔다.

"전에 들은 말이 있는데, 한번 확인할 겸 꼭 가보고 싶은 곳이 있네."

사도굉이 오면서 꼭 확인해 보고 싶다는 곳을 찾기 위해서였다.

결국 일행은 근 한 시진을 헤매고서야 원하던 목적지를 찾을 수 있었다.

"워워!"

두충이 마차를 세우자 정광이 재빨리 내려왔다.

"이놈아, 뭔 마차를 그렇게 험하게 모냐?"

두충이 뚱한 눈으로 정광을 바라보았다.

"그럼 도장님이 몰아볼래요?"

"험, 나중에!"

간단하게 두충의 말을 뭉개 버린 정광은 바람에 휘날리는 객점의 깃발을 올려다보았다.

문득 정광의 눈살이 찌푸려졌다.

"다른 곳으로 가지? 아! 저곳이 좋겠군."

"예? 왜요?"

두충이 의아한 표정을 지으며 정광의 시선을 따라 깃발을 바라보았다.

포자 전문(包子專門) 대포객잔.

다른 곳으로 고개를 돌려보았다.

양육 전문(羊肉專門) 대양객잔.

마차에서 내린 진용이 말했다.

"설마 명색이 객잔인데 고기를 팔지 않겠습니까? 아마 포자를 유난히 잘 만들어서 저리 써 붙인 걸 겁니다."

"흠, 하긴……."

그제야 정광이 왜 다른 데로 가자고 했는지 그 이유를 안 사람들이 모두 정광을 바라보았다.

"뭘 봐?"

결국 일행은 포자 전문 대포객점으로 들어갔다. 사도굉이 원했던 그곳으로.

끝까지 정광이 대양객잔으로 가려 했다면 아마 사도굉은 정광의 멱살을 잡고서라도 대포객잔으로 들어갔을 터였다.

그에게는 그럴 만한 이유가 있었다.

'진짜 그가 있을까?'

객점은 겉보기보다 그리 크지 않았다. 탁자라고 해봐야 여덟 개. 그중 입구 쪽 두 개의 탁자에만 손님이 앉아 있을 뿐 시간을 생각하면 의외로 한산했다.

일행은 허겁지겁 포자를 먹고 있는 손님들을 힐끔 쳐다보고는 그들을 지나쳐 빈 탁자에 자리를 잡았다.

곧 점소이가 바쁜 걸음으로 다가오자 진용이 물었다.

"여기는 포자만 됩니까?"

점소이가 무슨 소리냐는 듯 수십 가지나 되는 음식의 이름을 줄줄이 늘어놓았다. 진용의 말대로였다. 포자뿐만이 아니고 다른 음식도 얼마든지 됐다.

어느 순간 정광이 점소이의 말을 잘랐다.

"나는 회과육(回鍋肉)!"

점소이가 정광을 노려보고는 다시 음식 이름을 늘어놓으려 하자 진용이 손을 들어 그의 입을 막았다.

"밖을 보니 포자 전문이라 쓰여 있던데……."

점소이가 씩 웃었다.

"포자도 종류가 여러 가지입죠. 저희 대포객점의 자랑이라면 뭐니 뭐니 해도……."

이번에는 운아영이 탁자에 쾅 소리가 나도록 검을 내려놓아 그의 입을 얼어붙게 만들었다.

'꼭…… 그 미친 할망구만큼이나 덩치가 큰 계집이네.'

진용이 얼어붙은 그를 향해 조용히 말했다.

"당신이 생각해서 대충 가져와요."

이각 후, 점소이가 세 차례에 걸쳐 포자를 가져왔다. 무려 열 종류나 되었다. 탁자가 온통 포자 접시로 뒤덮였다.

포자 종류가 그렇게 많다는 것을 처음으로 안 사람들은 한참 동안 포자를 바라보기만 했다.

"맛있게 드시기 바랍니다!"

점소이의 힘찬 구령이 떨어졌는데도 누구도 포자에 손을 대는 사람이 없었다. 그러다 두충이 슬그머니 넓적한 포자를 하나 집자 그제야 각기 다른 포자들을 하나씩 집어 들었다.

그리고 잠시 후, 포자를 입에 넣고 오물거리던 사람들의 눈이 휘둥그레졌다.

우선 맛이 있었다. '전문'이라는 말이 괜히 붙은 것이 아니었다.

하나를 마저 삼킨 사람들의 눈이 탁자 위로 일제히 집중되었다. 손을 뻗는 속도가 빨라지기 시작했다.

유태청마저도 입속에 든 것을 다 삼키기 전에 다른 포자를 집어 들었다.

아직 회과육이 나오지 않아 손과 입을 놀리고 있던 정광도 보다 못해 하나를 먹어보더니, 회과육이 나왔는데도 회과육은 쳐다보지도 않았다.

이렇게 맛있는 포자를 만드는 집에 왜 손님이 별로 없을까?

사람들은 의아했지만, 의문을 풀기 전에 일단 눈앞의 포자를 해치우는 일에 더 신경을 썼다. 오직 사도굉만이 간간이 두리번거리며 뭔가를 찾고 있을 뿐.

그런 사도굉에게 진용이 물었다.

"포자 맛 때문에 오신 겁니까?"

"응? 아니, 꼭 그런 것은 아니고……."

사도굉이 얼버무리며 다시 포자를 하나 집었다. 하지만 그는 손에 든 포자를 입에 가져가기도 전에 몸이 굳어버렸다.

"주인 나와!"

갑자기 칼날을 벼린 듯한 카랑카랑한 목소리가 입구 쪽에서 들려온 것이다.

순간 이해할 수 없는 일이 벌어졌다.

허겁지겁 포자를 먹던 손님들이 일제히 일어서더니 주방으로 난 문을 통해 빠져나가는 것이 아닌가.

괴이한 광경에 진용 일행은 얼떨떨한 표정으로 주방 쪽을 바라보았다.

자신들도 나가야 하는 건가? 모두가 같은 생각을 했다.

그때였다. 이미 한두 번 있는 일이 아닌 듯, 곧이어 누군가가 주방 쪽에서 대꾸했다. 굵고 무게감있는 목소리로.

"망할 할망구야! 왜 또 지랄이야!"

"오늘은 끝장을 내자, 이 꼬부랑 늙은이!"

"흥! 누가 마다할 줄 알고? 언제는 끝장낸다고 안 했나?"

주방에서 코웃음과 함께 바짝 마른 데다 잘해야 다섯 자나 되었을까 싶을 정도로 왜소한 노인이 모습을 드러냈다.

반면에 입구 쪽에서는 카랑카랑한 목소리의 주인이 입구를 꽉 채운 채 안으로 들어섰다. 거대한 몸집의 노파였다.

진용 일행은 입을 쩍 벌리고 두 사람을 번갈아 보았다.

이럴 수가!

사람과 목소리가 완전 반대였다. 자신들이 잘못 듣지 않았나 귀를 후벼 파고 싶은 마음이 절로 일 정도였다.

오직 한 사람만 빼고.

"진짜였어."

일행의 고개가 일제히 사도꿍을 향했다.

진용이 물었다.

"아시는 분들입니까?"

"나도 말만 들었다네."

사도굉이 눈을 동그랗게 뜨고 대답하려는데, 다시 카랑카랑한 목소리가 객잔을 뒤흔들었다.

"꼬부랑 늙은이, 너 때문에 우리 가게가 장사가 안 되잖아!"

"내가 손님들을 이곳으로 오라고 했나? 웬 트집이야!"

"늙은이가 꼬시지 않았으면 저런 단체 손님이 이곳으로 올 리가 없잖아?"

"킁! 억지를 써도 정도껏 써, 이 덩치만 큰 망할 할망구야!"

"뭐야? 이 강아지 같은 영감이!"

"좌우간 덩치 큰 여자치고 속 빈 포자 아닌 여자가 없다니까. 상대를 하는 내가 미쳤……."

그때였다.

쾅!

"뭐라구요? 이봐요! 방금 뭐라고 했어요!"

노인과 노파의 고개가 번개처럼 진용 일행을 행했다.

운아영이 커다란 장검을 움켜쥐고 일어서 있었다.

그녀가 눈을 부릅뜨고 말했다.

"제가 웬만하면 참겠는데, 왜 여자 덩치 큰 것 가지고 뭐라 하는 거죠?"

씩씩거리는 그녀를 바라보며 두 노인의 눈에서 기이한 빛이 번뜩였다. 덩치가 작은 노인이 희한하다는 눈빛으로 운아영을 바라보는 반면, 노파는 몽롱한 눈빛으로 운아영의 전신을 훑어봤다.

유태청이 나직한 목소리로 그녀를 말렸다.

"아영아, 그만 앉거라."

유태청의 말에 씩씩거리며 덩치가 작은 노인을 노려보던 운아영이 고개를 돌리고 입을 한 자는 내밀었다.

"할아버지, 저 생쥐처럼 쬐끄만 노인이⋯⋯."

갑자기 입구를 막고 있던 노파가 웃음을 터뜨렸다.

"오호호호! 정말 똑똑한 아이구나! 저 늙은이의 옛날 별명을 알다니 말이야!"

쬐끄만 노인, 소서(小鼠)노인은 그러잖아도 작은 눈을 더욱 작게 뜨고 운아영을 바라보았다.

"그래도 돈화(豚花) 할망구보다는 낫군."

비대한 노파, 돈화파파의 쭉 찢어진 눈이 더욱 길게 찢어졌다.

"이 쥐새끼 같은 늙은이가!"

갑자기 돈화파파의 곁에 있던 탁자가 뒤로 주욱 밀려났다.

소서노인의 곁에 있던 탁자도 한쪽으로 밀려났다.

차이라면 부서지며 물러난 것과 멀쩡히 물러났다는 것 정도였다.

그래도 객점을 완전히 부술 생각은 없는지 두 노인은 자신들의 일 장 반경 밖으로는 기운을 내뿜지 않았다.

두 노인의 말싸움을 듣고 있던 사도굉이 반쯤 목에 걸려 있던 말을 내뱉었다.

"맙소사! 진짜 광소쌍마(廣小雙魔)야."

진용이 놀란 표정으로 사도굉에게 물었다.

"저 두 분이 혼세십팔마 중의 광소쌍마란 말입니까?"

"바로 그들이네. 죽었다 소문났는데, 이곳에 있었군. 비슷한 사람이 있다는 말을 듣고도 설마 했었는데 말이야."

"그럼 그걸 확인하려고 이곳에 오자고 하신 겁니까?"

"뭐 그런 셈이지. 하도 궁금해서……."

진용이 대치하고 있는 광소쌍마를 다시 바라보았다.

"두 분이 부부라고 들었습니다만."

"맞네. 부부는 부부지. 평생 싸우기만 해서 그렇지."

진용과 사도굉의 대화가 이어지자 소서노인과 돈화파파가 획 고개를 돌려 진용 일행을 바라보았다.

"너는 누군데 우릴 아는 거냐?"

소서노인이 물었다.

진용은 빙그레 웃으며 답했다.

"저는 고진용이라 합니다."

당연히 두 노인은 진용의 이름을 알지 못했다. 두 노인의 눈이 사도굉에게 향했다. 와중에도 사도굉 옆에서 포자를 하나 집어먹으려던 정광이 뜨끔한 표정으로 불쑥 소리쳤다.

"뭘 보슈!"

소서노인이 어이없다는 듯 조그만 눈을 동그랗게 떴다. 그래 봐야 그 눈이 그 눈이었지만.

"웃기는 놈이군. 너 도사 맞아?"

"사부님이 도사외다."

정광의 통명한 대답에 돈화파파가 낄낄거리며 웃었다.

"킬킬킬! 그놈, 수모(水母:해파리) 같은 입으로 대답도 괴상하게 하는군."

수모 같은 입?

정광이 굳은 얼굴로 돈화파파를 노려보았다.

하지만 그것도 잠시, 곧 사도굉에게 슬며시 물었다.

"수모가 뭐요?"

사도굉이 정광의 귀에 대고 뭐라 속삭였다. 그러자 정광이 벌떡 일어서더니 돈화파파를 향해 웃음을 터뜨렸다.

"하하하! 그래도 여도우가 사람 보는 눈은 있구려."

객잔에 썰렁한 바람이 불었다.

사도굉이 뭐라 했기에 정광이 저러는 것일까?

사람들이 사도굉을 바라보았다. 어깨만 으쓱한 사도굉이 실쭉 웃으며 나도 모르겠다는 듯 고개를 돌렸다.

소서노인은 그것이 마음에 들지 않았다.

자신들이 누군지 알고도 누구 하나 겁내는 사람이 없다. 그저 옆집 노인하고 농담 따먹기나 하는 것 같은 행동들이다.

감히 자신과 돈화파파의 말싸움에 끼어들고도 아무런 죄의식을 느끼지 못하다니.

건방진 놈들!

그는 한여름에 얼음장이 허공에 둥둥 떠다닐 정도로 싸늘하게 입을 열었다.

"늙은 놈이나 젊은 놈이나 겁이 없기는 마찬가지군. 대가리에 구멍을 내고 골을 파먹어야 정신이 들려나?"

낄낄거리며 웃던 돈화파파도 이상함을 느꼈는지 샐쭉한 눈으로 진용 일행을 바라보았다.

그러자 진용이 나직한 목소리로 입을 열었다.

"여기 계신 어르신께는 무례하지 않았으면 싶군요."

소서노인의 작은 눈이 가늘게 늘어졌다.

"컬컬! 정말 건방진 꼬마군. 우리가 누군지 알면서도 그런 말을 하다니."

정광이 피식 웃었다.

"고 공자에게 건방진 꼬마라……. 지나가던 개가 다 웃겠군."

그때, 믿어지지 않게도 밖에서 개 짖는 소리가 들렸다.

컹컹컹!

"……."

모두가 할 말을 잃고 밖을 바라보았다. 개 두 마리가 뼈다

귀 하나를 놓고 으르렁거리고 있었다.

한 편의 웃기는 경극을 보는 것만 같았다.

소서노인은 노화가 치미는지 손을 홱 뿌렸다.

캐갱!

꼬리를 만 두 마리 개가 도망갈 때는 사이좋게 도망갔다. 마치 서로를 걱정해 주듯이.

그걸 본 진용은 기이한 생각이 들었다.

천하에서 가장 강한 마인이라는 혼세십팔마 중 광소쌍마가 화나서 손을 썼으면서도 개를 죽이지 않고 살려 보내다니.

'뭔가 사연이 있는 것인가?'

때마침 소서노인이 홱 고개를 돌리고는 실처럼 가는 눈으로 진용을 노려보았다.

이 모든 것이 너 때문이라는 듯. 눈빛만으로 진용의 머리통에 구멍을 내버리겠다는 듯이!

진용도 무심한 눈으로 소서노인을 직시했다.

눈싸움이라면 정광도 한 수 꿇리고 들어가는 진용의 눈빛이다.

게다가 마안의 능력마저 익힌 진용의 눈빛은, 마음만 먹으면 눈빛만으로도 어지간한 고수의 정신을 조종할 수 있을 정도가 아니던가.

숨을 두어 번 쉴 짧은 시간이 흐르자 소서노인의 가는 눈이 가늘게 떨리기 시작했다.

'뭐 저런 놈이 다 있어?

칠십이 넘도록 이런 기가 막힌 일이 일어날 거라고는 생각도 하지 못했다.

자신이 누군데 눈싸움에 밀려! 그럴 순 없지!

그는 눈에 힘을 더 주었다. 자신의 모든 심기를 두 눈에 다 쏟아 부었다. '저런 새파란 놈의 눈조차 이기지 못하는 것은 치욕이다!' 그런 생각으로.

어찌나 힘을 줬는지 그의 작은 눈동자가 시뻘겋게 충혈되고 눈 가장자리에 핏방울이 맺혔다.

하지만 아무리 그가 전력을 다한다 해도 마안의 능력을 익힌 진용과 눈싸움을 한다는 것 자체가 무리였다.

소서노인의 숨소리가 거칠어졌다.

그는 십여 번 정도 거친 숨을 몰아쉬더니, 나락으로 떨어지는 것 같은 무력감을 더 이상 참지 못하겠는지 결국 몸을 부르르 떨며 눈길을 틀었다.

흥미로운 눈으로 두 사람의 눈싸움을 지켜보고 있던 돈화파파의 얼굴이 굳어진 것은 그때였다.

갑자기 돈화파파의 비대한 몸이 홀쩍 떠올라 진용을 향해 날아갔다.

이 장이 조금 넘는 거리가 찰나에 좁혀졌다.

그녀는 날아가던 그대로 아무런 말도 없이 진용을 향해 두 손을 뻗었다. 별다른 특징도 없어 보이는 손짓이었다.

하지만 당사자인 진용은 거대한 기운이 뭉뚱그려져 자신의 몸을 쥐어짜듯이 덮어옴을 느끼고, 그 기운의 한가운데를 향해 일권을 비틀어 쳐냈다.

우르르릉!

진용을 덮어버릴 것 같던 비대한 돈화파파의 몸이 날아오던 속도보다 더 빠르게 뒤로 튕겨졌다.

쿵! 쿵! 쿵!

"으음……."

세 걸음을 물러선 채 가늘게 흘러나오는 돈화파파의 신음. 소서노인의 쥐눈 같던 조그만 눈이 강아지 눈만큼이나 커졌다.

"네놈이!"

"당신은 나서지 마!"

앞으로 나서려는 소서노인을 향해 돈화파파가 빽 소리쳤다. 소서노인은 천천히 고개를 돌려 돈화파파를 바라보았다.

"당신이 상대할 수 있는 자가 아니야."

"그러는 당신은! 눈싸움에서도 진 주제에 왜 나서!"

이를 악다문 소서노인의 눈이 다시 가늘어졌다.

그가 서서히 시커멓게 물들기 시작한 두 손을 늘어뜨리고는 짓씹듯이 말했다.

"아직 끝난 것은 아니야."

무엇을 느꼈는지 돈화파파의 안색이 창백하니 굳어졌다.

"설마? 그건 안 돼!"

소서노인이 이글거리는 눈으로 돈화파파를 바라보았다.

"날 비참하게 만들 생각이 아니라면 그냥 놔둬."

한편 진용은 시간이 갈수록 묘한 생각이 들었다.

분명 저들은 뭔가를 망설이고 있다. 그게 무엇인지는 몰라도, 그로 인해서 저들은 자신들의 힘을 다 쓰지 않고 있다.

돈화파파의 일장에 실린 힘만 해도 그랬다. 그녀의 일장이 비록 강맹하긴 했지만 그 정도로는 결코 혼세십팔마가 지닌 힘이라 볼 수 없었다.

무슨 일이 있기에 저들은 자신들의 힘을 다 쓰지 않는 걸까?

개를 죽이지 않은 이유는 뭐지?

"아무래도 저들에게 무슨 사연이 있는 것 같네, 고 공자."

마침 유태청의 전음이 귓속을 파고들었다. 그가 말을 이었다.

"과거의 광소쌍마는 수십 명의 사람을 죽이면서도 눈 하나 깜짝하지 않던 사람들이었네. 이상하구만."

사람도 가차없이 죽이던 자들이 자신을 화나게 한 개를 살려 보낸다? 그거야말로 웃기는 일이 아닌가.

분명 뭔가가 있다.

진용은 두 노인이 말싸움을 벌이고 있자 자리에서 일어났다.

그가 일어서자 두 노인이 말싸움을 멈추고 고개를 돌렸다. 진용은 그들을 향해 걸어갔다.

그들과 일 장의 거리가 되자 걸음을 멈춘 진용은 천천히 손을 들어 올리고 그들을 향해 포권을 취했다.

"고가장의 고진용이 광소쌍마 노선배께 정식으로 인사드리겠습니다."

소서노인과 돈화파파가 경계심 가득한 눈으로 진용을 바라보았다.

"무슨 뜻이냐?"

용서를 빌겠다는 뜻은 아닐 터였다. 눈앞의 젊은 놈은 믿을 수 없게도 자신들조차 쉽게 대할 수 없는 고수. 더구나 일수에 이득을 본 놈이 용서 운운하며 나설 거라고는 생각도 하지 않았다.

그래, 어디 건방진 말을 한마디만 해봐라! 바로 죽여 버릴 테니까!

"이렇게까지 될 일이 아닌데 일이 좀 우습게 되어버렸습니다. 기분 상하셨다면 용서하시지요."

젠장! 차라리 건방을 떨라니까!

소서노인의 얼굴이 살짝 일그러졌다. 두 손에 가득 끌어올린 기운이 흔들렸다. 아는지 모르는지 진용이 조용히 말을 이었다.

"저와 함께 계신 분을 위한다는 것이 그만 노선배들께 무례를 범한 것 같습니다."

흥! 그게 어떤 놈인데? 저 늙은이?

무심결에 두 노인의 눈이 진용이 앉아 있는 탁자로 향했다.

"십절검존 어르신께서는 참으라 하셨는데, 제가 아직 젊다보니 참지 못했지요."

소서노인의 어깨가 움찔 떨렸다. 그가 진용을 바라보았다.

누구? 십절검존?

돈화파파도 커다란 얼굴의 반을 차지할 정도로 입을 크게 벌렸다.

"더구나 저와 함께하는 분들은 유 어르신을 흠모하는 분들인지라, 그분들이 나서면 시끄러워질 것 같아서……."

진용은 말을 끌며 밖을 바라보았다.

그제야 두 노인은 고개를 돌려 밖을 빠르게 훑었다.

순간 두 노인의 안색이 경악으로 굳어졌다.

심상치 않은 기운이 객잔 전체를 감싸고 있다. 흐르던 바람조차 비켜갈 정도다. 지나가는 행인들처럼 대수롭지 않은 눈빛으로 객잔 안을 바라보고 있는 사람들, 그들에게서 뿜어 나오는 기운이다.

소서노인이 그들을 향해 싸늘하게 소리쳤다.

"웬 놈들……."

그때 진용이 밖을 향해 말했다.

"들어오시죠. 공연한 소란은 서로에게 도움이 되지 않을 것 같으니까요."

진용의 말이 떨어지자마자 입구에서, 창문 쪽에서 고개를 삐죽거리던 사람들이 소리도 없이 바람처럼 안으로 들어섰다.

모두 열한 명.

그들을 바라본 두 노인의 인상이 와락 일그러졌다. 하지만 시간이 지나자 그들의 표정은 점차 놀람으로 바뀌어갔다.

하나같이 절정의 경지를 오래전에 맛본 고수들이다. 개중에 몇 명은 자신들조차 감당할 수 있을지 자신할 수 없는 진정한 고수.

그들을 바라보던 소서노인이 굳은 표정으로 천천히 고개를 돌려 유태청을 바라보았다.

"정말…… 십절검존이시오?"

유태청이 말했다.

"만나서 반갑소. 유태청이라 하오."

'젠장, 진짜잖아!'

소서노인은 놀람을 억누르고 유태청을 뚫어지게 바라보았다.

그러다 문득 그의 눈에 의아한 빛이 떠올랐다.

십절검존 유태청의 몸에서 아무런 기운도 느껴지지가 않는다. 그 이름에 걸맞은 강한 기운은커녕 평범한 기운도 느껴지지 않는다.

허깨비를 바라보는 기분이라고나 할까.

그런데 더 기이한 것은, 눈이 마주치자 무언가 알 수 없는 부드러움이 자신의 정신을 옥죄어온다는 것이다.

소서노인의 작은 눈이 파르르 떨렸다.

답답한 가슴. 숨을 쉬는 것조차 조심스러워진다.

대체 뭐지? 뭐기에 자신의 가슴을 이리도 한없이 작게 오그라뜨리는 것이지?

십절검존 유태청. 단지 그의 이름 때문만은 아니다. 무공 때문은 더더욱 아니다. 자신이 보기에 유태청은 놀랍게도 무공을 지니고 있지 않다.

'이건… 무공이 아니다. 어떻게 이런……. 이게 십절검존?'

소서노인이 힘겹게 숨을 몰아쉬며 입을 열었다.

"무공을…… 잃었소?"

유태청이 조용히 웃음을 지었다.

"그래도 삼 년의 목숨은 건졌소."

"대체 누가……?"

유태청이 고개를 저었다. 그게 무슨 소용이냐는 듯 웃음마저 띤 채.

"그보다, 새로 온 손님도 있으니 음식을 더 내줬으면 싶소만."

이마에 맺힌 땀방울이 입가로 흘렀다. 짭짤한 맛이 느껴진다. 그제야 소서노인은 정신을 차리고 희미한 웃음을 머금었다.

"내 다른 것은 몰라도 포자 하나만은 누구 못지않소이다. 곧 내올 테니 좀 기다리시구려."

그가 여전히 긴장해 있는 돈화파파를 돌아다보았다.

"임자도 가서 고기 좀 가져와."

"내가 왜? 여기는 영감 집이잖아."

"돈은 따로 계산해서 줄 테니 잔말 말고 가져와."

"뭐, 그렇다면야……."

돈화파파가 잔뜩 긴장한 채 밖으로 나가자 소서노인은 다시 한 번 유태청을 바라보고는 주방으로 향했다. 그러다 멈칫, 걸음을 멈추더니 몸을 거세게 떨었다.

'설마…… 무상력?'

하지만 그는 곧 고개를 털고 주방으로 들어갔다.

'그럴 리가 없어. 무공을 잃은 사람이 어떻게……..'

열한 명마저 탁자를 차지하고 앉자 대포객잔이 거의 다 차다시피 했다.

그들은 진용 등이 앉아 있는 탁자를 바라보고는 말을 잊었다.

진용이고 유태청이고, 자신들을 바라보고 있는 사람은 없었다.

'얼마나 배가 고팠으면······.'

율천기는 그리 생각했다.

'흠, 포자들을 아주 좋아하는군.'

포은상도 그리 생각하며 고개를 끄덕였다.

잠시 후, 접시에 수북이 쌓인 포자가 나왔다. 어떤 것은 통에 그대로 담긴 것도 있었다. 역시 열 종류나 되었다.

그리고 곧바로 돈화파파가 은은한 향기가 나는 양육을 가지고 객잔으로 들어왔다.

소서노인은 돈화파파가 들어오자 객잔의 문을 걸어 잠그고는 잠시 머뭇거리다가 진용이 있는 탁자로 다가왔다.

털썩, 옆쪽의 탁자에서 의자를 하나 빼 앉은 소서노인이 도저히 궁금해 못 참겠다는 표정으로 유태청에게 물었다.

"무상력이었소?"

뜬금없는 질문이었다. 그러나 유태청은 그가 왜 묻는지 그 이유를 알고 있었다. 조금 전에 보았던 소서노인의 떨리는 눈. 왠지 모르지만 그는 심한 충격을 받은 듯했었다. 아마 그 때문에 묻는 것일 터였다.

한데 궁극(窮極)의 무공이라는 무상력이라니······.

유태청은 고개를 저었다.

"허허허, 내 무슨 재주가 있어 무상력을 익힐 수 있었겠소? 그냥 무공이 사라지다 보니 욕심도 사라져서 편안한 마음으로 모든 것을 바라볼 뿐이오."

"하지만 무상력이 아니고서야 어찌 무공을 잃은 몸으로 이 늙은이의 정신을 제압할 수가 있단 말이오?"

유태청이 조용히 미소 짓는 표정으로 소서노인을 바라보더니 진용을 향해 고개를 돌렸다.

"어찌 생각하는가?"

"글쎄요. 무상력이 어떤 것인지 정확히는 모르겠습니다만, 유 어르신의 정신적 능력이 전보다 훨씬 강해진 것만은 사실인 것 같습니다."

"응? 무얼 보고 그리 생각하는 건가?"

진용은 희미한 웃음을 머금고 유태청을 바라보았다.

"저에게는 남들에게 없는 능력이 두어 가지 있습니다. 어르신도 아시겠지만."

"그래, 그건 그렇지."

유태청이 호기심 가득한 눈을 빛냈다.

"그중 정신력을 극한으로 끌어올려서, 그걸 이용하고 조절해 펼칠 수 있는 능력이 하나 있지요."

마안을 말함이었다. 진용은 군이 정확한 설명은 하지 않다.

"그런 능력으로도 어르신의 정신을 흔들 수 없다는 것을 최근에서야 깨달았습니다. 정체를 알 수 없는 어떤 미지의 힘이 어르신의 내부에 잠재되어 있어 저의 능력을 튕겨낸다고나 할까요? 만일 어르신께서 그 미지의 힘을 스스로 이용할 수만 있다면, 아마 그 힘만으로도 상대를 제압할 수 있지 않을까 하는 생각이 들더군요. 뭐, 그게 무상력인지 뭔지는 몰라도 말입니다."

자기 자신은 생각도 못하고 있던 힘에 대한 설명을 듣고 유태청은 어안이 벙벙한 표정으로 물었다.

"그러니까, 내가 육체적인 무공은 펼치지 못해도 정신적인 무공은 펼칠 수 있을지도 모른다, 그 말인가?"

"그 능력을 굳이 무공으로 표현한다면, 저는 그럴 수 있다고 생각합니다."

정신 무공. 유태청은 지금껏 들어보지 못한 새로운 개념의 무공에 헛웃음이 나왔다. 더구나 자신에게 그런 무공을 펼칠 수 있는 능력이 있다는 말에는 스스로도 어이가 없었다.

"허! 거참."

소서노인은 진용을 뚫어지게 바라보았다.

좀 전에는 자신과 돈화파파를 혼자서 가지고 놀더니 이제는 십절검존과 무공에 대해 논한다. 보고도 믿기가 힘든 일.

'대체 저 서생이 누군데 십절검존과 무공에 대해 의견을 나누는 거지?'

그때 탁자로 다가온 돈화파파가 불쑥 물었다.

"너 누구야? 정말 새파랗게 젊은 놈 맞아?"

그럼 내가 젊은 놈이지, 늙은 놈이오?

진용은 톡 쏘아주고 싶은 마음을 꾹 참고 두 노인에게 되물었다.

"보시다시피 새파란 청춘입니다. 그건 그렇고, 두 분께선 왜 여기서 객잔을 하고 계신 겁니까?"

소서노인과 돈화파파의 얼굴이 동시에 와락 일그러졌다.

"신경 꺼!"

"그놈의 혈선인 때문에……."

"조용해, 이 여편네야!"

돈화파파가 무심코 입을 열었다가 다그치는 소서노인의 기세에 찔끔 목을 집어넣었다.

하지만 그녀의 입에서 나온 혈선인이라는 이름에 적어도 세 사람의 안색이 변했다.

그중 한 사람, 진용이 놀란 얼굴로 물었다.

"지금 혈선인이라 하셨습니까?"

소서노인이 고개를 홱 돌리고는 진용을 쏘아보았다.

'역시 단순히 젊은 놈이 아니야! 젊은 놈이 어떻게 혈선인이라는 이름을 알겠어? 당금 강호에서 그 이름을 아는 사람은 열도 되지 않을 텐데. 분명 껍데기는 새파래도 속은 겉보다 몇 배 더 묵은 놈일 거야.'

소서노인은 오만 가지 생각을 하며 나름대로 결론이 내려지자 조심스럽게 입을 열었다.

"어떻게 그 이름을 아는 건가?"

"놀랍군요. 혈수의 주인 이름이 생각지도 않은 곳에서 나

오다니. 한데 혈선인 때문이라니, 무슨 말씀입니까?'

단순히 혈수의 주인이라는 말만 덧붙였는데도 소서노인이 듣기에는 진용이 마치 혈선인에 대해 잘 아는 것처럼 들렸다.

문득 흘러간 이십수 년 동안의 세월이 주마등처럼 스쳐 지나간다. 소서노인의 코밑에 난 가느다란 수염이 사시나무처럼 떨렸다.

'벌써 이십 년이 넘었나?'

쭈그렁바가지가 다 되도록 가슴에만 품고 있었던 이야기였다.

이제는 털어놓아도 되지 않을까?

"예전에 자그마한 붉은 손바닥에 대해 들은 적이 있었소. 괜찮다면 듣고 싶구려."

유태청마저 재촉하자 소서노인이 돈화파파를 돌아다보았다. 돈화파파가 입술을 깨물더니 고개를 끄덕였다.

"뭐 어때요? 약속 기한도 지났는데."

코를 씰룩인 소서노인이 힘없는 표정으로 한숨을 쉬었다.

"하긴……."

그는 엽차 한 잔을 따라 단숨에 들이켜고는 진용을 바라보았다. 그러더니 고개를 들어 허공에 눈을 두고는 나직한 어조로 말문을 열었다.

"그러니까…… 이십 년도 훨씬 전 이야기야. 우리 부부가 친구들과 만나기 위해 황산을 지나가는 중이었는데, 황산검문의 잡놈들이 우리를 죽여 무림의 정의를 세우겠다며 떼거지로 덤벼들더군. 해서 몇 놈을 죽여 버렸지. 사실 그때만 해도 물불 안 가리던 때라 용서란 것을 몰랐어. 열 놈이나 때려 죽이고도 도망가려는 두 놈을 마저 죽이려 했으니까. 한데……"

사도굉이 불쑥 얼굴을 들이밀었다.

"그때 그가 나타났군요."

소서노인이 자신의 말을 끊은 사도굉을 노려보았다. 제 버릇을 참지 못하고 입을 연 사도굉은 찔끔해서 황급히 옆구리 터진 포자 하나를 집어 들었다.

'한 번만 더 해봐라' 그런 눈빛으로 사도굉을 노려본 소서노인이 다시 말을 이었다.

"그는 별 특징도 보이지 않았네. 다만 붉은 도포가 유난히 눈살을 찌푸리게 할 뿐이었지. 그런데…… 그가 갑자기 우리에게 다가오더군. 훗, 우스웠지. 죽지 못한 놈이 또 있군, 하면서 말이야."

이야기를 이어가던 소서노인의 얼굴에서 점차 핏기가 사라졌다.

"그가 말하더군. '그대들이 먼저 손을 써서 벌어진 일이 아니니 죽이지는 않을 것이다. 대신 이십 년 동안 일반인처럼 살아라. 살인을 해서는 안 된다. 무공을 써서도 안 된다. 만일 무공을 쓰고 사람을 죽였다는 말이 들리면, 지옥보다도 더 참혹함이 어떤 것인지를 알게 해줄 것이다'라고 말이야. 크크 크크, 우리는 미친놈을 당장에 때려죽이겠다며 덤벼들었어. 놈이 손을 들더군. 피칠을 한 것처럼 빨갛게 물든 손을 말이야…….'

그때의 광경이 생각나는지 소서노인의 탁자를 쥔 손에 힘이 들어갔다. 떨리는 눈빛, 그것은 공포였다.

모두가 아연한 표정으로 그를 바라보았다.

잠시 후 그가 악다문 이 사이로 씹어뱉듯이 말을 내뱉었다.

"그리고 딱 삼 초였어. 삼 초 만에 우리 부부는 굼벵이처럼 바닥을 굴러야 했지. 크크크…….'

그가 창백한 얼굴로 자조의 웃음을 흘렸다. 하지만 누구도 함께 웃는 사람은 없었다.

삼 초. 광소쌍마가 단 삼 초 만에 패했다는 말에 객잔 안이 조용해졌다. 포자 씹는 소리조차 들리지 않았다.

다시 소서노인의 목소리가 음울하게 울렸다.

"그렇다고 제 버릇이 도망갈까? 우리는 삼 일도 지나지 않아서 사람을 팼지. 그리고 이틀 후에 그가 나타났어. 우리는 그제야 그가 한 말이 허언이 아니라는 것을 알게 되었지.'

두 노인의 눈빛이 거세게 흔들렸다. 부르르 몸을 떤 소서노인이 힘들게 말을 이었다.

"지옥, 지옥이 뭔지를 알게 되었거든. 할 수만 있다면 차라리 우리 손으로 자결하고 싶을 정도였으니까.'

목소리가 점점 작아졌다. 그래도 듣지 못하는 사람은 없었다.

아마도 그들이 느낀 고통은 육체적인 고통만이 아니었을 것이다.

검입사이 사이검난(儉入奢易 奢入儉難)이라. 검소한 자가 사치스러워지기는 쉬워도, 사치스럽게 살던 자가 검소하게 살기는 힘든 법이라 했던가.

강호도 마찬가지다. 약한 자가 노력해 강해지면 그 나름의 삶을 살게 되지만, 패도를 추구하던 자가 힘을 잃으면 그는 강호에서 살아갈 수가 없다. 호랑이가 강아지처럼 살아갈 수 없듯이.

진용은 두 노인의 고통이 얼마나 심했을지 어렴풋이나마 짐작할 수 있을 것 같았다.

아마도 수많은 갈등을 했을 것이다. 죽느냐, 사느냐.

"길거리에 쓰러져 있는 우리를 이곳으로 데려온 사람이 바로 이 객잔의 전 주인이었네. 우리는 사흘 만에 깨어나서 그가 만들어준 포자를 먹었지. 들으면 우습겠지만, 그때 포자가 너무 맛있어서 눈물이 날 지경이었지."

"난 그게 싫었어!"

돈화파파가 툭 쏘아붙였다.

"그래서 난 포자나 만들며 살아야겠다 생각했고 이 여편네는 싫다며 양육점을 차렸다네. 그리고 이십삼 년이 흐른 것이지."

사도굉이 조심스럽게 물었다.

"그럼 삼 년 전에 약속 기한이 끝났는데 왜 아직도 이곳에 있는 겁니까?"

소서노인이 갑자기 훌러덩 앞가슴을 젖혔다. 앙증맞은 손바닥 하나가 사람들의 눈을 휘어잡았다. 검붉은 손바닥, 혈수였다.

"이십 년이 넘도록 이것을 봐왔지. 그러다 보니 그냥 이렇게 살다가 죽는 것도 괜찮겠구나 하는 생각이 들더군. 그것뿐이야."

옷을 내리는 소서노인의 눈엔 두려움이 짙게 배어 있었다.

이십 년이 넘도록 광소쌍마의 정신을 옭아매고 있는 혈수의 공포. 진용은 탁자 아래 놓인 주먹을 자신도 모르게 움켜쥐었다.

피가 끓었다. 심장이 벌떡거리며 고동쳤다.

누군가를 이겨보고 싶다는 마음이 들기는 처음이었다. 구양무경을 죽이겠다는 마음과는 또 다른 승부욕이었다.

'혈선인……. 아직도 살아 있을까?'

이어지는 침묵이 버겁게 느껴지는지 소서노인이 자리를 털고 일어섰다. 그러자 진용이 물었다.

"그 후로는 만나지 못했습니까?"

소서노인은 고개를 가로저었다.

"그 이후로 우리는 답답함을 이기기 위해 자주 다투었지. 그나마도 삼 년 전까지는 내공을 쓰지 않았다네. 가끔씩 흑도의 건달들이 오긴 했지만, 우리 부부가 싸우는 것을 보고는 누구도 우리에게 시비를 거는 사람이 없었어. 좀 심하게 싸웠거든. 어쨌든 그래선지 그 이후로는 혈선인을 보지 못했네."

아마 다른 사람을 해하지 않기 위해 스스로가 만든 방법이었을 것이다. 그런데 좀 심하게 싸웠다?

그제야 진용은 왜 돈화파파가 나타나면 손님들이 모두 자리를 피하는지 어렴풋이 이해할 수 있었다. 아무리 포자가 맛있어도 날벼락을 맞고 싶은 사람은 없었을 터였다.

그때 율천기가 자리에서 벌떡 일어나 진용이 있는 탁자로 다가왔다.

그는 회한에 잠겨 있는 소서노인을 뚫어지게 바라보고는 차마 말하기 어려운 표정으로 입을 열었다.

"에, 또…… 이보시오. 혹시… 만들어놓은 포자 더 없소?"

소서노인은 분위기 생각도 않고 포자만 찾는 율천기에게 귀찮다는 표정으로 말을 툭 내뱉었다.

"그대들에게 갖다 준 것이 전부일세."

율천기는 아쉬운 표정으로 고개를 돌렸다.

"다 떨어졌다는군."

여기저기서 아쉬운 탄성이 쏟아졌다.

"내가 가져다준 고기도 있잖아!"

포자만 찾는 게 약오르는지 돈화파파가 한마디 했다. 그러자 북리종이 흘끔 반 정도 남은 양육을 바라보며 말했다.

"우리는 고기보다 포자가 체질이라서……."

소서노인이 몸을 일으켰다.

"만들어놓은 것은 없지만 새로 만들 수는 있네. 어차피 쉬었다 갈 거라면 방에 가서 조금만 기다리게나."

사람들의 표정이 환하게 밝아졌다. 정광도 손에 든 양육을 슬그머니 내려놓았다.

오랜만에 포만감이 들 정도로 배를 채운 사람들이 각자의 방을 돌아간 지도 한 시진 이상이 흘렀다.

진용은 창문을 열고 깊이 숨을 들이켰다.

창밖의 은하수를 따라 흐르는 달빛이 유난히 창백해 보인다. 자신의 하얗게 비어만 가는 마음을 보는 듯하다.

진용은 내심 갈등을 일으키지 않으려 마음을 다잡아야만 했다. 하지만 쉽지가 않았다.

초연향은 괜찮은지, 찾기는 했는지. 아직 아무런 연락도 없었다.

무소식이 희소식이라지만 걱정을 하는 당사자에게는 지독한 인고의 시간이었다.

'그때 바로 가봤어야 했나?'

진용의 고민은 거기에 있었다. 아버지를 찾는 일과 진행해야 할 일 때문에 초연향의 어려움을 알고도 가보지 못한 것이 못내 안타까웠다.

훗날 하주령에게 그 죗값을 받는다 해도, 구룡상방을 멸한다 해도 초연향이 잘못되고 나면 그게 무슨 소용일까.

"제가 잘못한 걸까요?"

진용은 스스로에게 묻듯이 입을 열었다.

"자네가 생각했을 때 제정신이 아닌 아버지를 찾는 일과 위급에 처해 있는 사랑하는 여인을 구하는 일 중 어느 것이 중요하다 생각하는가?"

유태청이 되물었다. 진용은 입술을 깨물며 고개를 저었다.

"그걸 모르겠습니다. 저 자신은 아버지를 찾는 일이 훨씬 더 중하다 생각하고 여기까지 왔는데, 이제 와보니 속마음은 갈팡질팡 결정을 내리지 못하고 있었던 것 같습니다."

"아마 모르긴 몰라도 그에 대한 결론을 명쾌하게 내릴 수 있는 사람은 천하에 없을 것이네."

그때 누군가가 문 앞에서 걸음을 멈추고는 방문을 두드렸다.

"들어가도 되겠소?"

소서노인의 목소리였다.

진용은 굳이 이유를 묻지 않고 방문을 열어주었다. 소서노인이 한 손에는 술병을, 다른 한 손에는 간단한 안줏거리와 술잔을 들고 서 있었다.

이미 한 잔 걸친 듯 그의 얼굴은 불콰하니 혈기가 올라와 있었다.

"여편네하고 한잔했네. 싫다면 가지."

"아닙니다. 들어오세요."

그는 묵묵히 들어와 방 가운데 있는 탁자 위에 들고 온 것을 내려놓았다. 그러고는 의자에 앉더니 두 사람의 잔에 술을 따르고는 자신의 잔에도 술을 가득 따랐다.

은은한 매화향이 술잔에서 흘러넘쳤다.

"좋구려."

유태청이 감탄하며 주향을 음미하는 사이 진용은 단숨에 술잔을 목구멍 속으로 털어 넣었다.

순간 진용의 표정이 쓴 약을 먹기라도 한 것마냥 이지러졌다. 하지만 그것도 한순간 뿐, 가벼운 탄성이 진용의 입에서 터져 나왔다.

"아! 기막힌 향이군요!"

처음에는 목구멍에 불이 붙는 기분이었다. 그러나 목울대를 타고 입 안 가득 퍼지는 향기는 전신이 상쾌해질 정도였다.

소서노인이 힐끔 진용을 바라보더니 다시 한 잔을 가득 따라주었다.

"자세히는 모르겠네만, 심정이 괴로울 땐 술 몇 잔 마시는 것도 괜찮다네."

흘러가듯 하는 말에 진용은 고소를 지었다. 노인이 자신의
내면을 알아본 듯하다. 그만큼 스스로가 마음을 주체치 못하
고 있다는 말이었다.

"그렇게 보였나요?"

"나와 내 마누라는 자네가 과연 젊은 사람인지 아닌지 매
우 궁금했다네. 그런데 이제 확실히 알 수 있겠군. 자넨 젊은
사람이 맞아."

"홋, 그건 맞습니다. 저는 젊은 청년이지요."

"그것도 아주 강한. 젊은 사람들 중에선 적수가 드물 정도
로 강한 젊은이지."

"그건 잘못된 말이오."

유태청이 술잔에서 입을 떼고는 고개를 내저었다.

"저 젊은 친구는 젊은 사람들뿐만이 아니고 천하를 통틀어
봐도 적수가 몇 안 되는 고수요. 그러니 노형은 말을 고쳐야
하오."

"컥! 콜록! 콜록!"

충격에 술이 얹혔는지 소서노인이 기침을 해댔다. 그가 눈
물이 맺힌 눈으로 유태청을 바라보았다.

그 거짓말, 정말이오?

고개를 끄덕이는 유태청.

내가 뭣 때문에 거짓말을 하겠소?

천천히 진용을 향하는 소서노인의 눈이 휘둥그렇게 커졌다.

진용이 고수라는 것은 그도 안다. 돈화파파가 일장에 밀렸을 정도였으니까. 하지만 그는 그 이유가 자신들에게 있다고 생각했다. 이십삼 년 동안 무공을 제대로 써보지 못해 밀렸을 뿐이라고 말이다.

그런데 십절검존 유태청이 아니라고 말한다.

술이 확 깨는 말이다. 아무리 십절검존의 말이라지만 믿을 수가 없다.

"큭, 유 형은 저 고가 꼬마가 마치 십천존만큼이나 강한 것처럼 말하는구려."

"본래 한 오 년 후 정도면 그러지 않을까 생각한 적이 있었소. 한데 요즘 와서 생각이 바뀌었소."

"호! 오 년이면 십천존과 대등할 만큼 강해질 수 있다 이 말이오? 굉장하군. 강호에 새로운 전설이 탄생하는 건가? 한데 생각이 바뀌었다는 말씀은 또 뭐요? 아무래도 오 년은 너무 짧다 생각하신 거요?"

유태청이 잠시 생각하는 듯하더니 가만히 손가락 두 개를 들었다.

한참 동안 그 뜻을 생각하던 소서노인의 표정이 서서히 일그러졌다.

"이… 년이면……?"

유태청이 고개를 끄덕였다. 그러다 멈칫하더니 묘한 표정으로 고개를 저었다.

"어쩌면 내가 잘못 알았을지도 모르겠소."

그럼 그렇지. 말이 되는 소리를 해야지.

소서노인의 일그러진 얼굴이 빠르게 본래의 모습을 되찾아갔다.

그러자 유태청이 여전히 묘한 표정을 지은 채 말을 이었다.

"지금 당장 가능한 일인지도 모르는데 말이오."

소서노인이 정지된 눈빛으로 유태청을 멍하니 바라보다가 천천히 고개를 옆으로 돌렸다.

진용이 술병을 거꾸로 잡고 탈탈 털더니 더 이상 술이 나오지 않자 슬그머니 자리에서 일어서고 있었다. 보기 좋게 달아오른 얼굴에는 아쉬워하는 빛이 역력했다.

풀썩 웃음이 나왔다. 어이가 없었다. 둘이 이야기를 나누는 사이 혼자서 술병을 다 비워 버렸다. 그 독하디독한 백매향을.

그러고도 모자라는지 밖으로 나가려 한다. 뻔했다. 아마 술이 더 필요하다는 말일 것이다.

'아무리 봐도 그런 고수는 아닌 것 같은데……?'

보면 볼수록 유태청의 말이 믿기지 않는다.

문득 호기가 솟구쳤다. 술기운 때문인지도 몰랐다.

저 정도쯤이야, 그런 마음이 가슴 저 깊은 곳에서 그를 유혹했다.

"이봐, 고가 젊은이. 괜찮다면 손을 한번 나눠보고 싶네만. 어떤가? 나를 이긴다면 내가 숨겨놓고 아껴서 마시는 기막힌 술을 내주지."

유태청이 말리려 손을 들었다 그냥 내려놓았다.

말린다 해서 들을 상황이 아닌 듯했다.

관을 봐야 눈물을 흘린다더니, 소서노인이 꼭 그 짝이었다. 하긴 자신의 말을 곧이곧대로 믿을 사람이 몇이나 될까. 말한 자신도 믿기가 힘든데.

유태청의 손이 내려감과 동시, 밖으로 나설까 말까 망설이던 진용이 뒤돌아섰다.

"그거 좋죠."

밝은 웃음이 피어나는 얼굴이었다.

'잘됐군. 그러잖아도 답답한 마음을 털어내고 싶었는데.'

객잔의 뒤쪽으로는 강물이 흐르고 있었다. 강물과 객잔 사이의 거리는 이십 장 정도가 되었는데, 객잔 뒤의 황토담 너머로는 모래사장이 이어져 있어 공터가 꽤나 넓었다.

진용과 소서노인은 모래사장까지 걸어가 마치 약속이라도 한 것처럼 걸음을 멈추고 마주 섰다.

휘영청 허공에 걸린 달빛이 두 사람을 내려 비춘다.

구경꾼이라고는 달랑 유태청 한 사람뿐이었다.

물론 겉보기로만 그랬다. 객잔의 창문을 통해 번들거리고 있는 눈들까지 합한다면 족히 이십 쌍에 가까운 눈들이 두 사람을 바라보고 있었다.

누군가가 말했다.

"몇 장으로 그을까?"

또 다른 누군가가 대답했다.

"오 장."

"아냐, 삼 장으로 그을걸?"

"내기할까? 난 오장에 두 냥."

삼 장, 오 장, 십 장. 수군거리며 여기저기서 돈 걷는 소리가 들렸다.

"난…… 안 긋는다에 두 냥."

마지막으로 두충이 말했다.

거의 동시 진용과 소서노인이 서로를 향해 부딪쳐 갔다.

"뭐, 뭐야? 왜 안 긋는 거야?"

여기저기서 놀란 목소리가 터져 나왔다.

"이겼다!"

두충이 환호성을 질렀다. 정광이 웃기지 말라는 듯 코웃음을 쳤다.

"흥! 임마, 너는 늦었어. 무효야, 무효!"

"무슨 소리예요! 내가 말한 다음에 움직였다고요!"

"헛소리 말아! 우리가 다 봉사들만 모인 줄 알아?"

누군가가 조그마한 목소리로 말했다.

"맞아. 내가 봐도 늦은 것 같아."

"그건 그래⋯⋯."

"아무래도 그렇지?"

"시끄러워요!"

보다 못한 운아영이 빽 소리쳤다. 한창 격전 중이던 진용과 소서노인이 손발이 엇갈려 휘청거릴 정도였다.

"좋아요. 간단하게 묻겠어요. 만일 거짓말하면 그 사람은 남자가 아니에요. 알았죠?"

시끄럽던 객잔이 한순간에 조용해졌다.

"자, 묻겠어요. 저 두 분이 먼저 움직였다는 분 오른손, 두 공자가 먼저 말했다고 생각하시는 분 왼손. 올리세요!"

잠시 후.

"흥! 한 사람만 빼고 다 왼손이네요. 그럼 이 돈은 두 공자 거예요. 불만있으신 분? 없어요?"

"있을 리가 없지, 그럼."

"당연한 것 가지고 싸우면 남자가 아니지."

"우리가 뭐 그런 것도 못 볼 정도로 하수가?"

오직 정광만이 기어들어 가는 목소리로 궁시렁댔다.

"배신자들⋯⋯."

진용은 일수를 나누고 뒤로 물러서서 침잠된 눈으로 소서노인을 바라보았다.

시커멓게 물든 그의 손이 달빛에 번질거리고 있었다.

소서노인이 자랑하는 최강의 무공, 묵왕수(墨王手)였다.

"이십삼 년 만에 펼치는 거네만 그렇게 녹슬진 않았을 거네. 조심하게나."

이미 느낌으로 알고 있는 사실이었다.

소서노인의 묵왕수는 이십삼 년이나 펼쳐지지 않았지만 아마도 더욱 무서워졌을 것이다. 그 마음의 깊이만큼이나.

진용은 천천히 늘어뜨린 두 손을 움켜쥐었다.

푸르스름한 건곤천단공이 두 주먹에 응집되었다.

술기운은 이미 모공을 통해 모두 빠진 상태였다.

스르르, 진용이 일보를 내딛었다. 밀려나는 달빛이 더욱 차갑게 느껴진다.

순간 소서노인이 땅을 박차고 진용을 향해 쇄도했다. 갈라지는 어둠 사이로 시커먼 손바닥이 날아들었다. 순식간에 십여 개로 나누어진 묵왕수의 압력에 질식할 것 같은 느낌이 들었다.

오랜만에 느껴보는 짓눌림.

진용이 희미한 미소를 머금은 채 허공을 향해 손을 뻗었다.

손가락 사이사이에서 시퍼런 뇌전이 뭉클거리며 피어났다.

콰광!

부서져 나가는 묵왕수의 그림자들. 그 사이로 뇌전이 파고

들었다. 소서노인의 손에서도 시커먼 묵강이 빠르게 재생되었다.

떠더덩!

대기를 울리는 십여 번의 굉음. 두 사람이 튕기듯이 뒤로 물러섰다.

하지만 물러섰다 느껴진 순간 다시 서로를 향해 달려들었다.

촤아악!

두 사람이 딛고 선 모랫바닥이 원을 그리며 밀려난다.

달빛조차 가려질 정도의 묵광. 그 묵광을 갈기갈기 찢어버리고 부숴 버리는 청광.

대기가 비명을 지르며 찢겨진다!

모랫바닥이 폭죽처럼 터져 나간다!

강기의 파편에 십여 장 반경 내에 있던 것은 무엇이든 다가루가 되어 부서졌다.

어느 순간, 힘에서 밀린 소서노인이 뒤로 물러섰다.

찰나간의 틈이 벌어지자 진용이 그림자처럼 따라붙더니 빙글, 허공에서 한 바퀴 휘돌며 소서노인의 전신을 짓눌렀다.

이를 악다문 소서노인이 쌍장을 쳐들어 힘겹게 올려 쳤다.

허공 가득 펼쳐진 시커먼 강기의 그물.

그때였다. 허공에 떠 있던 진용의 몸이 기묘한 각도로 휘어졌다. 그 휘어짐만큼이나 두 발도 빠르게 방향을 바꿔 휘돌려졌다.

묵왕수의 그물망을 교묘히 가르며 떨어지는 일 퇴. 발끝에 매달려 있던 시퍼런 뇌전이 머리 위로 떨어져 내린다.

생각하지도 못했던 공격. 불가능이라 생각했던 방향 전환. 눈으로 보고도 믿을 수 없는 상황에 소서노인의 두 눈이 부릅 떠졌다.

"헉!"

막기에는 이미 늦었다 생각했는지 소서노인은 대경하며 몸을 눕혔다. 그리고 일순간, 발뒤꿈치를 땅에 박고 옆으로 휘돌았다. 철판교(鐵板橋)에 이은 회룡추(回龍趨)의 신법. 절묘한 배합이었다.

소서노인은 연이어 두 가지 신법을 펼치고서, 피했다 싶었는지 몸을 일으키려 했다. 하지만 몸을 일으키기는커녕 코앞에 닥친 상황에 자신도 모르게 혼신으로 몸을 틀어야만 했다.

당연히 허공을 스쳐 지나가리라 믿었던 진용의 공격이 직각으로 구부러지며 그의 가슴을 파고드는 것이 아닌가.

몸을 뒤튼 것은 오직 느낌에 의존한 본능적 회피였다. 덕분에 다행히도 정타는 피할 수 있었다. 하지만 완벽하게 피한 것은 아니었다.

찌익, 옷자락이 찢겨지며 가루가 되어 흩날린다.

둔중한 충격이 가슴을 헤집는다.

소서노인은 충격에 숨이 턱 막혔다. 스쳐 간 여력치고는 너무도 가공할 위력이었다.

거의 구르다시피 몸을 피한 소서노인은 벌떡 몸을 일으켰다.

그리고 한순간, 갑자기 대경해 소리쳤다.

"안 돼!"

반대편에서 돈화파파가 소리도 없이 어둠을 가르고 허공을 날아 진용을 덮치고 있었다.

악귀처럼 일그러진 얼굴, 그녀의 옷자락이 풍선처럼 부풀어 있었다. 하마공의 정수라 할 수 있는 포룡공(捕龍功)이 극한으로 펼쳐진 증거였다.

하지만 소서노인이 염려한 것은 진용이 아니었다. 자신의 아내이자 평생의 동반자였던 돈화파파를 염려함이었다. 포룡공이 아니라 포룡공 할아버지라도 진용을 어쩔 수 없다는 것을 직접 깨달은 것이다.

소서노인의 목소리가 한밤의 강가에 울려 퍼지고, 진용이 무심한 신색으로 몸을 돌린 것은 거의 동시였다.

몸을 돌린 진용의 손이 허공을 움켜쥐듯이 자연스럽게 들렸다. 한 바퀴 휘저은 우수를 따라 좌수가 연이어 내질러졌다.

달빛이 비틀리며 허공이 뻥 뚫려 버렸다.

고오오오!

대기가 깊은 신음을 토하며 태풍에 휩쓸린 사시나무처럼

온몸을 떨어댔다.

이제는 뒤에 서 있게 된 소서노인이 질린 표정으로 주춤 물러섰다. 그가 원해서가 아니다. 진용의 몸에서 인 기운이 그를 밀어낸 것이다. 마치 더 이상의 암습은 허용치 않겠다는 듯.

순간 쿠웅, 작은 격돌음이 일더니 돈화파파의 신형이 거꾸로 튕겨졌다.

훌훌 날아간 그녀는 안간힘을 다해 중심을 잡고 땅에 내려섰다.

쿵! 쿵! 쿵!

다져진 땅이 그녀의 발이 옮겨감에 따라 움푹 파였다.

진용도 창백해진 얼굴로 그 자리에 선 채 석 자가량을 밀려났다. 발밑에 죽 그어진 두 줄기의 선. 깊게 가라앉은 눈빛. 사위가 침묵 속으로 가라앉았다.

힘겹게 다섯 걸음을 물러선 돈화파파가 떨리는 눈을 들어 진용을 쳐다보았다. 입을 열고 싶어도 열 수가 없었다. 무너질 것 같은 육신을 붙잡고 있기에도 혼신의 힘을 다해야만 했다.

돈화파파와 눈이 마주치자 진용이 고저가 없는 목소리로 나직이 말했다.

"저는 암습을 싫어합니다. 지금까지 당한 것만 해도 충분하거든요."

그녀에겐 더 이상 할 말이 없다는 듯 진용은 소서노인을 돌아다보았다.

"술은 제 것이 된 것 같군요. 설마 약속을 잊은 것은 아니시겠지요?"

멍하니 진용을 바라보던 소서노인이 씁쓸한 표정으로 고개를 저었다.

"내 어찌 약속을 잊을 수 있겠나? 어쨌든 미안하군. 저 여편네가 달려들 줄은 미처 몰랐네."

진용이 어깨를 으쓱하고는 멀찌감치 떨어져 있는 유태청을 향해 싱긋 웃었다. 왠지 열기가 없는 웃음이었다.

"가시죠. 오늘은 취할 때까지 술을 마시고 싶습니다."

그의 어깨에 어느 때보다도 쓸쓸해 보이는 달빛이 내려앉았다.

그때 털썩, 돈화파파가 무너지는 소리가 들렸다. 소서노인이 놀라 달려갔다. 진용이 걸음을 멈추고 바라보자, 급히 돈화파파의 맥문을 잡고 상태를 살핀 소서노인이 안도의 숨을 내쉬며 고개를 저었다.

"갑자기 기운이 흔들려서 그런 것 같네. 그리 걱정할 정도는 아니야. 시간이 흐르면 저절로 안정이 될 것 같으니 너무 마음 쓰지 말게."

3

"자, 자, 제가 한턱낸다니까요? 음하하하!"

마지막으로 기억나는 것이 두충의 호쾌한 웃음소리였던 것 같다.

처음으로 만취한 기분의 뒤끝은 그렇게 좋지가 않았다. 속이 울렁거리고 골이 띵하니 아파왔다.

'시르, 왜 이렇게 뒷골이 아프지?

세르탄도 투덜거린다.

마실 때는 기분이 좋다고 시끄럽게 떠들어서 정신 사납게 하더니, 이제는 뭐? 골이 아파?

피식 웃음이 나왔다. 술에 약한 마족이라니. 처음으로 안 사실이었다. 언뜻 진용의 눈빛이 반짝 빛을 발했다.

'흠, 잘하면 악착같이 감추고 있는 것을 들을 수도 있을 것 같은데…….'

술에 취한 세르탄이 있는 말 없는 말 주절거리는 것을 생각하자 웃음이 터져 나오려 했다. 그때였다.

"고 공자, 일어나셨습니까?"

밖에서 비류명의 목소리가 들려왔다.

"예, 무슨 일입니까?"

"유 어르신께서 급히 뵈었으며 하십니다."

그제야 까맣게 잊고 있던 일이 생각났다. 함께 있어야 할 유태청이 보이지 않는다.

"어? 어디 가셨지?"

어이가 없었다. 한심하기만 했다. 누가 목을 따가도 모를 정도로 정신을 놓다니.

유태청은 아래층에 내려가 있었다.

진용이 비류명과 함께 내려가자 유태청이 한 장의 서신을 내밀었다.

"조금 전에 우리의 진로를 풍림장에 알리려고 아영이 비류 명과 함께 정양서원에 갔다 왔네. 그런데 이틀 전에 이 서신 이 도착했다고 하더군."

정양서원의 원주는 풍림당의 원로였다. 진행 방향을 꾸준 히 풍림장에 전했더니 서신을 그리로 보낸 듯했다.

진용은 천천히 봉투의 밀봉을 뜯고 서신을 꺼냈다.

서신의 겉면에 쓰인 '지급'이라는 글이 그의 눈을 사로잡 았다.

단 한 장의 서신. 지급. 그리고 드러나는 첫줄.

초연향에 대한 건.

진용의 눈빛이 굳어졌다.

태행산 줄기에서 흔적을 발견하고 추적했으나 다수의 시신만을 발견했을 뿐, 초연향과 하군상은 발견하지 못했다 합니다. 천화상단주의 아들인 탁인효가 그 일에 끼어들었다가 중상을 입고 남경으로 후송되었다는 소문을 들었습니다. 탁인효를 만나면 보다 정확한 사실을 알 수 있지 않을까 생각합니다.

그리고 소문으로 듣기에는 초연향이 나타난 곳에 마도의 절대고수가 출현했는데, 그자가 어쩌면 혼세십팔마 중 한 사람일 거라는 소문도 있습니다.

진용의 굳어진 눈에서 새파란 빛이 번뜩였다.

마도의 절대고수가 혼세십팔마든 아니든 중요한 것은 그게 아니었다. 당금 천하에서 구룡상방의 일에 그런 고수를 동원할 수 있는 곳이 얼마나 될까.

"천.혈.교!"

놈들이 초연향을 추적하는 일에 끼어든 것 같다.

아마도 하주령이 끌어들였을 것이다.

그녀라면 충분히 그러고도 남을 여자니까.

이틀 전에 온 서신. 서신이 전해진 기간과 소식을 전해받은 기간을 생각한다면 적어도 열흘 전의 일이었다.

열흘 전에 초연향의 행방이 또 사라졌다.

젠장! 제기랄! 멍청이!

스스로에게 화가 났다. 자신이 직접 갔으면 찾았을지도 모르는데. 그랬다면 마도의 고수가 누군지 몰라도 자신이 막을 수 있었을 텐데!

이가 악다물렸다.

좋아! 그랬단 말이지? 한번 해보자 이 말이지?

진용은 소서노인에게 부탁해 지필묵을 얻었다. 그리고 풍림당을 통해서 보낼 서신을 작성했다.

하남을 향한 구룡상방의 모든 상거래를 조사해 주기 바람. 구룡상방과 천혈교와의 비밀 거래 증거를 찾았으면 함.

백마성의 혁우청에게 보내는 서신이었다.

금의위가 직접 조사를 할 수도 있지만, 문제는 확실한 증거가 없다는 것이다. 증거도 없이 구룡상방을 몰아붙이면 분명 그들이 동창을 통해 반격을 해올 터. 자칫 역풍을 맞을 위험이 있었다.

하지만 증거를 찾으면 이야기가 달라진다. 천혈교는 몰라도 구룡상방은 한순간에 태풍에 휘말린 가랑잎 신세로 만들수가 있다.

단순한 상거래가 아닌, 역모와 관련된 것으로 알려진 천혈교와 깊은 거래를 하고 있는 이상은 충분히 가능한 일이었다. 하주령이 공개적으로 하지 않고 비밀을 유지하는 것도 그러한 이유 때문이었을 것이다.

진용은 백마성에 한 통의 서신을 쓰고는 두 통의 서신을 더

썼다.

그중 하나는 공손각에게 보내는 서신이었다.

암암리에 구룡상방을 압박해 달라는 내용이었다. 직접 조사가 아닌 금의위의 압박만으로도 구룡상방은 위축될 수밖에 없을 것이고, 수십만 냥의 황금을 쏟아 부은 일인만큼 조금만 흔들려도 그 효과는 적지 않을 터였다. 그 와중이라면 증거를 찾는 일이 훨씬 더 수월해질 거라는 생각이었다.

또 다른 하나는 해룡선단에 보내는 서신이었다. 아마 그들 역시 급박하게 변하는 상황에 상당한 어려움을 겪고 있을 게 분명했다.

어쩌면 이미 해룡상단의 총단에 무슨 일이 벌어졌을지도 모를 일이었다.

그렇다면 구양 할아버지도 그 일에 휘말려 들지 몰랐다. 초연향이 자신의 부탁을 초정명에게 전했다면, 천궁도를 나온 구양 할아버지가 해룡선단에 머물고 있을지도 모르니까.

석 장의 서신을 다 쓴 진용이 운아영에게 서신을 건네주었다.

서신을 건네받은 운아영은 진용의 분위기가 심상치 않음을 알고 즉시 객잔을 나섰다. 두충과 비류명이 앞서거니 뒤서거니 운아영을 따라나섰다.

"어쩔 셈인가?"

그제야 유태청이 조용히 물었다. 진용은 아무런 대답도 하지 않고 사도굉을 바라보았다.

"사도 선배님, 천화상단의 총단이 어디에 있죠?"

엽차를 후르륵 한 모금 마신 사도굉이 자신있는 말투로 입을 열었다.

"그야 남경에 있지. 왜?"

"한번 가보려고요."

"너무 시간이 촉박하지 않겠나?"

유태청이 조심스럽게 나섰다.

진용의 일을 모르는 바는 아니다. 그러나 시간을 허비하기에는 남은 시간이 너무 없었다. 천혈교가 공표한 오월 초하루가 이제 열흘도 남지 않은 것이다.

더구나 설령 남경에 가서 탁인효라는 자를 만난다 해도 뭔가가 확실하게 밝혀진다는 보장은 그 어디에도 없지를 않은가 말이다.

"저 혼자 다녀오겠습니다."

"자네 혼자?"

"저 혼자라면 오월 초하루 전에 돌아올 수 있습니다."

"너무 위험해. 남경을 가기 위해선 삼존맹의 주 영역인 안휘성을 가로질러야 하네."

진용이 빙그레 웃었다.

"자랑이 아니라, 제가 피하고자 하면 누구도 저를 잡을 수 없습니다. 아시잖습니까?"

유태청이 쓴 미소를 지었다.

"글쎄, 그건 그렇지만……."

"너무 걱정 마십시오."

두 사람의 대화를 잠자코 듣고만 있던 정광이 벌떡 일어섰다.

"그냥 같이 가지. 유 노사를 보필할 몇 명만 이곳에 남고 말이야."

"흠, 마냥 기다리는 것보다는 그게 낫겠소. 그렇게 합시다."

사람들이 분분히 일어났다. 그들은 무인들. 기다리는 것보다는 움직이는 것을 좋아하는 사람들이었다.

그리고 무엇보다 진용이 없으면 왠지 알맹이 없는 포자 같을 것만 같았다.

하지만 한 가지 난관이 있었다. 가장 중요한 난관.

진용이 고개를 저으며 말했다.

"함께 가면 오월 초하루 전에 오기가 힘들 겁니다."

바로 그것이었다. 혼자 가면 그때까지 올 수가 있지만 함께 가면 절대 올 수가 없었다.

"여러분께선 제가 올 때까지 정보를 모아주십시오. 풍림당이나 정천맹에서 얻는 정보는 지엽적일 뿐입니다. 그 정도로는 적을 상대하기에 불충분합니다. 천혈교, 천제성, 정천맹. 분명 그들의 움직임에는 우리가 듣지 못하고 알지 못하는 비밀스런 움직임들이 있을 겁니다. 여러분들이 해주실 일은 바로 그런 정보를 모으는 겁니다. 변수가 될 수도 있는 정보 말입니다."

대부분이 고개를 끄덕였다. 진용이 없는 상황이라도 자신들이 할 일은 차고도 넘쳤다.

하지만 오직 한 사람, 정광만은 미련을 버리지 않았다.

"신발 들고 따라가면 따라갈 수 있을 것 같은데, 안 될까?"

第六章

의혹(疑惑)

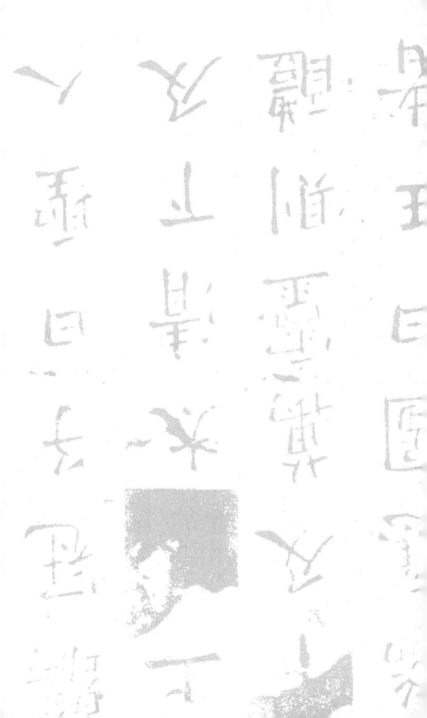

1

두 사람은 객잔을 노려보았다. 객잔의 문이 열리고 건(巾) 대신 무명 끈으로 머리를 묶은 서생이 희색이 만연한 도사와 나오고 있었다.

만붕성의 정보망을 통해 수상한 자들이 정양에 들어왔다는 소식이 전해지고, 눈이 빠져라 찾아다니던 중 객잔에 들어가는 덩치 큰 여인을 본 것이 한 시진 전이었다.

거검을 등에 멘 덩치 큰 여인, 분명 급전으로 전해온 목표의 일행 중에 그런 여인에 대한 말이 있었던 것이다.

그런데 아니나 다를까, 주 목표인 서생이 객잔에서 나온다. 놈의 일행 중 하나인 도사와 함께.

드디어 제대로 찾아냈다.

얍삽한 인상의 염소수염을 단 중년인이 옆을 바라보았다.

"맞지? 저놈이 만봉성에서 찾는다는 그 서생이지?"

한여름 대낮 햇볕에 사흘은 태운 것처럼 시커먼 얼굴의 장한이 고개를 끄덕였다.

"맞는 것 같습니다. 그런데 당주, 저 서생을 죽이려고 본곡의 고수들이 수십 명씩이나 나온다는 겁니까?"

"나도 잘은 몰라. 그냥 저놈을 죽이면 특별 수당에 직위를 올려준다고 해서 찾아다닌 것뿐이야."

흑면의 장한이 눈빛을 번뜩였다.

"그럼 우리가 죽이죠."

염소수염이 이맛살을 찌푸렸다.

"나도 그러면 좋겠는데, 위에서 발견하면 보고하고 대기하라고 해서⋯⋯. 저 안에 있는 놈들도 보통 놈들이 아닌 것 같고⋯⋯."

"그거야 높은 양반들이 공을 독차지하려고 그러는 거 아니겠습니까? 까짓것, 놈들이 먼저 덤벼서 죽였다고 하죠 뭐. 더구나 객잔에 있는 놈들은 나오지도 않을 것 같은데."

염소수염의 눈빛이 싸늘하게 빛났다.

"그럴⋯⋯ 까?"

그래도 될 것 같았다. 높은 놈들 하는 꼬라지가 항상 그랬다. 자신들이 죽어라 쫓아다녀서 일을 성사시키면 공은 모조

리 자기들 차지였다. 한 번쯤 자신들이 공을 차지해도 될 성
싶었다. 설마 죽이기야 할까?

마침 객잔 안에 있는 수상한 놈들과도 떨어져 있으니 다시
오기 힘든 좋은 기회였다.

염소수염은 주먹을 움켜쥐고 힘주어 말했다.

"좋아! 늦으면 본 곡의 고수들 차지가 될지도 모르니까, 놈
들이 정양을 벗어나면 바로 죽이자. 애들 불러!"

결정이 내려진 이상 망설일 것이 없었다. 눈이 마주친 두
사람은 굳은 눈빛으로 고개를 끄덕였다. 그리고 곧바로 진용
과 정광의 뒤를 따르려 했다.

그런데 뭔가가 이상하다. 뒷덜미를 타고 기어오르는 오싹
한 기분. 부르르 몸을 떤 두 사람은 재빨리 돌아섰다. 아니,
돌아서려 했다. 하지만 마음뿐이었다.

덥석!

"그전에 네놈들에게 한 가지만 묻자."

갑자기 뒤에서 누군가가 두 사람의 뒷덜미를 잡아챈 것이
다.

"컥! 웬 놈……."

"이런 건방진 인생을 봤나. 언제 봤다고 놈이야, 놈이!"

사유귀검 문승학이 눈을 부라리자 흑면장한의 마혈을 제
압한 이몽인이 귀찮다는 듯 말했다.

"그러게 내 뭐랬나. 그냥 목을 따버리자고 했잖아."

나른한 목소리. 사람 죽이는 것을 심심할 때 하품이라도 하는 것처럼 생각하는지 아무런 감정도 없는 어투였다.

염소수염과 흑면장한의 얼굴이 누렇게 떠버렸다.

'이, 이놈들 뭐야? 언제……?'

잠시 후 객잔의 한가운데에 두 사람이 던져지고, 일명 삼탁의 무사들이 그들을 에워쌌다. 세 개의 탁자에 나눠 앉아서.

"그놈 참 이상하게 생겼군. 얼굴이 시커먼 것이 어디 아픈가?"

"시커먼 놈도 그렇지만 저 염소수염도 얼굴에 '나 나쁜 놈이오' 하고 써놓은 것 같은데?"

웅성거리는 와중에 포은상이 물었다.

"어디에 속해 있는가?"

염소수염, 나찬강은 마혈이 짚여 잘 움직이지도 않는 고개를 억지로 돌려 힐끔 주위를 둘러보고는 힘을 주어 말했다.

"나는 염천마곡의 나찬강이라 하외다. 보내주시오. 그러지 않으면 동료들이 가만있지 않을 것이오."

또다시 사람들이 웅성댔다.

"가만있지 않을 거라는데?"

"영호광도 죽었겠다, 아예 이 기회에 염천마곡을 쓸어버릴까?"

"에이, 그래도 까칠한 놈들이 제법 된다던데. 쉽지는 않을 거야."

나찬강은 정신이 없었다.

대체 어디서 이런 자들이 나온 것이지? 왜 만붕성에선 이런 자들에 대해선 정보를 주지 않은 것이지?

수상한 자들이 있다는 것은 어렴풋이 알고 있었다. 하지만 자신들을 일수에 제압하는 고수들일 줄은 꿈에도 생각지 않았었다.

환장할 일이었다.

지켜보고 있던 유태청이 제정신이 아닌 나찬강에게 물었다.

"몇이나 나왔나? 구양무경이 염천마곡을 정리할 생각인가 본데, 그럼 마음에 안 드는 사람들만 보냈겠군."

이해할 수 없는 말이었다. 나찬강은 유태청을 바라보고는 버릇처럼 눈살을 찌푸렸다.

"당신, 그게 무슨 말……."

딱!

"건방지게, 어디서 어르신을 보고 눈살을 찌푸리는가! 뭐라? 당신?!"

율천기의 노호성이 들리지 않을 정도로 머리가 멍했다.

그 틈에 누군가가 하는 말이 귀청에 천둥처럼 울려 퍼졌다.

"십절검존 어르신에게 눈살을 찌푸리고 당신이라고 부르다니, 간댕이가 제법 큰 놈이군."

'누구? 십절…… 헉! 십.절.검.존?!'

골이 멍하니 울리는 와중에도 나찬강은 눈을 부릅뜨고 유태청을 바라보았다. 눈이 마주치자 전신이 오그라드는 것만 같았다.

그제야 실감이 났다.

맙소사! 저 사람이 십천존 중 삼태천으로 불린다는 그 십절검존?

가만, 뭐야? 그럼 우리더러 십절검존을 죽이라고 했단 말이야?

"저, 정말… 어르신이……?"

"유태청이라 하네. 아마 구양무경의 사주를 받은 것 같은데, 아는 사실을 모두 털어놓는다면 내 책임지고 보내주겠네."

나찬강은 황급히 자신이 받은 명령을 털어놓았다.

"그게 아니고…… 우리의 목표물은 고진용이라는 서생입니다요."

나찬강은 그런 간절함을 담은 눈빛으로 주위에 늘어선 사람들을 바라보았다.

─당신들이 사람을 잘못 봤다. 정말이다. 십절검존은 우리와 하등의 상관이 없다.

한데 조금 묘하다. 고개를 끄덕이는데, 어찌 보면 가소롭다는 표정들이다.

"저놈들이 고 공자를 죽이려 왔다는군, 미친놈들."

"염천마곡도 다됐군. 역시 영호광이 죽으니 종이호랑이가 된 건가?"

"고 공자가 심경도 안 좋은데 너무 많은 사람을 죽이지나 않을지 모르겠군."

"설마 다 죽이기야 하겠어? 어이, 그런데 몇 명이나 왔지?"

북리종이 나찬강에게 툭 던지듯이 물었다.

"예? 아, 예. 제 수하들이 이십 명쯤……."

"자네 수하들 말고 다른 고수들도 있을 텐데?"

"제가 알기로는 삼십 명 정도로 알고 있습니다만, 그중 우선적으로 십여 명이 곧 정양에 온다고……."

"흠, 삼십 명이 조금 넘는 고수들 중에 십여 명이 이곳으로 온다고?"

율천기가 유태청을 바라보았다.

"저희가 가보지 않아도 되겠습니까?"

"음, 너무 많은 사람을 죽이면 강호가 고 공자를 주목할 텐데, 그것도 그리 좋은 상황은 아닐 것 같군. 하다못해 뒷정리 정도는 해야 할 것 같아."

"일단 몇 명만 가보지요."

"그럼 천기, 자네가 조원들을 이끌고 가보게. 그러다 됐다 싶으면 되돌아오고. 고 공자의 말대로 정보를 수집하는 것도 소홀히 할 수 없는 일이니까 말이야."

그때 이몽인이 한 걸음 앞으로 나섰다.

"혹시 이경인이라는 사람은 나오지 않았소?"

나찬강이 고개를 돌리고 이몽인을 바라보았다.

나른한 목소리. 바로 그였다, 자신의 뒷덜미를 잡아챈 자. 사로잡는 것보다 목 따는 것을 더 좋아하는 자.

나찬강은 빠르게 입을 열었다.

"이 호법도 나오셨소."

순간 이몽인의 얼굴에 퍼져 있던 나른함이 흔적도 없이 사라졌다. 그가 유태청을 바라보고는 조용히 고개를 숙였다.

"허락하신다면 저도 가봤으면 합니다."

이몽인, 이경인. 이름만으로도 뭔가 사연이 있을 법했다. 그리고 유태청은 그 사연을 알고 있는 극소수 중 한 사람이었다.

유태청이 안타까운 표정으로 이몽인에게 말했다.

"그렇게 하게나."

2

정양을 벗어난 진용은 서서히 속도를 높이기 시작했다.

귓바퀴를 스치고 지나가는 바람 소리가 점차 가슴의 고동 소리와 하나가 되어갔다.

사람이 보이면 속도를 늦추고, 보이지 않으면 속도를 빨리 했다. 한 시진 만에 백오십여 리를 달려갔다. 그러면서도 숨 하나 흐트러지지 않는 진용이었다.

뒤따라가던 정광은 질린 표정을 지었다. 풍혼을 펼치고도 따라가기가 힘들 정도였다.

'헥, 헥! 진짜 사람도 아니라니까.'

진용의 몸을 밀고 있는 실피나를 모르는 이상, 정광에게 진용은 괴물 그 자체였다.

진용은 정양을 벗어나자마자 실피나를 불러냈다.

조금이라도 빨리 가기 위해서였다. 실피나는 귀찮은 표정이면서도 싱그러운 햇살에 기분이 좋은지 곧 표정을 폈다.

—아! 좋아! 이곳의 공기는 마나는 적은 대신 너무 깨끗해.

가끔은 너무 세게 밀어 속도가 당혹스러울 정도로 빨라지기도 했지만, 어쨌든 힘은 덜 들고 속도는 빠르니 대만족이었다.

간간이 비마법(飛魔法)을 섞어 백오십 리를 달렸는데도 숨결조차 흐트러지지 않았다.

'흠, 역시 세르탄보다 활용도가 낮단 말이야.'

'흥! 저 덜떨어진 정령이 뭐가 대단하다고…….'

게다가 가끔씩 세르탄의 비위를 건드리는 재미도 있었다.

뒤에서 거친 숨소리가 들렸다. 혼자 가겠다는데 끝까지 따라붙은 정광의 숨소리였다. 그나마 정광이었기에 그 같은 속도로 백오십 리를 따라왔지 다른 사람이었다면 어림도 없는 이야기였다.

하지만 이제 한계가 보이고 있었다.

"실피나, 도장님도 함께 밀어봐."

—저 이상한 인간도? 저번에 밀었더니 헛소리만 하던데……

아직도 실피나에게 정광은 이상한 인간이었다. 진용은 웃음을 참고 전음을 보냈다.

"이제 안 그럴 거야."

—쳇, 할 수 없지. 주인이 하라면 하지 뭐.

할 수 없다 생각했는지 실피나가 정광의 등도 함께 밀었다.

느닷없이 바람이 뒤에서 등을 밀자 정광의 눈이 휘둥그레졌다.

"어어? 웬 미친 바람이냐?"

순간, 뒤에서 밀던 바람이 갑자기 맞바람으로 바뀌어 버렸다.

홀렁!

정광이 갑자기 바뀐 바람에 적응을 못하고 발랑 뒤로 넘어졌다.

"으헉, 아이쿠! 이놈의 바람이 진짜로 미쳤나!"

진용은 걸음을 멈추고 실피나를 바라보았다. 실피나의 볼이 한 주먹은 나와 있었다.

—봐! 저 이상한 인간이 나더러 미쳤다고 하잖아!

"끄응."

진용은 이마를 짚고 실피나와 정광을 번갈아 보았다.

엉거주춤 일어서던 정광은 뭔가 이상함을 느꼈는지 고개를 모로 꼬고 진용을 바라보았다. 그러다 눈을 동그랗게 뜨고는 말을 더듬었다.

"혹시…… 설마…… 조금 전에 그게……?"

진용은 무조건 고개를 끄덕였다. 정광이 바람의 정체를 무엇으로 생각하는지는 둘째 문제였다.

"도장님, 그냥 허공에 대고 미안하다고 한번 해주시지 않겠습니까?"

진용의 전음이 귓속을 파고들자 정광이 어리둥절한 표정으로 진용을 바라보았다. 그러다 뭔가 눈치를 챘는지 동그랗게 뜬 눈으로 허공을 바라보았다.

아무것도 보이지 않았다. 보일 리가 없었다. 그런데 하필 정광이 바라보는 곳이 실피나가 떠 있는 곳이었다.

실피나가 눈을 부릅뜨고 정광을 노려보았다. 뭣도 모르는 정광이 때마침 허공에 대고 입을 열었다.

"미안하오. 내가 아직 잘 몰라서 그런 거니까 이해하시구려."

막 한 소리 내지르려던 실피나가 입을 다물고는 진용을 바라보았다.

"봐, 도장님도 미안하다고 하잖아. 됐지?"

―쳇, 바람의 창으로 확 엉덩이를 찌르려고 했더니……

엉덩이!

진용은 공연히 가슴이 뜨끔했다. 정광이 실피나의 말을 듣지 못하는 게 천만다행이었다.

"자, 가자. 이제 도장님도 고마워할 거야."

실피나의 마음이 풀어진 것 같자 진용은 다시 정광을 재촉했다.

"가시죠. 바람이 불어도 이상하게 생각하지 마시고 몸을 맡기세요. 훨씬 힘이 덜 들 겁니다."

진용이 다시 신법을 펼쳐 앞으로 나아갔다. 정광도 반신반의하면서 풍혼을 펼쳤다. 그러자 실피나가 두 사람을 밀기 시작했다.

얼마 가지도 않아 갑자기 정광이 소리쳤다.

"우와! 진짜 굉장한데! 멋져! 진짜 멋져!"

그 말에 언제 기분이 상했냐는 듯 얼굴이 환해진 실피나가 힘을 내 밀어댔다.

―오호호홋! 더 세게 밀게!

쏘아진 살처럼 날아가는 두 사람.

"으아아아! 기분 좋다!"

정광이 눈을 부릅뜨고 환호성을 질렀다. 덩달아 실피나도 신이 났다.

―음호호! 이상한 인간아, 좋지!

'젠장! 미치겠군!'

진용은 공연한 짓을 한 것만 같았다.

'그냥 고생을 좀 더 시킬걸.'

순식간에 이십여 리를 지나쳤다. 다행히 그동안에 사람은 보이지 않았다. 하지만 언제까지 사람이 없을 리는 없는 일. 잔뜩 신경을 쓰고 앞을 주시하는데, 아니나 다를까, 바로 앞 길이 꺾어지는 곳에서 사람들의 기척이 느껴졌다.

"실피나, 멈춰!"

진용이 급히 소리쳤다. 한참 기분 좋게 두 사람을 밀던 실피나가 갑자기 바람을 멈추고는 기분 좋은 표정을 지으며 하늘로 솟구쳤다.

정광은 신나게 날아가던 중에 갑자기 바람이 사라지자 기우뚱거리며 앞으로 몇 걸음 더 나아가서는 중심을 잡았다. 때마침 꺾어진 길 쪽에서 나타난 사람들이 그 모습을 보고는 웃음을 터뜨렸다.

"하하하! 도사가 대낮부터 술에 취했나 보군."

중심을 겨우 잡은 정광이 와락 인상을 찡그리고는 앞을 바라보았다.

나타난 사람들은 열 명이 넘어 보였다. 모두가 무인들이었다.

삼십대에서 오십대까지 나이가 골고루 섞인 그들에게선 일류 이상의 기세가 자연스럽게 흘러나오고 있었다.

정광의 눈빛이 보이지 않게 번뜩였다. 서너 명은 절정의 기운을 지닌 자들이다. 쉽게 볼 수 없는 고수들.

'어디서 오는 놈들이지?'

자신이 서 있는 곳은 안휘의 초입. 동료가 될 자들이라기보다는 적이 될 소지가 많은 자들이다. 심상치가 않다.

"험, 길을 막고 그렇게 사람을 비웃는 게 아니외다."

정광이 딴에는 점잖은 목소리로 말하고는 그들을 스쳐 지나갔다.

그렇게 얼마나 갔을까. 지나간 자들의 발걸음 소리가 들리지 않는다. 멈춰 섰다는 말. 돌아서는 기척이 이어진다.

"실피나, 저들이 우리를 보고 있어?"

―어, 주인을 빤히 쳐다보고 있어. 바람의 구슬로 눈알을 쳐버릴까?

살벌한 정령 같으니라구.

"놔둬, 그냥."

그때 뒤에서 가벼운 웃음이 터져 나왔다. 살기가 섞인 웃음이었다.

"훗! 이십대의 서생에다가 건도 쓰지 않고 주먹이 애기 머리통만 하다고 했던가?"

"일행 중에 괴상한 도사도 있다 했지요."

"다른 놈들도 있다 했는데, 헤어진 건가?"

"그가 원하는 것은 서생이니 오히려 잘된 일 아니겠습니까?"

진용은 그들의 대화를 들으며 천천히 돌아섰다.

햇살이 그의 얼굴을 비추었다. 그 바람에 그들은 진용의 무심한 눈빛을 보지 못했다.

검을 등에 멘 청의중년인이 한 걸음 앞으로 나섰다. 그가 입술을 비틀며 물었다.

"그대는 혹시 정양에서 오지 않았나?"

진용은 여전히 무심한 표정으로 대답했다.

"정양에서 온 것은 맞습니다만, 무슨 일이신지요?"

중년인의 웃음이 더욱 짙어졌다.

"그럼 그대의 이름이 고진용인가?"

진용이 고개를 끄덕였다.

"제가 고진용입니다. 한데 그리 묻는 분은 뉘신지요?"

청의중년인의 뒤에 서 있던 자들이 천천히 걸음을 옮겼다. 진용과 정광을 가운데 두고 기러기 날개를 펴듯 자연스러운 움직임이었다.

진용이 태연한 표정으로 다시 물었다.

"삼존맹에서 오신 분들인가요?"

청의중년인의 눈매가 꿈틀거렸다.

"알고 있었나? 우리는 염천마곡에서 왔다. 후후후, 재수가 좋군. 다른 사람들에게 그대를 빼앗기지 않게 되었으니 말이야."

"흠, 글쎄요. 재수가 좋은 건지 나쁜 건지는 두고 봐야겠죠. 그런데 구양무경이 보냈나요?"

구양무경의 이름을 아무렇지도 않게 내뱉는 것이 이상하게 들렸는지 진용을 둘러싸던 사람들의 발걸음이 움찔거렸다.

"그 이름을 자네처럼 부르는 사람은 처음 보는군."

우측으로 다가오던 갈의의 초로인이 입을 열며 인상을 찌푸렸다. 진용은 빙그레 웃으며 고개를 저었다.

"얼마 전만 해도 저도 같은 생각이었지요. 하지만 그가 하는 행동을 보고는 너무 실망해서 말이죠."

"무엇이 말인가?"

"직접 나서지는 않고 수하들만 보내더니, 이제는 적의 힘을 빌어 반대 세력을 제거하려 하지 않습니까? 그래도 명색이 삼존맹의 대맹주라는 사람이 자꾸 잔머리만 굴리려 하니 실망할 수밖에요."

"그러니까 우리가 차도살인에 말려들었다, 그 말 같은데, 그런 말을 하는 건가?"

진용이 아무런 의미도 느껴지지 않는 미소를 입가에 배어 물었다.

"이미 만봉성에서도 고수들이라 할 수 있는 자들이 수십 명이나 죽었는데, 설마 그 이유를 모른다는 말은 아니겠지요?"

주위를 둘러싸던 사람들의 발걸음이 일제히 멈췄다. 경악과 의혹이 겹친 눈빛들이었다.

"우리는 그것에 대해선 잘 모르네. 그는 그저 우리가 고진용이라는 서생을 죽여주면 그에 대한 대가를 주겠다고 했지."

"모른다라……."

진용이 커다란 손을 앞으로 내밀며 쫙 펼치고는 무심한 목소리로 말했다.

"그럼 제 손이 얼마나 무정한가도 모르시겠군요."

갑자기 주위의 공기가 싸늘히 식는 것만 같았다.

염천마곡의 고수들도 진용에게서 흘러나오는 가공할 기운을 느꼈는지 자신들도 모르게 주춤 뒤로 물러섰다.

"건방진 놈! 네놈이 감히 우리를 놀리겠다는 거냐?"

참지 못하고 한 사람이 앞으로 나섰다. 그의 손에는 한 자루의 면이 넓은 대감도가 들려 있었다. 염천마곡의 십삼호법 중에 한 사람, 구황마도 조추궁이었다.

진용의 눈이 그를 향했다.

적은 정확히 열세 명. 일제히 협공을 한다면 혼자서 상대하기엔 불리할 수밖에 없을 정도의 고수들이다. 정광이 상대할 수 있는 적은 둘. 그래도 나머지가 열하나다.

설령 이곳을 벗어난다 해도 끝없는 추적이 이어질 터였다. 더구나 조금만 더 가면 만붕성의 권역으로 들어설 테고, 그때부터는 만붕성의 추적도 신경 쓰지 않을 수가 없다.

결론은 하나다.

이곳의 일은 이곳에서 끝낸다. 조금 무리를 해서라도.

언제나 그렇듯이 넓은 곳에서 소수가 다수를 상대하는 방법은 오직 하나. 속전속결뿐!

생각은 찰나, 행동은 생각이 끝남과 동시에 이어졌다.

진용의 손이 들리고 시퍼런 뇌전이 검지에 맺혔다 싶은 순간, 번쩍! 대기를 찢으며 시퍼런 뇌전이 작렬했다.

그게 신호라도 되는 듯 정광도 두 손에 든 쇠 신발을 움켜쥐고 좌측을 향해 몸을 날렸다.

"피해!"

진용의 갑작스런 공격에 검을 멘 중년인이 대경해 소리쳤다. 하지만 조추궁은 물러서지 않고 눈을 부라리며 대감도를 내려쳤다.

쩌적! 쾅!

뭐가 어떻게 되지도 모르는 사이 중동이 부러진 대감도가 허공으로 튕겨나고, 서 있던 자리에 희미한 잔상만 남긴 진용이 조추궁의 면전에 모습을 보였다.

갈의의 초로인, 유구명이 두 자 길이의 짧은 검을 뽑아 들고 진용의 우측으로 짓쳐들었다. 진용은 그를 본 척도 하지 않고 조추궁을 향해 일장을 내쳤다.

반 토막 남은 도를 들어 진용의 팔을 향해 휘두르는 조추궁, 그의 안색이 썩은 땡감을 베어 문 듯 일그러졌다.

땅!

반 토막의 대감도가 다시 부러지며 조추궁의 손아귀가 찢어졌다. 그 사이를 비집고 진용의 우수가 작렬했다. 두 자의 간격을 두고 조추궁의 가슴을 파고드는 시퍼런 강기!

콰직!

"웩!"

움푹 파인 가슴, 조추궁의 눈이 튀어나올 듯이 커졌다.

"이놈!"

유구명이 노성을 지르며 진용의 어깨를 향해 검을 내려쳤다.

휙 잡아채듯이 휘두른 진용의 손가락에 유구명의 검신이 잡혔다.

'내 무정함을 탓하지 마라!'

검신을 통해 건곤천단심법의 기운이 스며들자 유구명이 몸을 부르르 떨었다.

찰나간의 멈춤이었다. 그 찰나간이 생사를 갈랐다.

진용이 유구명의 몸을 연기처럼 타 넘었다.

우두두둑!

시퍼런 강기가 흐르는 곳마다 뼈 부러지는 소리가 연이어 들리고, 흐르듯 유구명의 몸을 타 넘은 진용이 두 손을 늘어뜨리고서 다음 상대를 찾아간다.

멍청히 서 있던 자들이 분분히 물러섰다.

진용은 물러서는 자들을 향해 청색 장갑을 낀 듯 시퍼런 강기가 뭉뚱그려진 주먹을 내질렀다.

전신 구석구석에서 생성된 뇌전이 두 팔을 치달리더니 주먹을 통해 뿜어졌다.

일순간 주먹이 내질러지자 진용과 적 사이의 공간이 터져 나갔다.

쩌저저적!

처음으로 폭공지를 응용해 본 일격.

한여름 밤 폭풍우를 헤집고 떨어지듯 눈앞을 가득 메우고 뇌우(雷雨)가 폭사되었다.

뇌전폭류참(雷電瀑流斬)!

전방 삼 장이 뇌전의 폭류에 휩쓸어 버렸다.

콰과과과!!

피할 틈조차 없었다. 혼신을 다해 막아보지만 소용이 없었다. 애초에 그들이 막을 수 있는 공격이 아니었다.

"크악!"

"아아악!"

"모두 피해!"

뇌전의 폭류는 무자비했다.

무기는 부서지고, 몸은 숭숭 뚫리고, 튕겨져 널브러진 자들은 일어설 줄을 몰랐다.

질펀한 핏물이 골을 따라 흘러내린다.

몸서리치며 공포에 질린 사람들.

"대체…… 어떻게 이런 일이……."

일류고수뿐만이 아니라 절정에 달한 고수들조차 단 한 번의 공격을 막지 못했다. 속절없이 피구덩이에 몸을 눕힌 그들의 눈빛이 공포에 물들어 있었다. 누가 있어 이 일을 믿을까.

산 자들은 산 자들대로 발을 떼지 못했다. 뗄 수가 없었다. 발을 떼면 지옥의 사신이 덮칠 것만 같았다.

진용은 우뚝 서서 그들을 직시했다. 눈이 마주치자 떨리는 눈들이 건디지 못하고 하나둘 돌려졌다. 그러면서도 물러서지는 않는다.

무인의 자존심인가?

진용은 자신도 예상치 못했던 참혹한 결과에 이를 악물면서도 내심 상대의 태도에 감탄을 금치 못했다.

염천마곡이 왜 삼존맹의 하나로 군림하는지 그 이유를 알만했다. 하지만 감탄은 감탄이고 적은 적이다.

물러설 수도, 놓아줄 수도 없다.

아직 가야 할 길은 멀고도 멀다.

질척거림은 그 무엇도 용납할 수가 없다.

'안타깝지만, 막는다면 모두 죽이는 수밖에!'

결심을 굳힌 진용은 옆에서 벌어지는 정광의 싸움을 무심한 눈으로 스쳐보고는 조용히 내력을 끌어올렸다.

정광은 예전에 비해 훨씬 안정된 모습으로 두 명을 몰아붙이고 있었다. 동에 번쩍 서에 번쩍, 허공을 날아다니는 쇠 신발. 어이가 없는지 상대의 벌어진 입이 닫힐 줄을 몰랐다.

"뭐 이런 미친 말코가……."

"에라이, 어리석은 도우들아! 차라리 이 도사 어르신에게 맞는 것을 다행으로 여기라고!"

그래도 입으로 펼치는 초식은 여전했다.

그리 걱정하지 않아도 될 성싶었다. 어차피 도와주고 싶어도 도와줄 여력도 없는 상황. 두 명이라면 정광 혼자서도 충분해 보였다.

정광에 대한 걱정마저 덜어지자 진용은 천천히 주먹을 말아 쥐었다.

내색은 하지 않았지만 삼 할에 가까운 내력이 소진되었다. 신수백타나 일반적인 공격 때문이 아니다. 단 한 번, 신왕의 무공에 폭공지를 응용한 것이 그러한 결과를 가져온 것이다. 다시 펼치기가 두려울 정도다.

하지만 잠시 멈추었을 뿐인데도 손실된 내력이 빠른 속도로 채워지고 있었다. 그 정도면 충분했다.

두어 번 숨을 몰아쉬는 사이 내력이 휘돌며 두 팔을 타고 치달렸다.

또다시 시퍼런 강기가 커다란 주먹을 따라 휘돌기 시작했다. 그러더니 잠깐 사이에 진용의 전신을 휘감았다.

전면에 서 있던 여섯 명의 표정이 생사의 경계에 서 있는 사람들처럼 굳어졌다.

청의중년인이 비장한 표정으로 외쳤다.

"검을 들고 죽는 것은 무인이 원하는 죽음! 후회하지 않겠다!"

"까짓것 저 정도 고수라면 죽어도 괜찮아! 한번 해보자고!"

두 명의 흑의장한이 각기 검과 도에서 강기를 뿜어내며 악쓰듯이 소리쳤다.

죽기를 각오한 자들. 그들의 눈에서 서서히 독기가 뿜어져 나온다.

"내가 먼저 붙어보겠다!"

황의를 입은 초로인이 한 쌍의 륜을 양손에 나눠 들고 앞으로 나섰다. 비천쌍륜 임수광이란 자였다.

진용의 무심한 눈에 이채가 떠올랐다.

'무인으로서 죽고자 하는 건가? 좋다! 그렇다면 나도 그대들을 무인으로서 대해주겠다!'

마음을 굳힌 진용이 한 걸음을 내딛었다.

염천마곡의 고수들이 진용을 노려보며 일제히 무기를 들어 올렸다.

모두 여섯. 진용이 그들 사이로 신형을 날렸다.

톱니처럼 날이 선 쌍륜이 허공을 가르고, 강기 서린 도검이 진용을 향해 겨누어졌다.

나아가던 진용의 신형이 팽이처럼 휘돌았다. 천수관음인

양 진용의 손이 수십 개로 불어나며 사방을 점했다 싶은 순간!

따다당!

쌍륜이 허공으로 튕겨지고 도검의 강기가 사방으로 비산했다. 그러더니 찰나에 네 개로 나누어진 진용의 환영이 일제히 손을 떨쳤다.

쩌저적! 대낮에 시퍼런 벼락이 떨어지고,

"멸!!"

절대음이 산천초목을 뒤흔드는가 싶더니 살아 있는 모든 것이 일시간이나마 정지되어 버렸다.

혼신의 공력을 끌어올린 염천마곡 여섯 고수의 얼굴이 흙빛으로 물들어 버렸다. 악다문 입에선 핏물이 배어 나온다.

평상시보다 두 배의 힘을 내도 모자랄 판에 몸이 굳어버리다니!

비록 일시적인 현상이었지만, 그것만으로도 그들의 머릿속에는 죽음이 떠올랐다.

젠장! 도대체 무슨 저따위 무공이 다 있어!

그래도 마지막 발악은 해봐야 했다. 죽든지 살든지.

여섯 명이 일제히 진용을 향해 몸을 던졌다.

진용이 염천마곡의 고수들을 만난 지 일각이 채 되기도 전이었다. 침묵이 혈향조차 짓누른 채 내려앉았다.

등뼈가 부러져 요상한 방향으로 꺾인 자, 벼락에 가슴이 타버린 자, 주먹에 가슴이 움푹 함몰된 자, 쇠 신발에 머리통이 깨진 자. 널따란 계곡의 관도에는 열두 명이 쓰러져 있었다. 그중 숨이 붙어 있는 사람은 다섯 명. 그나마도 서 있는 사람은 단 한 사람뿐이었다.

진용도 온전히 무사하지는 못했다.

죽음을 각오하고 덤벼드는 자들을 상대한다는 것은 결코 쉬운 일이 아니었다. 그나마 절대음으로 상대의 기세를 누그러뜨렸기에 망정이지, 하마터면 양패구상을 당할 뻔했다.

'죽겠다고 덤비는 자들을 상대하면서 자만을 하다니, 진용아, 진용아, 아직 멀었구나.'

진용은 목구멍까지 끓어오른 내기를 누르며 거친 숨을 몰아쉬고 있는 청의중년인을 바라보았다. 부러진 검을 들고 서 있는 그의 창백한 얼굴에는 곤혹한 빛이 떠올라 있었다.

"왜…… 살려준 것이지?"

"당신의 검이 내가 알고 있는 어떤 사람과 닮았기 때문입니다. 그런데 이제 보니 검뿐이 아니라 얼굴도 닮은 것 같군요."

청의중년인의 입술이 가늘게 떨렸다. 단순히 검이라는 쇠붙이를 말함이 아니다. 검이 가는 길을 말함이다. 게다가 얼굴이 닮았다?

그는 떠오르는 어떤 생각에 떨리는 입술을 깨물었다.

"그가 누구……?"

"혹시 이몽인이라는 분을 아십니까?"

순간 청의중년인의 얼굴이 참혹하게 일그러졌다.

"나, 나는…… 그를……."

"아시는군요. 그럴 거라 생각했습니다. 어느 분이 그러시더군요. 사람의 입은 거짓말을 할지 몰라도, 검은 거짓말을 못하는 법이라고 말입니다."

청의중년인은 일그러진 표정으로 진용을 바라보더니, 격정의 무게를 못 이기겠는지 고개를 숙이고는 자신의 검을 바라보았다.

검을 잡은 손이 가늘게 떨리고 있었다.

목구멍을 뚫고 올라오는 목소리는 더욱 심하게 떨렸다.

"검은 거짓말을 못한다고? 그랬던가? 이십 년 동안 그 굴레를 벗어나기 위해서 노력했는데 아직도 벗어나지 못한 건가? 크크크……."

그는 털썩 무릎을 꿇고 흐느끼듯이 웃어댔다. 숙인 고개가 땅에 처박히는데도 웃기만 했다.

뭔가 깊은 사연이 있는 듯했다. 하지만 그것까지 알고 싶지는 않았다. 진용은 청의중년인을 그대로 놔둔 채 고개를 돌려 정광을 바라보았다.

정광은 주저앉아서 두 사람의 머리통을 박살 내느라 구부러진 신발을 펴고 있었다.

"가시죠."

"어? 그래, 가자구. 아따, 그놈들, 머리 더럽게 단단하네. 한철이 우그러들다니……."

진용은 정광의 넋두리를 들으며 몸을 돌리다가 문득 든 생각에 고개를 쳐들었다.

실피나가 계곡 위의 소나무에 걸터앉아서 뾰루퉁한 표정으로 턱을 괸 채 내려다보고 있었다. 아마도 싸우는 데 자신을 끼워주지 않은 것이 불만인 듯했다.

'이런, 깜박 잊었군. 삐친 것 같은데?'

'좌우간 웃기는 정령인 것은 분명해. 어째 갈수록 더 이상한 것 같아. 그렇지, 시르?'

'설마 세르탄만 하려고.'

'응? 무슨 뜻이야?'

'별거 아냐. 그냥 세르탄보다 못하다는 소리야.'

'우헤헤헤, 그거야 당연하지. 사실 저따위 미련퉁이 정령하고 마계의 대전사를 비교한다는 것 자체가 우습지 뭐.'

그래, 퍽이나 우습기도 하겠다. 그러니 내가 세르탄을 어린애 취급 하는 거야.

진용이 속으로 피식 웃으며 혈전의 장소를 벗어나려 할 때였다.

"우리 외에도 곡에서 나온 자들이 두 무리가 더 있소. 우리는 그저 선발대일 뿐, 그들은 우리보다 훨씬 강한 자들이오.

그대가 아무리 천외천의 무공을 지녔다 해도 조심해야 할 거요."

청의중년인, 이경인이 지나가는 듯한 말투로 나직이 말했다. 여전히 무릎을 꿇고 고개가 숙여진 채였다.

진용은 걸음을 멈추고는 잠시 머뭇거리다가 한 가지 궁금해하던 것을 물어보았다.

"혹시 이번에 나온 사람들이 대부분 현재의 곡주를 싫어하는 분들이 아닙니까?"

"어느 정도는 그렇다고 봐야 할 거요. 한데 무슨 뜻으로 묻는 거요?"

"염마존 영호광 곡주가 소곡주에게 죽었다는 말을 듣고 의아해했었지요. 한데 어렴풋이 짚이는 것이 있더군요. 그래서 물은 겁니다."

"⋯⋯?"

이경인이 아무런 말도 하지 않자 진용은 다시 걸음을 옮기며 입을 열었다.

"그 일에 어떤 식으로든 구양무경이 관여되어 있을 거라는 게 나와 십절검존 유 어르신의 생각이었지요."

"십⋯ 절⋯ 검존?"

진용이 다시 걸음을 멈추고는 고개를 돌렸다. 이경인이 입을 벌린 채 눈을 크게 뜨고 있었다.

"그분이 저의 일행이라는 것을 몰랐습니까? 대체 무슨 생각으로 나선 것인지 알 수가 없군요."

"곡주는 단지 절정의 고수가 몇 있으니 최선을 다해야 할 거라고만 했소."

"그러다 죽으면 자신의 반대파들이 제거되는 것이니 그는 별다른 손해가 없겠군요."

"그게 무슨……?"

"원인이 있으니 결과가 있는 것 아니겠습니까? 영호 곡주의 갑작스런 죽음을 한 번도 의심해 보지 않으셨습니까? 정 궁금하시면 그것부터 조사해 보시지요."

밖에서는 환하게 보이는 것도 안에서는 잘 안 보이는 법이다. 기예(棋藝)를 겨루는 데도 옆에서 보는 게 훨씬 잘 보인다 하지를 않던가.

진용의 말에 이경인은 고개를 숙인 채 멍한 표정을 지었다.

그는 방황의 피난처로 염천마곡을 택했다. 그러나 영호광을 존경한 것 또한 진심이었다. 누가 뭐라 해도 그는 진짜 무인이었던 것이다.

그런데 그런 영호광이 갑자기 죽었다. 아들처럼 여기던 제자의 손에. 그리고 그 제자인 선우청은 자신이 스승을 죽였다고 인정했다. 그것으로 끝이었다. 모든 것이 완벽하게 마무리되었다. 의문이 있을 턱이 없었다.

그런데 거기에 내막이 있을지 모른다고?

그러고 보니 이상한 것이 한둘이 아니다.

왜 죽였을까? 여인 때문이라고?

사중광은 어떻게 그렇게 시간을 맞춰 곡주를 찾아갔을까? 우연이라고?

선우청은 왜 미친 사람처럼 웃으며 자신의 죄를 쉽게 시인 했을까? 죄책감 때문에?

아니다. 뭔가가 이상하다. 썩은 냄새가 코를 찌른다.

이경인은 영호광의 죽음에 한 오라기의 의문이라도 있다면 사실을 밝히고 싶었다. 아마 한 번만 돌이켜 생각해 본다면, 그러한 마음을 가질 사람이 자신뿐만은 아닐 터였다.

그의 눈빛에 생기가 돌았다.

고진용이라는 서생이 떠나면 죽을까 하는 생각마저 했는데, 살아갈 이유가 하나 생겼다. 왠지 답답하던 마음이 편해졌다.

'그래, 살아야 할 이유가 있다면 살아보자.'

정신을 차리고 앞을 바라보았다. 저만치 고진용이 보였다.

강호무림을 뒤흔들 청천 하늘이 걸어가고 있었다.

이경인은 자리를 털고 벌떡 일어섰다. 우선적으로 해야 할 일이 있었다.

시간은 기다려 주지 않는다. 스스로가 얻지 못하면 다시는 돌아오지 않는다. 지난 이십 년 세월이 돌아오지 않듯이 말이다.

그는 일단 산 사람과 죽은 사람을 가려냈다.

그리고 이각, 그는 한쪽 구석에 여덟 구의 시신을 묻고, 기대어서라도 걸어갈 수 있는 사람들과 함께 걷지도 못하는 두 사람을 어깨에 멘 채 계곡을 벗어났다.

한 시진가량이 지난 후, 피가 스며든 관도에서 걸음을 멈추는 사람들이 있었다. 율천기가 이끄는 천탁 이조와 이몽인이었다.

이몽인은 시신이 묻힌 곳을 찾아내자마자 조심스럽게 흙을 걷어내고는 그곳에서 자신이 찾던 사람을 발견하지 못하자 안도의 숨을 내쉬었다.

"없나?"

율천기가 물었다.

"예, 형님의 시신은 보이지 않습니다."

"보아하니 몇 명이 살아서 떠난 것 같은데……. 좌우간 다행이군. 그만 정리하고 돌아가지."

3

남경으로 가기 위해선 만붕성이 똬리를 틀고 있는 팔공산의 남쪽 산자락을 가로질러야만 했다.

돌아가는 길이 없는 것은 아니었다. 하지만 시간을 맞추기 위해선 어쩔 수가 없었다.

다행히 팔공산의 정상이 희미해져 보이지 않을 정도가 되었을 때까지도 만붕성의 무사는커녕 뜨내기무사 한 사람도 만나지 않았다.

"하하하! 설령 그들을 만난다 해도 걱정할 것 없네. 누가 우리를 따라올 수 있겠나?"

정광이 실피나의 도움으로 날듯이 달려가며 신이 나서 한 소리 했다.

"그래도 조심해서 나쁠 것은 없습니다. 만붕성의 이목에 드러나서 좋을 것은 없으니까요."

"아, 글쎄, 걱정 말라니까?"

안 좋은 일에는 마가 낀다 했다.

호랑이도 제 말 하면 나타난다더니, 꼭 그 짝이었다.

정광이 큰소리친 지 일 다경도 되지 않았을 때다. 신나게 산길을 따라 내려가는데 산 아래 관도로 이어지는 곳에 몇 사람이 서 있는 것이 보였다.

진용과 정광은 급히 속도를 늦추고 재빨리 그들의 행색을 살폈다.

어깨에 잔뜩 힘을 주고 사방을 둘러보는 것이 아무래도 검문이라도 하는 것 같았다.

때마침 숲에서 나오던 무사 하나가 정광과 눈이 마주쳤다. 바지를 추켜올리는 것이 숲 속에서 일을 보고 나오던 중인 듯 했다. 그는 산에서 날듯이 내려오는 정광을 보고는 눈을 크게 뜨고 소리쳤다.

"멈추시오!"

관도와 이어진 곳에 서 있던 자들이 모두 고개를 돌렸다.

정광의 표정이 입천장에 가시 박힌 호랑이처럼 일그러졌다.

"저것들은 또 뭐야?"

"만붕성의 무사들 같은데요?"

모두 열 명. 붕샌지 참샌지 모를 새 한 마리가 그들의 가슴에 새겨져 있었다. 만붕성의 무사들이다.

'젠장! 왜 하필이면 지금 나타나는 거야?'

정광은 그것이 불만이었다. 생각 같아서는 다 때려눕히고 싶었다.

그때 이제는 완연히 속도가 늦춰진 두 사람을 향해 만붕성의 무사들이 다가왔다. 다가오던 자들 중 옆구리에 덜렁덜렁 칼을 매단 청의장한이 예리한 눈빛을 번뜩이며 진용을 살펴보았다.

"본인은 만붕성 순찰당의 제이향주인 부건우라 하오. 두 분은 어디서 오시는 길이시오?"

알아서 뭐 하게!

정광이 눈을 부라렸다.

진용은 더 시끄러워지기 전에 재빨리 먼저 나섰다.

"우리는 합비에 가는 사람이외다."

진용을 한참 살피던 부건우의 시선이 굳어지는 데는 그리 오랜 시간이 걸리지 않았다.

　그가 잔뜩 굳은 눈으로 뚫어지게 진용을 바라보았다. 그러더니 주춤거리며 뒤로 물러섰다.

　그의 좌우에서 어깨에 잔뜩 힘을 주고 있던 무사들이 의아한 눈으로 자신들의 상관을 바라보았다.

　하지만 부건우는 별일 아니라는 표정을 애써 지으며 고개를 돌렸다.

　"합비를 가려면 부지런히 가야겠구려. 통과!"

　처음에 정광을 보고 소리를 질렀던 무사가 고개를 갸웃거렸다.

　"향주님, 저자들을 검문하지 않으실 겁니까?"

　"방금 했잖은가! 통과!"

　부건우가 자신의 눈치없는 수하를 잡아먹을 듯이 바라보며 빽 소리쳤다.

　어쨌든 통과라고 했으니 그 자리에 서 있기도 뭐했다.

　"고맙소. 그럼 우리는 이만 가보겠소."

　진용은 진심으로 고맙다는 표정을 지으며 부건우의 곁을 지나쳤다.

　"그대의 판단이 열 명의 목숨을 살렸소. 부디 끝까지 그리 하길 바라겠소."

　동시에 진용의 전음이 부건우의 귀청을 울렸다.

흠칫, 어깨를 떤 부건우는 이미 이 장의 거리를 두고 빠르게 멀어지는 진용의 등을 바라보았다.

전음이 뜻하는 의미는 하나였다.

등 뒤로 식은땀이 흘러내렸다.

"향주님, 정말 저들을……."

부건우는 홱 고개를 돌려 불만 섞인 말투로 자신의 판단에 토를 다는 수하를 바라보았다.

'정말 죽고 싶냐? 저자가 정말 그자라면 우리는 죽은 목숨이야, 이 멍청아!'

사신이 방금 전 자신들의 목을 훑고 지나갔다는 것도 모르고는 공연히 나서는 수하가 원망스럽기까지 했다.

"내가 향주냐, 네가 향주냐?"

"그거야……."

"그럼 입 닥치고 가만히 있어!"

다행히 사신은 잠깐 사이에 보이지 않을 정도로 멀어져 있었다. 숨을 길게 내쉰 부건우는 갈등을 하기 시작했다.

지금 보고를 해야 할까? 아니면 조금 있다가 할까?

그러다 시간을 끌었다는 게 들키면?

마침 얄밉기만 한 수하가 다시 입을 열었다.

"저 서생과 도사, 그 그림에 그려진 자들과 같은 자들인 것 같은데……."

어쩌면 이놈이 고자질할지도 모르겠군.

부건우는 수하를 향해 씹어뱉듯이 말했다.

"그래서 보낸 것이다, 멍청아! 본 성에 연락……."

그때 또다시 진용의 음성이 그의 귓전을 파고들었다.

"내 인내심을 시험하려 하지 마시오."

그가 부르르 떨며 억지로 입을 열어 말했다.

"……연락하기도 전에 우리 모두 죽었을걸? 너희들을 살리려 한 내 마음을 이제 알겠어? 그건 그렇고, 이제 어떻게 할까? 명령을 어긴 죄로 감옥에 넣을지도 모르는데 연락할까, 하지 말까?"

그제야 향주의 고심을 알고 감격한 수하가 말했다.

"향주께서 저희를 살리기 위해 그리하셨는데 어찌. 걱정 마십시오. 저희는 그를 보지 못했습니다. 이봐! 안 그래?"

"맞아! 그럼!"

"대체 누굴 봤다고 그런 말을 하는 거야?"

'새끼들, 눈치는 빨라 가지고…….'

第七章

그 시간에 나는…….

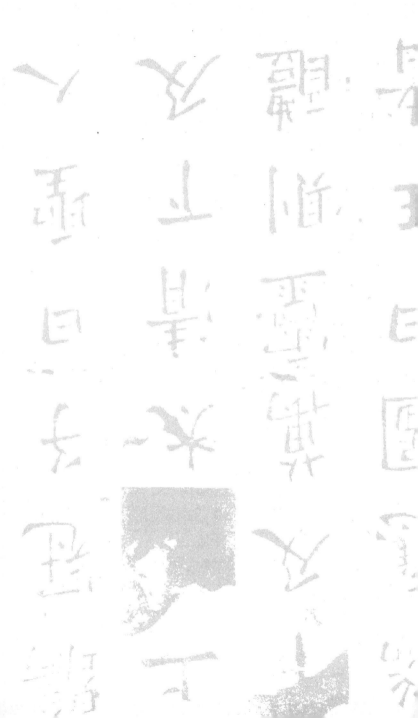

1

당나라 때는 금릉(金陵), 남송 때는 건강부(建康府), 원나라
때는 집경로(集慶路), 그러다 명이 건국하며 도읍지로 정하고
처음에는 응천부(應天府)로 불린 곳. 그곳이 바로 남경(南京)
이었다.

북경으로 천도한 지금도 남경은 배도(陪都)로써 매우 중요
한 위치를 점하고 있었다. 더구나 서쪽과 북쪽에 장강이 흘러
양주와 함께 중원 동부의 경제를 주무르는 곳이 또한 남경이
었다.

진용이 정광과 장강을 건너 성곽이 구렁이처럼 꿈틀거리
며 백 리를 휘감고 있는 남경에 들어선 것은 정양을 떠난 지

사흘 만이었다.

천화상단의 위치를 알아보는 것은 매우 쉬웠다.

남경성에 들어서기 전부터 천화상단의 표식이라 할 수 있는 천화(天花), 모란꽃이 그려진 거대한 깃발을 단 상선들을 볼 수 있었다. 사람들에게 물으니 남경성 서북대로를 따라가면 바로 그 천화가 그려진 거대한 대문을 볼 수 있다고 했다. 그곳이 바로 천화상단의 장원이라는 것이다.

두 사람은 성에 들어가자마자 바로 서북대로로 향했다.

이제 남은 기간은 칠 일. 어찌 생각하면 충분히 여유있는 시간이었다. 하지만 두 사람은 여유를 부릴 시간이 없었다.

빠르면 빠를수록 좋았다.

그렇다고 무작정 쳐들어갈 수도 없는 일이었다.

천혈교가 천화상단을 놔두고 구룡상방과 거래를 텄다? 말도 안 되는 소리였다. 개도 안 믿을 말이었다.

삼존맹의 영역이니 그럴 수도 있지 않을까 생각할 수도 있지만, 웃기는 말이다. 그런 놈들이 자신들의 당당함을 보이겠다는 단순한 이유 때문에 남궁세가를 친단 말인가.

한마디로 삼존맹이고 뭐고 그들이 하고 싶으면 하는 자들이 바로 천혈교다. 그러니 어떤 식으로든 천화상단과 천혈교는 연결이 되어 있다고 봐야 했다.

일단 진용은 천화상단이 잘 보이는 객잔의 이층에 자리를 잡고 식사를 하며 천화상단을 살펴보았다.

"굉장하군."

정광이 홀짝 술잔을 거친 수염 사이로 털어 넣고는 입을 열었다.

진용은 가만히 고개만 끄덕였다.

과거 수많은 나라의 도읍이어선지 고색창연한 장원들이 즐비했다. 하지만 천화장원은 그러한 곳에서도 유난히 눈에 띄었다. 대문에 그려진 화려한 모란 때문이었다.

화려한 모란이 그려진 거대한 대문의 양옆으로는 두 개의 쪽문이 있었는데, 그곳으로 수많은 사람들이 드나들고 있었다.

정광이 술병을 거꾸로 세우고는 남아 있는 술을 한 방울도 남기지 않고 짜내더니, 술 방울이 더 이상 떨어지지 않자 아쉬운 표정을 지으며 말했다.

"그냥 쳐들어가서 만나는 게 낫지 않을까?"

무작정 쳐들어간다? 과연 정광다운 생각이다.

"시끄럽게 해서 좋을 일 없습니다."

"그거야 그렇지. 그럼 저녁에 몰래 숨어들어 갈까?"

숨어들어 가는 것은 어렵지 않았다. 그러나 문제가 없는 것도 아니었다. 저 넓은 장원의 어디에 탁인효가 있을까? 아마 그를 찾으려면 상당한 시간을 소모해야 할 것이다.

"그때까지 기다리기에는 시간이 너무 아까워요."

"그럼 어떻게 하려고? 아는 사람이라도 있어야 앞세우고 들어가지."

그 말에 진용의 표정이 묘하게 변했다.

'앞세우고 들어간다?'

갑자기 한 가지 생각이 떠올랐다. 진용이 벌떡 일어섰다.

"가죠!"

정광이 재빨리 마지막 잔을 털어 넣었다.

진용은 객잔을 나서자마자 중앙로 쪽으로 방향을 틀었다.

정광이 의아한지 고개를 돌려 천화상단과 진용을 번갈아 쳐다보았다.

"어디 가는 건가?"

"성주를 만나러 갑니다."

"성주? 남경성주?"

"예."

"왜?"

"힘 자랑하려고요."

"……?"

중앙로로 나아가자 한때 황궁이었으며 지금은 성주부로 사용되고 있는 내성이 나타났다.

두 사람은 성문 앞으로 당당히 걸어갔다. 그러자 두 명의 관병이 앞으로 나오더니 창을 들어 두 사람을 가로막았다.

"무슨 일인가?"

진용과 정광의 추레한 행색을 본 한 관병이 눈을 부라렸다.

당연히 그 말투가 마음에 들지 않는 정광이었다.

정광이 손을 들어 창대를 후려쳤다.

뚝!

도검에 부딪쳐도 끄떡없는 창대가 마른 갈대 부러지듯 힘없이 꺾어졌다.

생각지도 못했던 상황. 관병은 멍하니 부러진 창을 바라보았다.

그러자 정광이 고개를 내밀며 으르렁거렸다.

"성주를 만나러 왔다. 어쩔래?"

어차피 진용이 힘 자랑하겠다고 한 마당이었다. 무서울 것이 없었다.

갑작스런 상황에 보고만 있던 다른 두 명의 관병이 다가왔다.

"웬 놈이 감히 이곳에서 행패를 부리는 것이냐?"

그들의 창을 잡은 손이 가늘게 떨리고 있었다. 그 소리를 들었는지, 관병의 말이 끝나기도 전에 성문이 열렸다. 그리고 다시 세 명의 관병이 밖으로 나왔다.

그들 중 갑주를 걸친 장수가 옆구리의 검병에 손을 얹은 자세로 나서며 정광을 노려보았다.

"그대들은 누군데 성주님을 만나러 왔다는 것인가?"

진용이 나서서 입을 열었다.

"성주께 안내를 해주시겠소? 북경에서 온 사람이 만나뵙잔다고 말이오."

북경(北京)!

단 한마디에 장수의 얼굴이 굳어졌다. 북경이라는 말이 단순히 지명을 말하는 것으로 들리지 않았다. 더구나 진용의 무게가 실린 말투. 그것은 결코 아무나 흉내 낼 수 있는 것이 아니다.

그의 직감이 경고를 울렸다.

황궁에서 온 자들이다. 조심해!

그가 조심스럽게 물었다.

"북경의 누구시라 전하면 되오?"

"금의위의 천호장 고진용이라 하오."

진용이 가슴속에서 금의위의 영패를 슬쩍 내밀었다.

정광도 후다닥 가슴을 뒤지더니, 슬쩍 영패의 끝만 보여주었다.

"나는 정광이라 하네. 험!"

순간 장수의 얼굴이 창백하게 탈색되었다.

'헉! 금의위!'

관리들에게는 저승사자가 바로 금의위다.

게다가 천호장이란다. 그렇다면 성주라 하더라도 함부로 대할 수 없는 신분.

영패에는 분명 천호라는 글이 금박으로 새겨져 있었다. 정광의 영패는 끝만 봐서 모르겠지만, 두 개 다 말로만 들었던 금의위의 영패가 분명해 보였다.

"자, 잠시만 기다려 주십시오. 곧······."

"여기서?"

정광이 뚱한 표정으로 물었다. 그러자 장수가 급히 외쳤다.

"아닙니다! 안으로 들어가셔서······!"

소식이 얼마나 빠르게 전해졌는지 진용이 정광과 함께 안으로 들어가자 성주가 서너 명의 관리와 함께 미리 나와 있었다.

남경성주 윤광한.

병부상서 윤광임의 동생이며 황후의 사촌 동생이 되는 자.

진용이 들어가자 비대한 몸집의 그가 급히 다가왔다.

"금의위의 천호께서 어인 일이신가?"

막상 묻는 그의 눈빛이 곤혹으로 물들어 있었다. 반쯤 의혹이 담긴 눈빛이었다.

'진짜 금의위 천호 맞아? 너무 젊은데? 혹시 가짜 아냐?'

진용은 그의 마음을 짐작할 수 있었다. 자신의 허름한 차림은 그런 의심을 받고도 남을 정도였다. 그리고 어떻게 해야 그런 의심 어린 눈빛을 바꿀 수 있는지도 알고 있었다.

진용이 무거운 표정으로 말했다. 영패를 꺼내 윤광한의 코앞으로 내밀며.

"역모에 관련된 일을 조사하기 위해 나왔습니다."

역모!

역시 그 말 한마디에 윤광한의 얼굴빛이 달라졌다. 그는 재빨리 진용이 내민 영패를 확인했다. 진짜가 분명해 보였다.

"허! 그런……. 어이쿠, 손님이 오셨는데 내가 실수를 했구먼. 이리 앉으시게나."

진용이 자리에 앉자 정광도 그 옆에 따라 앉았다.

윤광한이 자신과 함께 서 있던 관리들을 일일이 소개시킨 이후에야 진용은 나직한 음성으로 입을 열었다.

"삼왕의 일에 대해선 들으셨겠지요?"

"물론이네."

"그럼 강호의 세력이 끼어들었다는 것도 아시겠군요."

"흠, 그런 소문을 듣기는 했지."

알고 있다니 말을 하기가 더 쉬워졌다.

"천혈교라는 곳이 삼왕과 연관되어 있지요. 한데 천화상단이 천혈교와 모종의 거래를 하고 있습니다. 해서 그곳을 조사하려 합니다. 성주께서 도와주셨으면 합니다만."

천화상단이라는 말이 나오자 윤광한의 눈빛이 거세게 흔들렸다.

"천화상단이라고?"

천화상단은 천하에서 가장 큰 상단 중 하나, 아마 윤광한도 적지 않은 관계를 맺고 있을 것이다. 그가 청렴한 관리가 아닌 한은.

진용은 일단 단순히 조사 차원이라는 식으로 말했다.

"그렇습니다. 하지만 말이 그렇지 천화상단처럼 거대한 상단을 저 혼자서 조사할 수도 없는 일이고……. 뭐, 일단은 의문나는 점만 조사하려고 합니다."

"조사라면, 무엇을……?"

"얼마 전 천화상단의 아들이 하북에서 다친 몸으로 돌아왔다고 하더군요. 그 일에 천혈교의 고수들이 동원되었다는 첩보가 있습니다. 해서 그를 만나볼까 합니다. 제가 성주를 뵙고자 한 것은 그 일을 될 수 있으면 조용히 처리하려 하기 때문입니다. 굳이 소란을 떨 것은 없지 않겠습니까?"

다행이라면 다행이었다. 윤광한은 가슴을 쓸어 내렸다.

그 정도로 조사가 마무리될 수 있다면, 천화상단의 둘째 아들을 성주부로 끌고 올 수도 있었다.

"그 정도야……."

"성주께선 제가 그를 조용히 찾아볼 수 있도록 상황만 만들어주시면 됩니다."

진용이 쉴 틈도 주지 않고 몰아붙이자 윤광한은 은근히 기분이 상했다. 비록 상대가 금의위 천호라 하지만, 어쨌든 품위는 자신이 위가 아닌가.

'새파랗게 어린놈이 어디서…….'

그는 슬쩍 찔러봤다.

"그런데 고 천호도 알고 있겠지만 천화상단은 황궁에 상당한 조력자들을 가지고 있다네."

진용이 무심히 말했다.

"상관없습니다."

"허, 대단한 배짱이구먼."

말은 그러면서도 비웃음이 어려 있는 눈빛이다.

'역시 어린놈이라 겁이 없군. 저런 놈 정도야……'

"험! 공손 도독이라 해도 천화상단을 직접적으로 건들지는 못한다네. 설마 그걸 모르는 것은 아니겠지?"

말투에도 비웃음이 그대로 묻어 나왔다.

진용의 목소리가 더욱 가라앉았다.

"저는 도독이 아닙니다."

"그러니 만사에 조심해야 한다는 걸세. 아직 나이가 어려선지 세상일을 잘 모르는 것 같군. 허허허, 세상은 자네가 생각하는 것처럼 만만하지가 않다네. 조심할 건 조심해야 하는 법이지."

"그들이 황궁의 힘을 이용해 제 조사를 막을 수 있다 그 말이십니까?"

"잘 아는구먼. 그러니 조심하라는 것이네. 다 젊은 자네를 생각해서 하는 말이야."

이제 윤광한의 눈빛은 완연히 깔보는 빛으로 바뀌어 있었다.

"죽으면 지위고 뭐고 다 소용없거든."

진용은 그런 윤광한의 눈빛을 똑바로 바라보며 전음을 보냈다.

"성주, 나는 말장난을 하고 싶지 않소. 어느 누구고 내 일을 방해하면 모두 잡아 가둘 것이오. 나 고진용이, 수천호령사라는 지위로 말이오."

마지막 말이 떨어지자 윤광한이 어리둥절한 표정을 지었다. 그러다 진용이 가슴속에 손을 집어넣어 윤광한만 볼 수 있게 수천호령패를 삐죽 내밀자 안색이 누렇게 떠버렸다.

"그, 그것은……."

진용이 그의 말을 잘랐다.

"그만! 더 이상은 비밀이니, 행여 하지 않아도 되는 말을 입 밖으로 꺼내 제가 성주께 죄를 묻는 일이 없도록 하시지요. 그리고 더 이상 시간이 없습니다. 그 일을 도와줄 수 있는 사람을 내어주시기 바랍니다."

누렇게 뜬 얼굴이 급히 끄덕여졌다.

"알겠소이다, 수…… 고 천호!"

2

차가운 안개가 옷깃을 스며들었다.

어떻게 할 틈도 없었다.

하군상이 자신의 몸을 던진 순간, 초연향은 하군상의 생각을 짐작하고 소리를 질렀다.

안 돼! 안 돼요!

하지만 차가운 물이 회오리치며 그녀를 삼킨 것과 동시에 다른 생각을 할 수가 없었다.

아득했다. 모든 것이 느껴지지 않았다.

그녀의 머릿속에는 더 이상 아무것도 남아 있지 않았다.

차가움이 그녀의 정신조차 지배해 버렸다.

모든 것이 사라져 갔다.

움직여 물길을 헤쳐 나가야 한다는 것조차도 잊어버렸다.

그리고…… 끝이었다.

문득 그때의 상황이 일목요연하게 떠올랐다.

자신을 던지던 하군상의 결연한 표정도, 입술을 떼어내던 고진용의 붉어진 얼굴도 보였다.

꿈인가? 그런 생각이 들었다.

내가 죽은 것인가? 그럼 여기는 저승?

어쩌면 그럴지 모르겠다는 생각도 들었다.

하늘이 원망스러웠다. 아직 보고 싶은 사람이 많은데…….

언뜻 두런거리는 소리가 들리는 듯했다. 무슨 말인지 알아들을 수가 없었다. 고막이 울렁이며 목소리가 춤을 추고 있었다.

동시에 아득함이 몰려왔다. 그리고 다시 모든 것이 심연 속으로 잠겨들었다.

얼마나 지났는지 알 수가 없었다.

고통, 답답함이 느껴졌다.

그때였다. 몸을 뒤척이는 그녀의 귀에 전보다는 뚜렷한 목소리가 스며들었다.

"어마? 움직여요, 할머니!"

여자의 음성 같았다. 젊은 음성, 아니, 어린아이의 음성인가?

그런데 나에게 하는 말일까?

나른한 정신이면서도 실처럼 떠오른 의문을 붙잡고 고민하고 있는데, 무언가 따끔거리는 아픔이 느껴졌다. 아주 미미한 느낌이었다.

"곧 정신이 들 거다. 정신이 들거든 미음을 조금씩 떠 넣어주거라."

조금 나이 먹은 여인의 목소리였다.

이제는 확실히 들렸다.

그제야 그녀는 알 수 있었다. 자신도 모르게 몸이 떨렸다.

'죽지 않았구나.'

그녀가 눈을 뜬 것은 따끔거리던 통증이 시원하게 느껴질

때였다.

눈을 뜨자 희미한 잔상이 어른거렸다. 잔상이 하나로 모이는 데는 제법 많은 시간이 지나야 했다.

어린 소녀가 자신을 빤히 바라보며 물었다.

"정신이 들어요?"

초연향은 고개를 끄덕이고 싶었다. 하지만 조금도 움직일 수가 없었다.

"목을 싸맸으니까 움직이지 말아요, 언니."

언니? 조금 생경하게 느껴졌다.

그런데 목을 싸맸다고? 목을 다쳤나?

"미음을 드릴 테니까 입을 벌려요."

소녀가 말했다. 하지만 초연향은 입을 벌리지 않고 소녀를 바라보기만 했다.

"벌써 열흘이 넘었어요. 아마 할머니의 의술이 아니었다면 죽었을 거예요."

소녀가 다시 말했다.

열흘. 벌써 열흘이 지났나?

하 오라버니는 어떻게 되었을까? 죽었을까?

그래, 그랬을 거야. 분명······.

눈물이 흘렀다. 소녀가 눈물을 닦아주었다.

"너무 슬퍼하지 말아요. 얼굴이 상하고 여기저기 다치긴 했지만, 그래도 살았잖아요."

얼굴이 상했다고? 초연향이 억지로 입을 열었다.

"어……."

얼마나 다쳤어요?

그렇게 묻고 싶은데, 말이 나오지 않는다. 답답하다.

그때 소녀가 말했다.

"목도 많이 다쳐서 앞으로 말하는 것이 좀 힘들 거라고 했어요. 그러니 일단 몸부터 추슬러요, 언니."

말하는 것이 힘들 거라고? 그럼…… 내가 벙어리가 된다는 말인가?

설마? 안 돼! 그건 안 돼!

오! 하늘이여!

3

진용은 남경부의 안찰사 진웅겸과 함께 천화상단을 찾아갔다. 탁인효가 부상당한 것을 조사한다는 명목이었다.

뜬금없는 일이었지만, 익히 짐작할 수 있는 일이었다.

'돈이 필요해 왔는가 보군.'

총관은 사람을 시켜 진용을 탁인효의 거처로 안내하고는 진웅겸을 따로 불러 열 냥짜리 금원보 열 개가 담긴 상자를 내밀었다.

"약소하지만 필요한 데 쓰시지요, 안찰사 어른."

새파랗게 질린 진웅겸이 상자를 내던지고는 소리쳤다.

"어디서 감히! 나를 놀리는 건가!"

난데없는 일에 총관은 어안이 벙벙해졌다.

'저놈이 미쳤나?'

그때 밖을 슬쩍 살펴본 진웅겸이 고개를 숙여 속삭이듯이 말했다.

"이 멍청한 사람아, 나와 같이 온 사람이 바로 금의위야. 누구 죽는 꼴 보려고 그러나? 돈은 나중에 집으로 보내."

진용은 정광과 함께 탁인효의 거처를 찾아갔다.

엄청난 장원의 크기만큼이나 찾아가는 길이 매우 복잡했다. 안내인이 없었다면 상당 시간 헤매었을 것이 불을 보듯 뻔했다.

"들어가시지요."

안내인이 문을 열며 말했다.

정광을 밖에 남겨둔 채 진용은 혼자서 안으로 들어갔다. 창백한 안색의 탁인효가 왼쪽 어깨를 붕대로 감싼 채 누워 있었다.

그의 왼팔이 보이지 않았다.

진용의 눈빛이 흠칫 떨렸다.

'부상을 당했다더니 팔 하나를 잃었단 말인가?'

생각지도 못했던 일이었다. 팔을 잃었을 정도의 부상이었다니.

한데 기이하다. 창백한 안색을 빼면 그다지 고통스런 눈빛이 아니다. 어떻게 보면 오히려 모든 짐을 내려놓은 듯한 편안한 표정이다.

그는 눈이 마주치자 놀란 눈을 더 크게 뜨고 진용을 바라보았다.

"그대가 어떻게……?"

진용은 손을 들어 그의 입을 막았다.

"알아볼 것이 있어서 왔소. 사실대로 답해주었으면 좋겠소."

탁인효의 눈빛이 흔들렸다.

"무슨 일로…… 혹시?"

진용은 잠시 그를 쳐다보기만 했다.

"누구요? 누가 이렇게 한 것이오?"

그러다 불쑥 물었다. 그는 탁인효의 무공이 결코 약하지 않다는 것을 알고 있었다. 게다가 혼자도 아니었을 것이다. 궁금하지 않을 수 없었다.

진용이 묻자 탁인효가 조소를 지었다.

"궁금한 것은 그것이 아닌 것 같소만?"

꿈틀, 진용은 비틀린 눈매로 그를 직시했다.

"초 소저가 어떻게 되었는지 알고 싶어 온 것이 아니오?"

그래, 내가 알고 싶은 것은 바로 그거야. 어떻게 된 일이지?

"말해줄 수 있겠소?"

"크크크, 못할 것도 없지. 나는 팔 하나를 내주고 그녀를 구했소. 비록 완벽하게 구하지는 못했지만 말이오. 게다가 하군상은 몸까지 던졌소. 주령에게 듣자 하니 그대는 황궁의 요인이 된 것 같은데, 그사이 뭘 했소?"

진용은 입술을 깨물고 탁인효를 노려보았다.

탁인효도 그렇고, 하군상마저 그녀를 위해 모든 것을 감수했다. 그런데 자신은⋯⋯?

아버지 때문에 어쩔 수 없었다고?

맡은 일 때문에?

그녀의 행방을 몰라서?

그 어떤 말로도 자기 자신에게 변명이 되지 않았다.

갔어야 했다. 가서 찾아야 했다. 그랬으면 찾았을지도, 구했을지도 몰랐다. 결국은 아버지의 일도 아직 해결하지 못했고, 그녀도 구하지 못했다.

진용은 참담한 마음에 짓이기는 듯한 목소리로 물었다.

"그녀는⋯⋯ 어떻게 되었소?"

탁인효가 말했다. 지금까지와는 다르게 힘없는 목소리였다.

"젠장, 그걸 나도 모르겠소. 내가 막는 사이 하군상이 그녀를 안고 도망갔으니까 말이오. 다만 뒤에 들은 말로는, 하군상이 안개가 잔뜩 낀 계곡에 그녀를 던졌다고 했소. 자신이 삼혼신마를 직접 막고 말이오."

진용이 눈빛을 싸늘히 빛냈다.

"삼혼신마? 혼세십팔마 중 한 사람인 바로 그 삼혼신마 말이오?"

소문은 사실이었다. 혼세십팔마 중에 한 사람이 나타났다더니, 그가 바로 삼혼신마였다.

"맞소, 바로 그요. 그는 하군상으로선 죽었다 깨어나도 막을 수 없는 자요. 그래서였을 거요, 그가 초 소저를 계곡에 던진 것은. 나중에 들으니 그 계곡에는 제법 많은 물이 흐르고 있었다고 하더구려. 아마 하군상은 그걸 미리 알고 있었던 것 같소. 줄곧 그쪽으로만 도망을 친 걸 보니까 말이오."

탁인효는 말을 끝내며 멍하니 허공을 바라보았다. 그가 한참 만에야 다시 입을 열었다.

"나는 그 일 때문에 벌을 받게 되었지만, 이제 와서 후회하지는 않소. 사랑은 그런 것이 아니겠소? 크크크……."

사랑은 그런 것이라고?

진용은 힘없이 웃음을 흘리는 탁인효를 바라보았다.

사랑을 갈구하다 외팔이가 되었지만, 그런 그가 조금도 어리석게 보이지 않았다.

"삼혼신마가 왜 그곳에 나타난 거요? 혹시 천혈교에서 나선 거요?"

탁인효가 떨리는 눈을 틀어 진용을 향했다. 그가 천천히 고개를 끄덕였다.

"천화상단도 그들과 거래를 하고 있는 것으로 알고 있소만."

"나도 정확한 것은 모르오. 모든 것은 아버님이 주관하고 계시니까."

진용은 불길이 잠든 눈으로 탁인효를 응시했다.

"귀하가 초 소저를 도와준 것에 대한 보답으로 한마디만 더 하겠소. 그대의 아버님께 천혈교와의 관계를 끊으라 하시오. 나중에 후회하지 않으려면."

"크크크, 아버님이 내 말을 들을지도 의문이지만, 삼혼신마 같은 고수조차 그들의 주구요. 누가 그들을 막는단 말이오?"

다른 사람이라면 그 말에 고개를 끄덕일 수도 있었다.

하지만 진용은 아니었다. 절대!

진용의 목울대가 거센 떨림을 일으켰다.

"내가! 나, 고진용이!"

나직한 외침에 대기가 파르르 떨었다.

갑자기 방 안에 회오리가 맴돌았다.

단순한 회오리바람이 아니었다. 시퍼런 빛이 바람의 결을 따라 휘돌고 있었다.

강기, 진용의 전신에서 실처럼 뿜어지는 강기였다.

시퍼런 강기에 부딪친 것은 그것이 무엇이든 가루로 부서져 흩날린다.

듣도 보도 못한 엄청난 광경에 탁인효는 찢어질 듯이 눈을 부릅떴다.

"천혈교든, 삼존맹이든 내 앞을 가로막는 것은 모두 제거할 것이오! 만일 천화상단이 방해가 된다면, 나는 천화상단을 먼지 한 톨 남기지 않고 쓸어버릴 것이오!"

진용이 소리치며 우수를 뻗어 허공을 움켜쥐고는 길게 내리그었다.

순간 허공이 쫘악 갈라지는가 싶더니, 갈라진 허공 속으로 진용의 우수가 사라졌다.

그와 동시였다. 쩍, 벽이 갈라지는 기음이 터지고,

"컥!"

외마디 비명이 터지더니, 목이 기묘하게 꺾어진 회영(灰影) 하나가 갈라진 벽에서 흐물거리며 무너져 내렸다.

탁인효가 경악해 소리쳤다.

"환혼사(還魂使)?"

진용은 탁인효의 경악에 아랑곳하지 않고 무감정한 어조로 다시 말을 이었다.

"삼혼신마는 내 손에 걸리기 전에 스스로 죽는 것이 나을 것이오. 아니면 지옥을 직접 경험하게 될 테니까."

살갗에 소름을 돋게 하는 목소리였다.

'그럴지도……'

탁인효는 이를 악물었다.

환혼사가 죽었다, 그것도 단 일수에. 상단의 단주 명령이 아니면 움직이지 않는다는, 철저히 비밀에 가려진 미지의 고수 환혼사가 말이다.

"꼭, 명심하시오!"

진용은 경악으로 굳어버린 탁인효의 뇌리에 마지막 대못을 박고 몸을 돌렸다.

초연향이 사라졌다.

그것만으로도 목 타는 듯한 갈증이 느껴졌다. 미칠 것만 같았다.

"어떻게 되었다던가?"

진용이 군은 표정으로 방을 나오자 정광이 조심스럽게 물었다. 그는 밖에 있었으면서도 아무런 말도 들을 수가 없었다. 진용이 소리를 차단한 때문이었다.

진용은 아무런 대답도 하지 않고 앞만 바라보았다.

정광은 왠지 더 묻고 싶지가 않았다.

진용이 무심하게 말했다.

"그만 가지요."

정광은 흠칫 어깨를 떨었다. 진용이 걸어가면서 조그마한 목소리로 중얼거리듯 말을 잇고 있었다.

"돌아가는 길에 누구라도 나타났으면 좋겠군요."

그 말뜻을 깨닫는 데는 아무리 둔감한 정광이라도 그리 오랜 시간이 걸리지 않았다.

그는 굳은 눈으로 진용의 뒷모습을 바라보았다.

당장 피 냄새가 콧속을 파고드는 것만 같았다.

'삼존맹, 이 썩을 놈들아! 제발 이번만은 막지 마라!'

살귀가 되어 미쳐 날뛰는 진용.

정광은 생각하기도 싫었다.

4

쾌과광!

일수 격돌의 여파에 두 사람을 둘러싸고 있던 절정의 고수 십여 명이 일제히 물러섰다. 물러선 그들의 얼굴이 경악으로 물들었다.

십천존!

그들의 이름은 헛된 것이 아니었다.

이십여 초가 격돌로 전각 하나가 통째로 무너지다시피 했다. 정원의 나무도, 바위도 모조리 가루가 되어 평지가 되어 버렸다.

가공할 격돌!

누구 하나 두 사람에게 가까이 다가갈 수조차 없었다. 두 사람을 휘어감고 있는 강기의 폭풍 때문이었다.

휩쓸리면 누구도 무사할 수 없으리라!

어느 순간!

"으음……."

강기의 폭풍 속에서 나직한 신음이 흘러나왔다.

누구의 신음인가.

둘러선 사람들이 눈을 부릅뜨고 폭풍 속을 들여다봤다.

붉은 선혈이 한 사람의 입가를 따라 흐르다 쪽빛 청의를 벌 겋게 물들이고 있었다.

옷을 가루로 만들고 가슴에 찍힌 하나의 손자국.

신음은 천인효의 입에서 흘러나온 것인가.

"주군!"

둘러서 대치하고 있던 자들 중 몇 명이 다급히 외쳤다. 칠 양객 중 살아남은 네 사람이었다.

그들의 눈이 격동으로 떨리고 있다.

천인효는 그들의 외침에는 아랑곳하지 않고 앞만 바라보 았다. 그가 잘게 떨리는 입을 열어 말했다.

"구양 맹주, 그대가 어찌 그 무공을?"

굳은 얼굴의 구양무경이 차가운 표정으로 말했다. 그의 손 을 타고 한 방울 핏물이 떨어졌다.

"나에게 그 무공을 쓰게 만든 것만으로도 그대는 역시 대 단해."

"크큭! 구양무경, 세상은 당신을 너무 모르고 있었던 것 같군."

"아마 계속 모르게 될 거네."

"글쎄…… 아직은 아니오."

천인효가 입술을 지그시 깨물고는 들고 있는 검에 혼신의 공력을 쏟아 넣었다.

구양무경의 눈빛도 검게 물들었다.

강기의 폭풍이 다시 휘돌기 시작했다.

그때다. 생각지도 못했던 일이 일어났다.

갑자기 어디선가 세 개의 청색 그림자가 강기의 폭풍이 몰아치는 한가운데로 뛰어든 것이다.

쩌저정!

휘몰아치던 폭풍의 한쪽이 무너지며 구멍이 뚫렸다. 이를 본 구양무경이 이마를 찌푸리며 주춤거렸다.

생각지도 못했던 상황에 만봉오로 중 두 명이 재빨리 그들의 배후를 공격했다.

"감히 우리 앞에서 허튼수작을 부리다니!"

구양무경의 앞을 가로막은 세 명의 청의인 중 하나가 급히 소리쳤다.

"주군! 빠져나가십시오!"

검을 치켜들던 천인효의 눈이 거세게 흔들렸다. 그는 안다. 저들이 누군지, 무엇을 하려는지.

삼비였다. 지금껏 격전이 벌어지는 와중에도 모습을 보이지 않던 그들이 마침내 일제히 모습을 드러낸 것이다.

'안 돼! 너희들을 이렇게 희생시킬 수는 없다, 아우들아!'

일양회의 최대 비밀 중에 하나인 삼비는 바로 자신의 아우들이었다. 자신을 위해 그림자 인생을 산 아우들.

'아우들이 막을 수 있는 자가 아니다. 아우들을 이대로 죽일 수는 없어!'

그는 들어 올린 검을 더 강하게 움켜쥐고는 만붕오로와 부딪치고 있는 아우들에게 소리쳤다.

"모두 빠져나가!"

후우우웅!

그의 검에서 일어난 검강이 길게 늘어졌다.

자신의 마지막 일검이 될지도 모르는 일양천락(一陽天落)을 펼치기 위함이었다.

순간 구양무경의 입가에 잔혹한 웃음이 걸렸다.

"그럴 필요 없다! 모두 함께 죽여주지!"

그의 검게 물든 손이 허공을 향해 뻗치자 수십 개의 시커먼 손 그림자가 천인효를 덮어갔다.

일순간, 만붕오로와 싸우고 있던 삼비가 만붕오로의 공격은 도외시한 채 구양무경의 손 그림자 속으로 뛰어들었다.

불을 보고 뛰어드는 불나방 같은 공격이었다.

천인효는 눈을 부릅떴다.

'안 돼!'

그런데도 일검을 마저 펼쳐 낼 수가 없었다.

아우들이 가로막고 있었다. 아마도 그 때문에 몸을 던졌을 것이다.

그들의 눈빛이 말하고 있다.

제발 도망가라고! 일단 살고 보라고!

그도 모르는 바는 아니다. 자신을 죽일 생각을 한 자들이 일양회를 가만두었을 리가 없다.

살아야 한다. 어떻게든 살아야 한다.

아우들을 희생시켜서라도 말이다.

아무리 가슴이 아파도! 남은 가족들을 위해!

"으아아!"

천인효는 일양천락의 방향을 만붕오로 쪽으로 틀었다.

"헉!"

헛바람 빠지는 소리와 함께 만붕오로 중 진천일도 위중산의 한 팔이 허공으로 떠올랐다.

"크어억!"

동시에 삼비 중 누군가의 처절한 비명이 천인효의 가슴을 찢으며 터져 나왔다.

시간이 없다. 아우들이 구양무경을 막을 수 있는 시간은 십여 초를 펼칠 시간뿐.

천인효는 혼신을 다해 신형을 날렸다. 가슴속으로 피눈물을 흘리며!

'나를 용서해라, 아우들아!'

갑작스런 상황에 둘러싸고 있던 자들이 놀라 소리치며 메뚜기 떼처럼 날아올랐다.

"막아라! 놈이 빠져나간다!"

동시에 칠양객 중 살아남은 자들이 천인효의 뒤를 막았다.

"우리를 죽이고 가거라!"

"우하하하! 주군, 살아서 복수를!"

第八章

변수(變數)

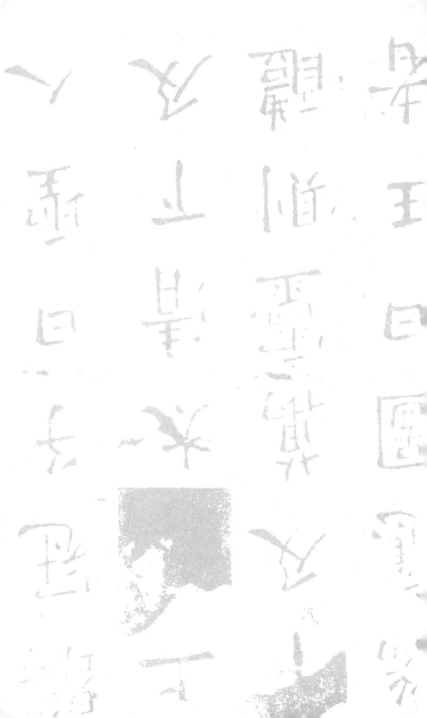

1

장강의 거대한 물결이 쉼없이 흐르고 있었다. 붉은 황토를
머금은 붉은 물결이었다.

아무래도 상류 쪽에서 비가 많이 온 듯했다.

진용은 붉은 장강을 바라보며 묵묵히 자신만의 생각에 빠
져들었다.

'계곡의 물살에 휩쓸렸으면 많이 다쳤을 텐데……'

죽었을지도 모른다. 하지만 그 생각은 하기가 싫었다.

살아 있다고 생각하기로 했다. 아니, 살아 있어야만 했다.

탁인효의 말에 의하면, 천화상단과 구룡상방의 사람들이
근 열흘간에 걸쳐 그녀를 찾았지만 아무도 그녀를 찾지 못했

다고 했다.

그렇다면 살아 있을 가능성이 높았다. 실낱 같은 희망이지만, 진용은 그것만으로도 그녀가 살아 있다고 생각하기로 했다.

"나를 살인에 미친 악마로 만들지 않으려면 당신이 살아 있어야 돼, 연향."

진용이 중얼거렸다. 정광이 그 소리를 듣고는 투덜거렸다.

"이놈의 배가 왜 이리 느리게 가는 거야?"

사실 배는 정상적인 속도로 나아가고 있었다. 다만 그의 마음이 답답할 뿐이었다.

사람들이 성질 급한 도사를 이상한 눈으로 쳐다보았다.

정광도 마주 쏘아보았다.

뭘 봐, 이 한 치 앞도 보지 못 보는 어리석은 인간들아!

그때 누군가가 소리쳤다.

"어? 저 배들 왜 저러는 거지?"

진용은 신경 쓰고 싶지 않았다. 하지만 뒤이어 들려온 소리에 신경을 쓰지 않을 수가 없었다.

"일양회의 배 같은데?"

'일양회?'

천천히 몸을 돌리자 두 척의 배가 보였다. 장강을 거슬러 올라오며 뭍으로 향하고 있었다.

그런데 희한하게도 나란히 붙어 있었다. 상식적으로 이해가 가지 않는 일이었다. 저러면 자칫 배끼리 부딪쳐 침몰될 수가 있었다. 배를 조금이라도 아는 자라면 절대 저런 식으로 운행을 하지 않는다.

진용은 오래지 않아 그 이유를 알 수 있었다. 붙어 있는 두 척의 배에서 병장기 부딪치는 소리가 들린 것이다.

정광도 들었는지 힐끔 진용을 바라보았다.

"고 공자, 자기들끼리 싸우는 모양인데 신경 쓰지 말자구."

그게 더 이상했다.

왜 자기들끼리 싸우는 걸까? 일양회에 무슨 일이 생겼나?

그때다. 문득 영호광의 죽음이 떠올랐다. 어떤 방법을 썼는지는 몰라도 영호광의 죽음으로 구양무경은 염천마곡의 힘을 장악한 듯했다.

그리 생각했을 때, 만일 일양회에서 내분이 생겼다면 그 이유는 하나다. 일양마검 천인효에게 무슨 일이 생겼기 때문이다. 천인효가 존재하는 상황에서 내분은 결코 일어나지 않을 것이기에.

진용의 안색이 급격히 굳어졌다. 눈빛도 만장 심해로 가라앉았다.

"가까워지면 무슨 일인지 알아봐야겠습니다."

"그냥 가지……."

정광이 얼버무리며 두 척의 배를 바라보았다.

'젠장! 저놈들, 하필이면 왜 여기서 싸우는 거야?'

그도 사실 궁금했다. 진용이 괜한 화풀이를 하지 않을까 신경이 쓰여 말을 하지 않았을 뿐.

시간이 갈수록 두 척의 배와 가까워졌다.

진용이 탄 배는 하류로 흐르며 도강을 하는 중이었고, 두 척의 배는 싸우는 와중에도 조금씩 거슬러 올라오는 중이었다. 가까워질 수밖에 없었다.

바라보는 사이 거리가 백 장 이내로 줄어들었다. 이제는 배 위에서 싸우는 광경이 제법 뚜렷이 보인다.

도검의 광채가 번뜩일 때마다 갑판의 여기저기가 베어져 무너진다.

장강의 으르렁거리는 울음소리를 뚫고 들려오는 기파의 충돌음. 단순한 무사들의 싸움이 아니다. 일류 이상의 고수들이 격돌하고 있다. 아마 선상의 갑판은 선혈과 죽음이 뒤엉켜 상처투성이일 것이 확실했다.

아직도 선착장과의 거리는 오십여 장 남았다. 이대로라면 진용이 탄 배와 일양회의 배가 거의 동시에 뭍에 닿을 듯했다.

선상의 선객들이 우왕좌왕하기 시작했다. 배가 가까워지자 그제야 위험을 감지한 사람들이 소리를 질러댔다.

"선장! 거리를 벌려! 이러다 맞부딪치겠어!"

"뭐 하는 거야? 빨리 방향을 틀어!"

"모두 진정하고 선실로 들어가시오! 항로를 틀면 배가 요

동칠 테니 조심들 하고!'

선장으로 보이는 자가 소리를 질렀다. 하지만 선실로 들어
가는 사람은 없었다. 선착장과의 거리는 사십여 장, 최후의
경우에는 물로 뛰어들겠다는 생각인 듯했다.

촤아악! 끼기기기······.

장강의 흐름에 갑자기 방향을 틀자 배가 기울어졌다. 겁에
질린 사람들이 아우성을 질러대며 바닥에 납작 엎드렸다.

와중에도 진용과 정광은 선미에 꼿꼿이 서서 앞을 바라보
았다.

격전은 점점 치열하게 진행되고 있었다. 언제 배가 부서져
침몰될지 모를 정도다.

진용의 뒷짐 진 손에 슬며시 힘이 들어갔다.

'삼십 장······.'

충분히 건너갈 수 있는 거리였다. 실피나의 도움도 필요없
는 일이었다. 미약하나마 강물의 반발력 정도만 발을 받쳐 줘
도, 비마법을 쓰면 삼십 장이 아니라 삼백 장도 건너갈 수 있
었다.

문제는 정광이 가만있지 않을 거라는 데 있었다. 아마 혼자
만 갔다고 난리를 피울 것이 자명했다.

'어떻게 그렇게 할 수 있냐고 또 꼬치꼬치 캐묻겠지?'

그거야말로 귀찮은 일이다.

진용은 조금 더 가까워지기를 기다렸다.

그때였다. 뒤에서 누군가가 다가오는 게 느껴졌다. 하지만 진용은 돌아보지 않았다.

세 사람, 그중 한 사람은 대단한 기운을 지니고 있다. 하지만 적대감이 없다. 굳이 먼저 신경 쓸 필요는 없을 듯했다.

"일양회에 무슨 일이 생긴 것 같군."

중후한 목소리가 들리고 나서야 정광이 뒤를 돌아보았다.

두 명의 삼십대 장한과 사십 후반 정도로 보이는 중년인이 배가 기울어진 상태에서도 흔들림없이 다가오고 있었다.

정광이 바라보자 중년인이 포권을 취하며 입을 열었다.

"황산의 정운백이라 하오."

얼떨결에 정광도 포권을 취했다.

"정광이오."

"보아하니 도인이신 것 같은데, 어느 산에 계신 분이신지요?"

"태산."

정광의 짤막한 대답에 정운백이 허를 찔린 표정으로 움찔했다.

'범상치 않은 자인 듯한데, 구대문파의 제자가 아니었나?'

그때 정광이 물었다.

"가만, 황산이라 하셨소? 그럼 혹시 유량이라는 사람을 아시오?"

"유량?"

정운백이 의아한 표정을 짓자, 그의 옆에 있던 장한 중 하나가 재빨리 입을 열었다.

"저에겐 사형이 되시는 분입니다. 한데 도장께선 어떻게 유 사형을 아시는 겁니까?"

정광이 환한 표정으로 말했다.

"오! 그랬구려. 음하하하! 유량 도우와 한동안 함께 여행한 적이 있다오. 원시천존. 참으로 인연이 간단치 않소이다그려. 고 공자, 이분들이 유량 도우와 같은 사문 사람이라고 하는구먼."

정광이 호들갑을 떨며 진용을 끌어들였다.

진용은 그제야 고개를 돌려 세 사람을 돌아다보았다.

황산의 정운백이라는 이름이 나올 때부터 신경이 쓰였던 터였다.

운중검(雲中劍) 정운백. 황산칠검 중 한 사람.

교주에서 북경으로 가던 중 유량이 지나가듯이 한 이야기 중에 그에 대한 이야기도 있었다. 항상 조용해서 있는 듯 없는 듯하지만, 어쩌면 황산제일검일지도 모른다는 사람. 그것이 정운백에 대한 유량의 평가였다.

진용도 인정하지 않을 수 없었다.

정운백, 그는 강해 보였다. 정광이 승리를 장담할 수 없을 정도로.

진용은 손을 들어 올려 가볍게 포권을 취했다.

"고진용이라 합니다. 유량 대협과는 조금 인연이 있었습니다."

"정운백이라 하네."

마주 인사하는 정운백의 표정이 서서히 굳어졌다.

잘 봐줘도 스무 살이 조금 넘은 나이. 옷도 서생복을 입고 있다. 강호인 같지 않은 자. 하지만 급격히 흔들리는 선미에서 아무렇지도 않게 부동의 자세로 서 있는 자가 결코 일반인일 리는 없다.

더구나 눈은…….

'아무것도 느낄 수가 없다.'

만장 심해에 빠진 기분이다.

불가해(不可解)를 목격한 기분이 이럴까?

'보면서도 내 눈을 믿을 수가 없다. 도대체 이자는 누구란 말인가?'

다행히 그의 표정 변화를 알아챈 사람은 없었다. 누군가의 외침에 모두가 고개를 돌려 버렸기 때문이다.

"배가 기운다!"

일양회의 배 두 척 중 한 척이 기울고 있었다. 격전의 충격을 견디지 못하고 어딘가가 치명적인 손상을 입은 듯했다.

선착장과의 거리는 삼십여 장, 두 척의 배와는 이십오륙 장. 그러나 더 이상 기다리기에는 시간이 없었다.

"가봐야 할 것 같군요."

누가 말릴 틈도 없었다. 진용의 신형이 일직선으로 날아갔다.

생각지도 못했던 상황. 정광과 정운백 등이 우르르 앞으로 다가갔다.

"저런! 너무 무모한……."

정운백이 다급하게 소리치다 말고 떡 벌린 입을 다물지 못했다.

십여 장을 날아간 것만도 눈이 휘둥그레질 정도로 놀라운 일인데, 강물에 떨어지는가 싶던 진용이 물새처럼 강물을 차오르며 다시 날아오르고 있었던 것이다.

하지만 놀람은 그것으로 끝이 아니었다.

"등평도수에 허공답보까지!"

순식간에 두 척의 배 허공에 다다른 진용이 천천히 내려서고 있었다. 마치 허공에 걸친 계단을 걸어 내려오는 것처럼.

진용은 기울어진 갑판으로 천천히 떨어져 내리며 빠르게 상황을 살펴보았다.

공격자는 십수 명. 반면에 공격을 받는 자는 모두 다섯 명. 바닥에 시뻘건 선혈이 홍건하고, 그 사이사이에는 십여 명이 처참한 형태로 널브러져 있었다.

누가 일양회에 반기를 든 자들일까?

언뜻 봐서는 공격을 하고 있는 자들 같이 보인다. 하지만 확실히 알지 못하는 한 섣부른 판단은 금물이었다.

진용이 판단을 유보한 채 격전의 한가운데에 내려서자 공격자들 중 두 명이 진용을 향해 달려들었다.

"누군데 감히 일양회의 일에 관여하겠다는 것이냐!"

그들을 향해 진용이 주먹을 휘둘렀다.

허공이 일그러지며 둔중한 굉음이 울렸다.

쿠웅!

"커억!"

동시에 달려들던 두 명의 무사가 벼락이라도 맞은 듯 거꾸로 날아갔다.

갑작스런 상황에 치열하게 진행되던 격전이 멈칫거렸다.

누구냐! 적이냐, 아군이냐!

두 명의 일류무사를 일권에 물리친 고수. 어느 편이냐에 따라 상황이 달라질 수도 있었다.

그 틈을 타 진용이 물었다.

"천 회주께선 어디 계시오?"

간단한 물음이었다. 그러나 목적이 있는 물음이었다. 아니나 다를까, 반응은 두 가지로 나뉘었다.

구석에 몰려 있던 다섯 명의 무사는 눈빛을 빛내며 손에 든 무기를 움켜쥐고, 공격하던 십여 명의 무사는 움찔하며 주춤거린다.

보다 확실해졌다. 반기를 든 자들은 공격하던 자들이다.

천인효의 이름만으로도 겁을 집어먹고 있지 않은가. 반기를 든 자들이 아니라면 있을 수 없는 반응이다.

그들 중 하나가 악에 받친 목소리로 소리쳤다.

"저놈도 죽여! 어차피 이판사판이다! 모두 죽여 버려!"

그 말에 용기를 얻었는지 다시 십여 명의 무사가 진용과 다섯 명의 무사를 향해 달려들었다.

순간 진용의 가라앉은 눈에 보일 듯 말 듯 혈기가 감돌았다.

눈앞에 다가온 검날을 움켜쥔 진용의 오른손이 꺾어지자 검날이 부러지고, 부러진 검날이 한 바퀴 휘돈 진용의 몸짓을 따라 다른 자의 목젖을 긋고 지나갔다.

피분수가 뿜어졌다. 빛이 꺼져 가는 동공. 두 사람이 동시에 무너졌다. 자신에게 무슨 일이 벌어졌는지 이해할 수 없다는 표정으로.

순식간에 벌어진 일. 그것이 시작이었다.

진용이 시퍼렇게 물든 두 손을 앞세우고 양 떼 속을 누비는 호랑이처럼 파고들었다.

두 손이 스쳐 가는 곳에선 여지없이 비명이 터지고 신음이 흘러나왔다.

퍽! 스윽! 콰직!

신수백타가 펼쳐지고 열 호흡이 지나기도 전이었다.

어떻게 된 것인지 미처 상황을 둘러볼 사이도 없었다.

목이 꺾어지고, 팔이 부러지고, 가슴이 터진 채 무너졌다.

줄지어 터져 나오는 비명!

한 번 무너진 자들은 다시는 일어서지 못했다.

단순해 보이는 공격이었다. 충분히 막을 수 있을 것 같았다. 하지만 아무도 막지를 못했다.

일수 일격에 하나의 죽음!

치 떨릴 정도의 단호한 손속!

뒤늦게 상황을 인식하고는 달려들던 자들이 주춤거리며 물러섰다. 그들의 동공에 공포가 떠올랐다.

"뭐, 뭐야?"

"도, 도망가! 악마 같은 자다!"

한 사람이 소리쳤다.

진용의 커다란 두 손이 들리고 있었다.

두 손에서 시퍼런 뇌전이 꿈틀거린다.

금방이라도 자신들의 목을 부러뜨릴 것처럼. 가슴을 짓뭉개 버릴 것처럼!

누가 뭐라 할 새도 없이 살아남은 여섯 명이 장강의 강물을 향해 몸을 던졌다.

그때였다. 번쩍! 뇌전이 허공을 찢어발기며 뻗어나갔다.

콰과광!

비명도 없이 뇌전에 꿰뚫린 여섯 명이 태풍에 휩쓸린 낙엽처럼 홀홀 날아가 강물에 처박혔다.

그리고 사위가 조용해졌다.

장강은 여섯 명의 몸뚱이를 집어삼킨 채 유유히 흐르고, 기울어진 갑판에는 질식할 것 같은 침묵만이 내려앉았다.

얼마의 시간이 지나도록 침묵은 계속 이어졌다.

진용은 무심히 흐르는 장강을 바라보며 주먹을 움켜쥐었다.

'이러기 위해서 강호에 나온 건 아니었다. 하지만……'

앞으로 얼마나 많은 사람을 죽일지는 알 수조차 없는 상황. 벌써부터 회한에 잠길 수는 없었다.

'큭! 내가 살인귀가 되어가는 것인가?'

진용은 입가에 흐르는 자조의 웃음을 지우며 가만히 입술을 깨물었다.

'하는 수 없다. 아버지를 찾을 때까지, 초 소저를 만날 때까지는…… 사람들이 나를 혈귀라 부른다 해도……'

기울어져 강물에 반쯤 처박힌 배의 갑판에는 몇 사람이 늘어나 있었다. 선장을 윽박질러 배를 가까이 대고 건너온 정광과 정운백 일행이었다.

누구도 입을 열지 않았다.

그들은 입을 꾹 다문 채 널브러진 시신을 한쪽으로 치웠다.

"저쪽 배로 건너가자고."

어느 정도 정리가 되자 정광이 힘없는 목소리로 말했다.

두 척의 배는 갈고리로 엮여 있었다. 그 덕분에 진용이 있는 곳의 배가 기울어지기는 했지만 완전히 침몰되진 않았다. 하지만 언제까지 이곳에 있을 수는 없었다.

정광의 말이 떨어지자 구석에서 여전히 긴장을 늦추지 않고 있던 자들이 천천히 일어섰다.

진용은 무표정한 모습으로 천천히 고개를 돌렸다.

일어서던 자들은 진용과 눈이 마주치자 주춤거리며 무기를 잡은 손에 힘을 주었다.

잠시 후, 그들 중 하나가 조심스럽게 앞으로 나섰다. 여전히 긴장한 눈빛이었다.

그가 무기를 거꾸로 쥐고는 포권을 취하며 입을 열었다.

"소후천이라 하오. 귀공의 도움에 진심으로 감사를 드리는 바요."

그 이름에 정운백이 놀란 눈으로 소후천을 바라보았다.

"귀하가 바로 일양회의 군사인 천심호리(天心狐狸) 소후천이란 말이오?"

소후천의 얼굴이 자괴감으로 일그러졌다.

"천심은커녕 지심도 되지 못하는 제가 바로 그 사람입니다."

진용이 무심한 눈으로 소후천을 바라보았다.

조금 전 다섯 명이 몰리고 있었지만, 그들의 자세는 오직 한 사람, 바로 소후천이라 불린 이자를 보호하려는 자세였다.

"고진용이라 합니다. 일단 저쪽 배로 건너가야 할 것 같군요."

이제 배는 더욱 기울어져 서 있기조차 힘들 정도였다.

옆 배로 건너가자 선부들만이 벌벌 떨며 한쪽에 모여 있었다. 제아무리 물질을 잘한다 해도 성난 장강을 헤엄친다는 것은 그들로서도 모험이었다. 게다가 자신들은 무사가 아닌 선부들, 결코 무지한 자신들까지 죽이지 않으리라는 계산도 깔려 있는 행동이었다.

그래도 무섭고 두려운 것은 마찬가지였다.

그들은 힐끔거리며 소후천과 그 일행들을 살폈다. 살기가 느껴지면 언제라도 강물로 뛰어들 자세를 한 채.

그러다 정광이 목청 높여 외치는 소리에 그들은 안도의 숨을 내쉬며 각자의 자리로 돌아갔다.

"이 도우들이 지금 뭐 하는 거야? 우리가 뭐 아무나 잡아 죽이는 악마인 줄 알아? 배가 흘러가잖아! 빨리 제자리로 돌아가서 노를 저어!"

일단 선착장의 백여 장 아래쪽에 닻을 내렸다.

진용은 닻이 내려지고도 묵묵히 흐르는 강물만 내려다보았다.

석양이 붉은 장강을 황금빛으로 물들이고 있었다.

온 세상이 황금빛 천지였다.

하지만 자신의 가슴은 텅 비어 무채색이었다.

조금 전의 살인이 그의 불안감을 씻어주기는커녕 더한 답답함만 가져다준 것 같았다.

공연한 짓을 한 것 같다는 생각마저 들었다.

"후!"

진용은 짧게 숨을 내쉬고 고개를 들었다. 시원한 바람 한줄기가 머리카락을 옆으로 날렸다.

'시르, 너무 걱정 마. 살아 있을 거야.'

선녀의 눈을 닮아 싫다던 세르탄도 진용이 마음의 고통을 겪는 것이 안되어 보였던지 위로의 말을 던졌다.

그래, 살아 있겠지. 하지만 마음의 이 불안은 어찌해야 한단 말인가.

답답한 마음에 속으로 한숨만 짓자 세르탄이 슬그머니 말했다.

'시르, 내가 마공지 가르쳐 줄까?'

'나중에.'

'나중은 없어. 배우려면 지금 배워야지. 답답함도 잊을 겸 말이지.'

'그럼 관둬.'

웬일이야? 어떻게든 뺏어가려 날뛰던 사악한 시르가?

'그럼 천공지는?'

'그것도 나중에.'

세르탄은 조금 더 용기를 내 말했다.

'지금 무슨 정신이 있겠어? 아마 뭘 가르쳐 준다고 해도 싫다고 할 거야' 그런 단순한 생각으로.

'좋아, 절대음 중 마왕후를 가르쳐 주지. 어때?'

'마왕후라……. 그래, 그건 괜찮겠다.'

소리라도 실컷 지르고 나면 마음이 가벼워질지도 모르니까.

그런데 세르탄이 말이 없다.

'세르탄, 언제 가르쳐 줄 거지? 기왕 배울 거면 빨리 배웠으면 좋겠는데.'

'응? 어…… 그건……'

'설마 장난한 것은 아니겠지?'

'어? 아, 아니, 장난은 아니고……'

'하긴, 대전사는 거짓말을 못한다고 했으니까. 그럼 지금 배울까?'

'아니, 나중에. 그게 있지, 일단은 마음이 안정되지 않으면 절대 못 배우거든. 그리고 아직 시르의 능력도 안 되고. 그러니까 나중에……'

'뭐야? 그럼 능력도 안 되는 것을 가르쳐 주겠다고 한 거야?'

'누가 안 가르쳐 준다고 했어? 나중에……'

크흑! 괜히 장난 해가지고!

어쨌든 세르탄 덕분에 진용은 한결 답답함이 덜해졌다.

조금 마음이 가라앉자 고개를 돌려 옆을 바라보았다.

소후천과 십팔령 중에서 살아남은 사령은 그사이 상처를 싸매고 몸을 추스르는 데 전력을 다하고 있었다.

그리고 정광은 선실 구석에서 찾은 술병을 들고 혼자서 홀짝이고 있었고, 정운백은 침중한 표정으로 자신의 일행들과 이야기를 나누고 있었다.

진용은 선실 벽에 몸을 기대고 가만히 눈을 감았다.

몸도 마음도 지쳐 그저 쉬고 싶었다.

석양이 붉게 자신의 몸을 태우며 장강에 잠겨들 즈음, 소후천이 일주천을 행하고는 눈을 떴다.

그는 자신이 처한 신세를 돌아보고는 이를 악물었다.

다른 사람들은 어떻게 되었을까? 놈들의 마수에서 몇이나 살았을까?

'마태영, 이놈!'

일양회는 강소성을 양분하고 있던 일검문과 마해방이 남쪽으로 힘을 뻗치려는 염천마곡에 대항하기 위해 힘을 합하면서 만들어진 문파였다.

그러다 천인효라는 거인이 일검문을 맡으면서 일양회의 모든 전권은 일검문에 넘어가 버렸다. 마해방은 불만이 많았지만, 워낙 천인효를 비롯한 일검문의 무력이 강하다 보니 울며 겨자 먹기로 따라갈 수밖에 없었다.

태생이 그렇다 보니 일양회의 구조에는 많은 불안 요소가 내포되어 있었다.

일검문은 무력을 우선시 생각했기에 불만도 무마시킬 겸 상계와 연결된 하부 조직의 대부분은 마해방이 관리하게 했는데, 그렇게 한 것이 실수라면 실수였다.

아예 처음부터 힘으로 눌러 버리고 판을 새로 짰어야 했다. 비록 많은 부분을 잃었을지는 몰라도 말이다.

그렇게 하지 못한 대가가 결국 이 지경이었다. 나름대로 조심에 조심을 하며 마해방이 허튼짓을 못하도록 견제해 왔는데도 결국 일이 터져 버린 것이다.

장로원에 웅크리고 있어 신경도 쓰지 않았던, 마해방의 전대 방주 늙은 여우 마태영이 설마 그토록 많은 간부들을 포섭했을 줄은 꿈에도 생각지 못했다.

모든 것이 자신의 잘못인 것만 같아 피가 끓어올랐다. 당장이라도 칼을 물고 죽고 싶은 심정이었다.

하지만 아직은 아니었다. 끓어오르는 화를 삭이고 해야 할 일이 있었다.

소후천은 분노를 가슴 깊은 곳으로 밀어 넣고 눈을 돌렸다.

폭풍처럼 밀어닥쳐 자신들을 구해준 진용이 마지막 불꽃을 사르는 석양을 등에 지고 거기에 서 있었다.

"고맙소이다. 언제고 이 은혜는 꼭 갚으리다."

진용이 한 점 감정도 없는 목소리로 입을 열었다.

"은혜를 갚을 것까지는 없습니다. 다만 한 가지 물어볼 것이 있습니다."

듣는 것만으로도 오금이 저린 목소리였다. 소후천은 목에 힘을 주고서야 대답할 수가 있었다.

"물어보시오. 내 아는 대로 답해 드리리다."

"해왕방이 일양회의 힘을 등에 업고 있다 들었습니다. 사실입니까?"

"해왕방? 아! 마해방이 끌어들인 그 수적들을 말씀하시는 것이오?"

"마해방이 끌어들였다? 그럼 귀하나 일양회와 상관없다는 말씀입니까?"

"우리는 그따위 수적 무리들과 손을 잡을 생각은 아예 가지고 있지도 않소이다. 마해방이 본 회의 일부이니 결국 그게 그거 아니냐고 말하신다면 어쩔 수 없겠지요. 하지만 그래도 본 회의 입장을 말한다면, 그들과 본 회는 아무런 상관이 없소이다. 그런데 왜 그러는 것이오?"

진용이 조금은 풀어진 어조로 말했다.

"산동 교주의 해룡선단은 저와 밀접한 관계가 있는 곳이지요. 한데 그들이 해룡선단을 노리고 있다는 말을 들었습니다. 해서 기회가 되면 그들을 없앨 생각입니다."

소후천이 이를 갈며 말했다.

"그런 일이라면 귀공께서 나설 필요도 없소이다. 어차피 마해방과 관련된 자들은 모두 우리의 적이니까. 그리고 지금은 비록 이 꼴이지만, 살아남은 사람이 꽤 될 것이오. 싸움은 이제부터 시작이라 할 수 있소."

만일 소후천이 그들을 감싸는 말을 했다면 진용은 또다시 피를 볼 생각이었다. 그런데 아니라고 하니 진용의 마음이 조금은 가벼워졌다.

"그리 말씀하시니 한결 마음이 편해지는군요."

자신이 초연향을 위해 어떤 일을 해줄 수 있다는 것만으로도 기분이 한층 나아진 것 같았다.

설령 소후천이 처리하지 못한다 해도 자신이 처리하면 될 터였다. 아직은 시간이 있었다. 아마 그들도 마해방의 반란에 가담했을 테니 당분간은 해룡선단을 집적댈 시간이 없을 것이다.

진용이 확연히 풀어진 표정을 지으며 물었다.

"이제 어찌할 생각이십니까?"

소후천은 자신이 지옥과 천당 사이를 오간 것은 생각지도 못하고 일그러진 표정으로 입을 열었다.

"아무래도 주군께 무슨 일이 생긴 것 같소이다. 그렇지 않다면 제아무리 간덩이가 부었다 해도 마해방 놈들이 반란을 일으켰을 리가 없소이다."

그도 진용이 예상했던 것과 같은 생각을 하고 있었다.

진용이 물었다.

"배후에 누가 있을 거라 생각하십니까?"

소후천이 조금 망설이는 듯하더니 이를 지그시 물고 말했다.

"구양무경, 그를 빼고는 마해방을 움직일 만한 자를 생각할 수 없소이다. 더구나 주군께서 만붕성에 가신 마당이라……."

삼비와 칠양객을 딸려 보냈지만 불안하기만 했다. 구양무경이 마음먹었다면, 그들로서는 흐르는 상황을 막을 수 없다는 걸 잘 알기 때문이었다.

"혼자 가시지는 않았을 것 같습니다만?"

마치 본 것처럼 진용이 말하자 소후천은 고개를 끄덕이는 와중에도 감탄의 눈으로 진용을 바라보았다.

"호위를 억지로 데려가시게 하긴 했습니다만, 상대가 상대인지라……."

옆에서 조용히 지켜보기만 하던 정운백이 눈살을 찌푸리며 입을 열었다.

"천수무적 구양 방주의 마음 씀씀이가 그리 악하지는 않다 들었는데, 의외구려."

"글쎄요. 제가 아는 구양무경이라면 더한 짓도 할 사람입니다. 문제는 천 회주가 당했다면 삼존맹은 구양무경의 손아귀에 들어간 거와 다름없다는 것입니다."

뜬금없는 말에 소후천이 떨리는 눈으로 진용을 바라보았다.

"귀공의 생각은… 혹시 염천마곡의 일을……?"

진용도 의외라는 눈으로 소후천을 바라보았다.

"염천마곡의 일이 왜 일어난 것인지 아는 게 있습니까?"

"아닙니다. 단지 수상한 면이 있는지라 혹시 하는 생각을 가지고 있었지요. 귀공의 생각을 알고 싶습니다만."

진용이 결론을 내리듯 딱 부러지게 말했다.

"제가 생각하는 바는 간단합니다. 구양무경이 삼존맹을 하나로 만들 생각을 가지고 있다는 것. 이제 그 일을 시작했다는 것. 그리고 어느 정도는 성공했다는 것."

정말 간단한 생각이고 말이었다. 하지만 듣는 사람들은 태연할 수가 없었다.

셋으로 나누어져 있던 삼존맹이 완벽하게 하나가 된다.

그 말이 뜻하는 바를 깨달은 사람들에게는 진용의 말 몇 마디가 심장이 떨어질 정도로 놀라운 말이었다.

오죽했으면 십절검존 유태청마저 그 생각을 하고 안색이 굳었겠는가.

"정말 그리 생각한단 말이오?"

정운백이 참지 못하고 물었다. 정광이 퉁명스럽게 말을 내뱉었다.

"믿어서 손해날 일 없으니 그냥 믿으슈."

진용이 자신의 말에 한 가지 의견을 덧붙였다.

"게다가 또 한 가지, 아직 의심하는 단계에 불과합니다만, 구양무경이 천혈교와 모종의 관계를 맺지 않았나 생각하고 있습니다."

모두가 말을 잃었다. 생각지도 못했던 말에 소후천은 물론이고 정운백마저 눈을 부릅떴다.

진용이 아직 정확하지도 않은 이야기를 꺼낸 데는 이유가 있었다.

이제 누구 하나의 힘만으로 천혈교와 삼존맹을 상대하기에는 그들의 힘이 너무 커져 버린 것이다.

천제성마저 패도에 물들고 욕심에 눈이 가려진 상태다.

정천맹은 이전투구에 정신이 없다.

두 곳 다 절대 제 힘을 낼 수 없는 상황이다. 과연 누가 있어 그들을 상대한단 말인가.

황산검문은 강남의 수많은 문파들과 교분을 맺고 있다. 그들이라면 충분히 천혈교와 삼존맹을 상대하는 데 한 팔을 거들 수 있을 것이다.

게다가 비록 쫓기는 신세지만, 소후천은 일양회의 군사다. 그가 경각심을 가지고 흩어진 힘을 모아 제대로 움직여 준다면 적어도 만붕성의 일각 정도는 괴롭힐 수 있지 않겠는가.

그 정도만 해도 상황은 훨씬 나아질 거라는 것이 진용의 생각이었다.

어차피 정면대결은 할 수 없는 상황. 작은 힘이라도 모아야 할 때였다.

"음, 아무래도 황산으로 돌아가 사형과 의논을 해봐야 할 것 같구려."

정운백이 침중한 표정으로 가던 길을 되돌렸다.

"일단 회주님의 안전을 확인해 보고 나서 사람을 모아야겠소이다."

소후천도 통증을 참고 몸을 일으켰다.

진용이 두 사람을 향해 말했다.

"염천마곡의 일부 사람들이 영호 곡주의 살해 사건을 다시 조사할지 모릅니다. 그들과 손을 잡는 것도 한 가지 방법이 될 것입니다. 판단은 소 대협이 알아서 하시겠지만."

충분히 가능성이 있는 일이었다. 소후천은 새삼스런 눈으로 진용을 바라보고는 천천히 고개를 끄덕였다.

"귀공의 고견, 잊지 않으리다."

2

"놈들의 위치는?"

"신양에서 서쪽으로 오십여 리 떨어진 장원에 모여 있습니다. 천우당이 파악한 바에 의하면 마제 등우광이 이끄는 무리들이 틀림없다고 합니다."

백리성의 눈빛이 싸늘히 빛났다.

"인원은?"

"고수라 할 수 있는 자들은 모두 백여 명 정돕니다. 기존 인원이 사오십 명 정도 더 있는 것 같지만, 그들은 그리 문제 될 것이 없는 자들입니다."

"흠, 우리의 일보를 알리기 위해선 적당한 숫자군."

무양을 떠난 지 보름. 처음으로 천혈교의 무리들이 모여 있는 곳이 발견되었다.

그동안 숨바꼭질하듯 모습을 보이지 않던 자들이 무슨 이유에서인지 스스로 몸을 드러낸 것이다.

그만큼 자신있다는 말인가? 남궁세가를 치는 데 성공하고 나니 세상이 그리 만만해 보이나?

그들의 자신만만한 행동이 은근히 백리성의 승부욕을 자극했다.

"현재 탕마단의 위치는?"

"진공산장에 머물고 있습니다. 저들도 곧 놈들의 위치를 눈치 챌 것 같습니다. 사공이 많아 당장은 움직이지 않겠지만, 그렇다고 보고만 있지도 않을 것입니다."

"그래? 좋아, 일단 서전은 우리가 장식한다. 비천검단과 웅천단이 선두에 선다."

삼십의 비천검단, 이백의 웅천단. 웅천산장에 머물고 있는 힘의 삼 할에 해당하는 힘이었다.

"그들이라면 충분할 겁니다."

"등우광은 그대가 광혼단 셋을 이끌고 가 처리하게. 충분하겠지?"

적유의 입가로 한줄기 희미한 웃음이 그어졌다.

"그 정도면 과분한 대우지요."

"하긴… 등우광이 비록 십천존이라 해도 다른 사람에 비하면 한 수 아래라 할 수 있지. 그런데 말이야……."

백리성이 말을 끌자 적유가 의아한 표정으로 백리성을 바라보았다.

"무슨 일인데 그러십니까?"

"유 노사가 살아서 강호를 종횡한다는 말이 있던데, 들어봤나?"

갑작스런 백리성의 말에 적유가 비릿한 조소를 지었다.

"듣긴 들었습니다만, 들리는 소문으로는 무공을 잃은 것 같다 합니다."

"무공을 잃었다? 십절검존이? 하긴, 죽지 않은 것만도 놀라운 일이지."

"몇 사람이 그 양반을 돕는다 하더군요. 하지만 말 그대로 몇 사람일 뿐입니다. 너무 걱정하지 마십시오, 성주."

"음, 왠지 껄끄러워……. 특히 그 고진용이라는 놈이 함께 있다는 것이 마음에 걸려."

"무공을 잃은 십절검존입니다. 발톱에 이빨까지 빠진 호랑이는 늑대의 밥일 뿐이지요. 울타리가 사라지면 굴로 숨어들기에도 바빠질 겁니다."

"흠, 하긴. 좋아, 일단 천혈교를 상대하는 데 전력을 쏟고 보세. 우리가 천혈교를 무너뜨리면 십절검존이나 고진용 따위가 감히 우리를 어찌하겠나?"

"옳으신 생각이십니다, 성주!"

3

"일양회의 일이 뜻대로 흐르지 않고 있습니다, 주군."

"욕심만 많은 늙은이가 상을 차려줘도 먹지 못하는군. 어차피 쉬울 거라 생각하지는 않았다. 그냥 놔둬. 천혈교가 움직이기 시작한 이상 거기에 신경 쓰기도 바쁘니까."

구양무경이 인상을 찌푸리자 공은수는 고개를 푹 숙였다. 공은수의 뒤통수를 노려보며 구양무경이 물었다.

"그건 그렇고, 천인효는 어떻게 되었느냐?"

공은수의 몸이 부르르 떨렸다.

"아직…… 흔적을 찾지 못했습니다."

톡톡톡.

구양무경이 손가락으로 탁자를 내려치며 눈을 감았다.

"꼭 찾아. 놈은 너무 많은 것을 알고 있어. 반드시 죽여야 된다."

"치명적인 상처를 입은 데다 주군의 일장에 적중된 상태니, 설령 도망간다 해도 죽음을 피할 수는 없을 것이옵니다."

"물론 그렇겠지. 그래도 꼭 놈의 시신을 확인해야 한다, 꼭!"

"명심하겠나이다!"

공은수는 각오를 다지며 대답하고는 천천히 고개를 들었다.

구양무경의 손등에서 시작된 가느다란 혈흔이 팔목을 기어오르고 있었다. 일양마검 천인효, 그의 일검에 의한 상처였다.

4

태사의에 앉아 있는 등우광의 얼굴이 꿈틀거렸다. 그만이 지을 수 있는 특유의 웃음이었다.

"후후후, 대단한 늙은이야. 나 마제 등우광을 한낱 미끼 취급 하다니. 좋아, 원한다면 미끼가 되어주지."

그는 천천히 일어서서 자신 앞에 늘어서 있는 수하들을 바라보았다.

"천제성이 우리를 치기 위해 올 것이다. 두려운 사람 있나!"

"없습니다!"

"탕마단도 올지 모른다. 두려운가!"

"아닙니다!"

"좋아! 이곳을 놈들의 무덤으로 만들어 버린다. 세상이 놀랄 것이다. 그리고 천하는, 그대들의 무용을 떠받들 것이다! 어때, 한번 해볼 만하지 않은가!"

맨 앞에 서 있던 귀가 하나밖에 달리지 않은 자가 히죽 웃었다.

"전주, 놈들은 이곳이 지옥이란 것을 깨닫게 될 것입니다."

모두가 하얗게 웃었다.

"그래, 반드시 그렇게 될 것이다. 놈들이 깨닫게 해줘라, 바로 이곳이 지옥이란 것을!"

그때였다. 묵묵히 등우광의 옆에 앉아 있던 두 노인 중 하나가 쇠 긁어대는 목소리로 입을 열었다.

"이봐, 등 아우. 우리가 있다는 것을 놈들이 알고 있을까?"

등 아우? 대체 마제 등우광을 아우라 부르는 두 노인은 누구란 말인가?

게다가 자신을 아우라 부르는데도 등우광은 별다른 불만도 없는 표정이 아닌가 말이다.

등우광이 입꼬리를 비틀며 말했다.

"아마 놈들은 잔혼쌍살마가 이곳에 있다는 것을 모를 것이오. 안다면 오지 않을지도 모르는 일, 차라리 모르는 게 낫지 않겠소?"

"크크크, 하긴."

잔혼쌍살마. 혼세십팔마 중 두 사람.

두 사람은 등우광에 비해 강하지 않았다. 하지만 그들을 아는 사람들은 결코 잔혼쌍살마를 등우광의 아래에 놓지 않았다. 그 잔혹함 때문에.

놀라운 일이었다. 잔혼쌍살마가 등우광과 함께 있다니.

그것은 누구도 생각지 못했던 변수였다.

第九章

치검(癡劍) 남궁환

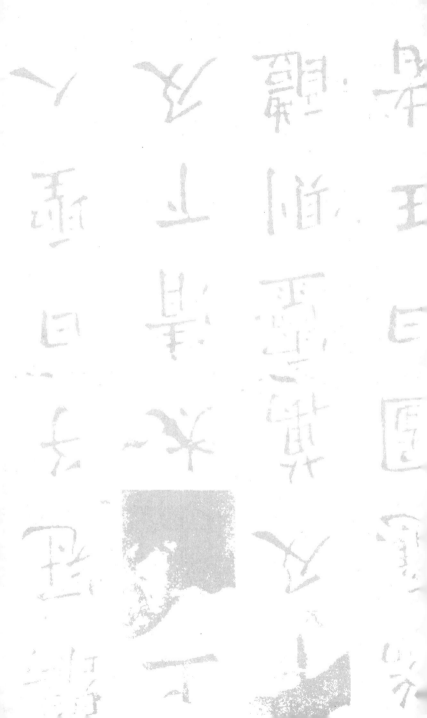

1

진용은 밤을 낮 삼아 정양을 향해 달렸다.

"괜찮은가?"

정광이 달려가는 와중에 물었다.

"좀 나아졌습니다. 얻은 것도 적지 않고요."

남경에 온 목적은 충분히 달성이 되었다.

일양회의 일에 끼어들어 황산검문의 정운백을 만나고, 비록 확실하지는 않지만 해왕방의 일까지 확인한 것은 덤이라 할 수 있는 일이었다.

이제 초연향만 찾으면 되었다. 진용은 그녀가 살아 있다고 굳게 믿었다. 믿지 않고는 견딜 수가 없었다.

'찾을 것이다. 어떻게든 찾을 것이다, 천하를 다 뒤져서라도.'

안타까운 것은 하군상의 일이었다. 탁인효의 말대로라면, 그는 찾는다 해서 찾을 수 있는 사람이 아니었다.

'하 형, 정말 미안하오. 내가 하 형을 죽음으로 내몬 것 같군요. 훗날 저승에 가면 내 이 은혜를 꼭 갚으리다.'

진용은 자신의 마음이 전해지기를 바라며 하늘을 올려다 봤다. 때마침 유성이 긴 꼬리를 매단 채 흐르고 있었다.

진용은 마음속으로 절실히 빌었다.

초연향을 찾을 수 있기를, 하군상의 영혼이 편안하게 저승에 닿기를.

진용은 세 번째로 보이는 유성에게마저 소원을 빌고는 더이상 흐르는 유성이 없자 입을 열었다.

"합비로 돌아서 가지요."

"그럴까?"

정광이 바라던 바였다.

올 때는 그저 미치도록 좋은 기분에 간과했던 일이지만, 언제 만봉성의 무사들과 맞닥뜨릴지 몰랐다.

봉새든 참새새끼든 만봉성과 관계된 것은 아무것도 보고 싶지 않은 것이 현재 정광의 마음이었다. 진용이 언제 미쳐 날뛸지 모르는 이상은.

그러니 팔공산 쪽으로 가지 않고 조금 시간이 더 걸리더라도 합비 쪽으로 돌아가는 것은 대환영이었다. 더구나 합비라면 남궁세가가 있는 곳. 아무리 만붕성이라 해도 함부로 움직일 수 없는 곳이 아니던가 말이다.

그 후로 만 하루, 진용과 정광은 회하(淮河)를 건너 합비의 외곽에 들어설 수 있었다.

어둠이 몰려오는 합비의 거리는 을씨년스러웠다.

북쪽의 회하, 남쪽의 장강에서 들어오는 물자가 많아 강남과 중원을 잇는 번성한 도시가 바로 합비였다. 하지만 지금은 도저히 번성한 도시라고는 생각할 수 없을 정도로 찬바람만이 쌩쌩 불고 있었다. 얼마 전에 일어난 남궁세가의 대참사 여파 때문이었다.

남궁세가는 그 일로 인해 삼 할의 힘을 잃었다. 하지만 누가 뭐래도 아직까지 합비의 제왕은 남궁세가였다.

남궁세가는 그 일이 있은 이후로 순찰단을 늘리고 수상한 자들을 살피는 일에 게을리 하지 않았다.

오백 년 역사를 자랑하는 남궁세가의 자존심을 지키기 위한 최소한의 조치였다. 이제 다시는 마도의 암습 따위에 당하지 않을 거라는 그들의 마음 다짐이었다.

그 바람에 괴로운 것은 주위의 흑도 문파였다.

남궁세가는 그동안 눈감아줬던 그들의 범법 행위를 철저히 단속했다. 더 이상 합비에서 그들의 뜻을 거스르는 자들은 용서하지 않았다.

합비에 긴 겨울이 온 것이다.

"어째 거리에 싸늘한 냉기만 도는구먼."

정광이 드문드문 지나다니는 사람들을 보며 툴툴거렸다.

진용은 아무런 말도 하지 않고 객잔을 찾아 발걸음을 옮겼다.

간간이 무사들이 눈에 띄었다. 정제된 움직임, 대부분이 같은 복장이었다.

'남궁세가의 무사들인가?'

순찰조인 듯했다. 사방을 둘러보는 그들의 눈매가 예리하게 빛나고 있었다.

진용은 대참사를 겪고도 여전히 합비를 아우르고 있는 남궁세가의 저력에 놀라지 않을 수 없었다. 오대세가의 힘을 간접적으로나마 알 수 있을 것 같았다.

"일단 객잔으로 가죠."

객잔을 찾는 것은 그리 어렵지가 않았다. 대로에 들어서자 사방에 객잔임을 알리는 깃발이 나부끼고 있었다. 사이사이 술만 파는 주루의 깃발도 있었지만, 대부분이 객잔의 깃발이었다.

정광이 객잔의 깃발 중 하나를 가리키며 환한 웃음을 지었다.

"고 공자, 저기로 가지."

진용은 정광이 가리키는 깃발을 보고 피식 웃음을 지었다. 아마 자신이 먼저 봤다면 자신도 그곳을 택했을 것이다.

태산객잔.

객잔의 바로 앞에 다가갔을 때였다. 진용이 걸음을 멈추고 정광이 눈살을 찌푸렸다. 그와 동시였다.

픽!

둔탁한 소음이 일더니, 객잔의 주렴이 젖혀지고 한 사람이 진용 앞으로 굴러왔다.

밝은 청삼에 하늘로 비상하는 검이 가슴에 수놓아진 자였다. 진용은 한눈에 그가 남궁세가의 무사임을 알아볼 수 있었다.

'누가 이곳에서 남궁세가의 무사를 공격하는 거지?'

의문을 풀 시간도 없이 쓰러진 자가 다시 일어서더니 안으로 들어갔다.

한데 괴이한 일이다. 조금도 분노한 표정이 아니다.

진용은 안을 바라보았다.

출렁거리는 주렴 사이로 객잔 안의 광경이 보였다. 희한한 광경이었다. 사람도 별로 없는 객잔 안에 서너 명의 무사가 한 사람을 향해 무릎을 꿇고 있었다. 문제는 무릎을 꿇고 있는 무사들이 남궁세가의 무사들이라는 점이었다.

그리고 그들을 닦달하고 있는 사람은 술에 취한 거한이었다.

"글쎄, 그냥 돌아가라니까. 나는 술을 더 마시고 가겠단 말이다."

"대주, 단주께서 꼭 모셔오라 하셨습니다. 이제 그만 가시지요."

"형제들이 죽어갈 때도 술독에 빠져 있던 나야. 세가에 도움도 안 되는 나는 그냥 술이나 마시겠다는데 왜 이렇게 귀찮게 하는 거야? 정말 죽을래?"

"대주!"

술 취한 거한, 그도 남궁세가의 복장을 하고 있었다. 아마도 무릎을 꿇은 무사들의 상관인 듯했다.

"들어가 보자구."

정광이 흥이 동하는지 은근히 진용을 재촉했다.

진용도 조금은 궁금한 마음이었다.

안으로 들어가자 그나마 몇 있지도 않은 사람들의 눈이 두 사람에게로 몰렸다. 뻔히 남궁세가의 무사들이 곤란한 경우를 당하고 있는데 들어온 용기가 가상하다는 듯.

그러든 말든 진용과 정광은 한쪽에 자리를 잡고 앉았다. 지금 벌어지고 있는 상황이 잘 보이는 곳이었다.

그게 또 이상한지 술에 취한 거한이 삐딱한 눈으로 진용을 노려보았다.

끝내 정광이 한마디 했다.

"그놈 참, 눈깔 한번 더럽게 사납네."

더럽게 사나운 눈을 한 거한이 고개를 모로 꼬며 말했다.

"괴상한 도사군. 입이 더러운 것 보니까, 제대로 배운 도사 같지는 않은데 말이야?"

말싸움이라면 마다하지 않을 정광이다.

"그런 꼴통도 부모들이 고생 좀 했겠군."

미처 진용이 말릴 틈도 없이 뱉어진 말이었다.

술 취한 거한이 더럽게 사나운 눈알을 굴리며 정광을 노려 보다가 눈길을 진용에게로 돌렸다.

"이봐. 저런 도사하고 같이 다니면 언제 죽을지 모르니 당 장 헤어지게나."

진용은 그를 본 척도 하지 않고 주방을 바라보았다.

"여기 주문 좀 받지 않겠소?"

점소이가 거한의 눈치를 보며 엽차 잔과 주담자를 가지고 왔다. 그때였다.

"호! 내 말을 씹는 서생이라. 배짱이 대단하군. 하긴, 그러 니 저런 미친 도사 엉덩이나 쫓아다니겠지."

거한이 절대 하지 않아야 할 말을 내뱉었다.

진용의 눈이 자연스럽게 옆으로 돌아갔다. 정광의 얼굴이 점차 붉어지고 콧김 뿜어내는 소리가 조금씩 커지고 있었다.

"네, 네놈이…… 뭐? 어, 엉덩이……?"

말도 더듬었다.

일촉즉발의 위험한 순간!

촤르륵! 주렴이 거칠게 젖혀지더니 서너 명의 무사가 빠르게 들어섰다. 그리고 곧이어 중년인 하나가 뒷짐 진 채 굳은 표정으로 들어왔다.

"이놈! 네놈이 정녕 내 손에 죽고 싶은가 보구나! 세가를 위해서 모두가 노력하고 있거늘, 직계라는 네놈은 술이나 퍼마시고 있다니! 죽은 형제들에게 부끄럽지도 않단 말이냐!"

객잔이 흔들릴 정도로 큰 소리가 중년인의 입에서 터져 나왔다. 그 바람에 정광은 화낼 기회를 놓치고 말았다.

중년인의 몸집은 술 취한 거한만큼이나 커 보였다.

진용은 문득 전에 들었던 사도굉의 말이 떠올랐다.

"남궁세가에는 유명한 사람이 셋 있네. 그중 하나가 바로 남궁창평이네. 남궁세가의 이단아라 할 수 있지. 그가 왜 유명한지 아나? 그것은 다름이 아니라 그가 남궁세가의 전통인 검을 버리고 도를 취했다는 것 때문이라네."

중년 거한의 허리에 한 자루 칼이 매달려 있었다. 덩치와 어울리지 않는 협도였다.

그랬다. 그가 바로 비천도(飛天刀) 남궁창평이었다. 그렇다면 술 취한 거한은 바로 남궁창평의 아들이자 남궁세가의 말썽꾸러기인 남궁후일 터였다.

'닮았군.'

진용이 두 사람을 비교하고 있을 때였다. 노성을 내지른 남궁창평이 술 취한 거한, 남궁후에게 다가가다 말고 갑자기 걸음을 멈추었다. 그러더니 고개를 돌려 진용과 정광을 바라보았다. 정확히는 정광에게 시선이 멈춰 있었다.

붉은 얼굴, 살기 띤 눈빛, 전신에서 뿜어지는 강한 기운.

'아무래도 수상한 도사군.'

정광도 시선을 남궁후에게서 떼고 남궁창평을 직시했다.

두 사람의 눈에서 불꽃이 튀었다.

남궁후가 슬며시 끼어들었다. 잘하면 자신을 향한 분노의 화살을 돌릴 수도 있을 것 같았다.

"미친 도삽니다. 아무래도 수상해서 조사하려고 하던 참이었지요."

남궁창평이 남궁후를 한 번 노려보고는 다시 정광을 향했다.

"도장은 어디서 온 분이시오?"

"태산에서 왔소."

"태산이라……."

"왜, 내가 태산에서 오면 안 될 일이라도 있소?"

"그건 아니오만……. 그래, 이곳에는 무슨 일로 오신 것이오?"

"그냥 지나가던 길이오."

삐딱한 정광의 말투.

남궁창평이 정광의 위아래를 훑어봤다.

'역시 수상해.'

"도명이 어찌 되시오?"

"정광이라고……."

무심코 답하던 정광의 눈매가 실처럼 좁혀졌다.

"가만, 지금 나를 수상한 놈 취급 하는 거요?"

비스듬히 앉아 있던 남궁후가 툭 한마디를 내뱉었다.

"생긴 대로 마도의 잡졸이 틀림없다니까요."

생긴 대로? 마도의 잡졸?

"에라이!"

더는 못 참겠다는 듯 정광의 신형이 팽팽한 시위를 떠난 화살처럼 튕겨 나갔다.

진용이 엽차 잔을 들어 올림과 동시에 벌어진 일이었다.

술에 취한 남궁후가 다급히 몸을 비틀었고, 정광을 주시하고 있던 남궁창평이 옆구리로 손을 가져가며 정광의 옆을 덮쳤다.

따다당! 땅!

격한 금속성이 일더니 탁자 하나를 사이에 두고 불꽃이 튀었다.

어느새 뒤로 물러선 정광이 남궁창평을 노려보았다.

"그래, 부자간에 함께 덤벼보겠다, 이거지?"

그는 두 손에 든 쇠 신발을 딱 소리나게 마주치며 눈을 부라렸다.

"어디 와봐!"

남궁창평의 얼굴이 와락 일그러졌다.

자신의 쾌도 삼 초가 신발에 막히다니. 아무리 쇠 신발이라도 그렇지, 도저히 참을 수 없는 일이었다.

그는 삼 초를 펼치고 다시 도집으로 들어간 자신의 애도를 신중하게 잡아갔다. 화난 것은 화난 거고, 상대가 고수인 이상 방심할 수는 없었다.

"이 미친 말코가……."

땅!

"어디서……."

따앙!

어디선가 낭궁창평의 말을 끊으며 맑은 청음이 울렸다.

처음에는 그냥 그런가 보다 했다. 하지만 두 번째 청음이 울리자 자신의 목소리가 흔들렸다.

남궁창평은 소리의 진원지보다 자신의 목소리가 제지당했다는 것에 더 신경이 쓰였다. 와중에 은근히 오기가 솟았다. 그는 잔뜩 내공을 끌어올리고 다시 입을 열었다.

"감히 냄새나는 신발을……."

따아앙!

이번에는 목소리만이 아니라 몸까지 떨렸다. 온몸의 힘이 쭉 빠지는 듯한 기분이었다. 잔뜩 끌어올렸던 기운이 자신의 의지와는 상관없이 제멋대로 흩어졌다.

그는 경악한 표정을 감추지 못하고 소리의 진원지를 바라보았다.

서생이 엽차 잔을 들고 있고, 그 옆에는 주담자가 놓여 있었다.

순간 남궁창평은 소리가 어디서 어떻게 났는지 알 수 있었다.

"내가 미처 고인이 계신 줄을 몰랐군."

그는 짓씹듯 말을 내뱉고는 창백하게 굳은 얼굴로 도병에 손을 올렸다.

그리고 천천히 몸을 굽혔다. 마치 먹이를 낚아채기 직전의 독수리가 일격에 상대의 숨통을 끊기 위해 웅크리는 것 같았다.

그 광경에 남궁후가 벌떡 일어섰다. 그는 남궁창평의 자세가 의미하는 바를 아는 유일한 사람이었다.

"아버님!"

남궁후가 경악해 소리쳤다.

그의 얼굴에 가득하던 취기가 씻은 듯이 사라졌다.

그때였다.

티이잉!

멀리서 맑은 검명(劍鳴)이 종소리처럼 은은히 들려왔다.

일순간 진용은 머릿속에서 한 자루의 검이 자신을 향해 날아오는 것처럼 느껴졌다. 피할 곳도 없고, 피할 수도 없는 그런 검이었다.

진용의 표정이 급격하게 굳어졌다.

'시, 시르, 어떻게 된 거야? 누, 누가 절대음을 쓰는 거지?

세르탄도 놀라서 말을 더듬었다.

'절대음이 아니야. 전에 이런 무공에 대해 들은 적이 있어. 음파를 이용한 무공인데, 음공이라 부른다던가? 절대음과 비슷하다면 비슷하겠지만, 결코 같은 것은 아니야.'

'하여간 인간들이란 정말 알 수 없다니까……'

세르탄이 질린다는 목소리로 말을 끌면서 입을 다물었다.

그제야 진용은 잘게 흔들리는 눈을 가라앉히고, 시선을 조금 돌려 검명이 울린 곳을 향했다.

남궁창평은 걱정할 것이 없었다. 비록 정면은 아니었지만, 그도 검명이 밀려오는 동선에 있었다. 그로선 검명의 충격을 해소시키기에도 정신이 없을 터였다.

반면에 일반인이나 남궁세가의 평무사들은 동선에서 완전히 벗어나 별다른 영향을 받지 않은 듯했다. 그래선지 그들은 오히려 남궁창평을 이상한 눈으로 바라보고 있었다. 남궁후만이 조금 영향을 받은 듯 창백한 안색으로 몸을 가늘게 떨고 있을 뿐.

'아직 끝난 것이 아니다!'

진용은 검명의 주인이 나타나기만을 기다리며 엽차 잔을 든 손에 내력을 끌어올렸다.

아니나 다를까, 티딩! 또다시 검명이 울렸다.

빠르게 가까워지는 검명. 울림이 파도처럼 밀려온다.

진용도 기다렸다는 듯 손에 들고 있던 엽차 잔을 주담자의 옆구리에 가볍게 부딪쳤다.

따아아아앙!

도저히 엽차 잔과 주담자가 부딪쳐 나는 소리라고는 믿을 수 없는 청음이 객잔을 휘돌았다.

순간!

촤라락!

주렴이 저절로 밀리며 한 사람이 들어섰다. 얼굴이 잘 익은 대춧빛처럼 붉고 통통한 노인이었다.

주름 하나 없는 노인의 손에는 가을 하늘처럼 파란 검이 하나 들려 있었다.

노인은 엽차 잔을 들고 있는 진용을 바라보고는, 오른손으로는 검병을 잡고 왼손으로는 손가락을 말아 검신을 두드릴 자세를 취했다.

어느 순간!

타다당!

따아앙!

진용과 노인이 동시에 주담자와 검신을 두드렸다.

일순간, 진용은 앉은 그대로 한 자가량 물러났다. 노인도 한 걸음 뒤로 물러섰다.

그때 가공할 광경이 펼쳐졌다. 두 사람 사이에 있던 하나의 탁자와 네 개의 의자가 모두 가루로 변해 스러지고 있던 것이다.

만일 사람이 있었다면? 아마 사람도 가루로 변했을지 모를 일이었다.

진정 생각만 해도 두려운 일이었다.

사람들은 창백하게 굳은 얼굴로 넋을 잃었다.

한편 남궁창평은 이를 악물고 들끓는 진기를 가라앉히고 있다가, 들어선 사람을 보더니 찢어질 듯이 눈을 부릅떴다.

가공할 기운이 실린 음파였다. 대체 어떤 고수가 있어 저런 검명을 낼 수 있단 말인가. 십천존이라면 가능할까?

그렇게 생각했었다. 그래서 경외심마저 품고 고개를 돌렸다.

하지만 들어선 사람은 그도 잘 알고 있는 사람이었다. 꿈에도 생각지 못했던 사람.

"수, 숙부님이 어떻게……?"

말조차 제대로 나오지 않았다.

그러다 두 사람의 음파가 다시 부딪치고, 탁자와 의자가 가루로 변해 스러지자 입조차 딱 벌어졌다.

믿을 수가 없었다. 미쳤다고 소문나고, 자신도 미친 것으로 알고 있는 숙부였다. 그 세월이 무려 수십 년이다.

그런데 조금 전의 그 검명은 대체 뭐란 말인가?

미친 숙부의 검명에 주저앉을 뻔한 나는 또 뭐란 말인가?

식은땀이 등줄기를 타고 흘러내렸다.

'내가 겪은 게 사실일까? 세상에! 누가 이 사실을 믿어줄까? 세가의 사람들은 모두 눈뜬 봉사들이었단 말인가?

노인은 그런 남궁창평은 바라보지도 않고 반쯤 뜬 눈으로 오직 진용만을 응시했다.

아무것도 느껴지지 않는 눈이다.

진용은 노인의 눈을 보고 그렇게 느꼈다. 오욕칠정이 모두 사라진 눈. 잘은 모르지만, 도통한 도인들에게서나 볼 수 있을까 싶은 그런 눈이다.

진용은 그제야 노인의 정체를 짐작할 수 있었다.

남궁창평에게서 숙부라 불리는 사람, 자신의 팔성이 담긴 절대음을 자연스럽게 받아내는 사람. 그런 사람이 얼마나 될까.

진용은 엽차 잔을 내려놓고 조용히 일어서서 정중히 두 손을 맞잡았다.

"남궁환 어르신을 뵙습니다."

노인의 해맑은 두 눈이 동그래졌다. 재미있어 못 견디겠다는 눈빛이다.

"자넨 누군가? 이름이 뭐지? 어디 사는가? 조금 전에 그 재주는 뭐라 하는 거지?"

한꺼번에 몇 개의 질문이 우박처럼 쏟아졌다.

'세르탄만큼 말이 빠르군.'

진용은 그리 생각하며 조용히 답했다.

"고진용이라 합니다. 북경에 살지요. 절대음이라고 하는데, 아마 처음 들어보셨을 겁니다. 제가 아는 어르신께 노선배님의 검에 대해 들은 것이 좀 있습니다. 하온데 듣던 것보다 더한 것 같군요."

남궁환이 멍한 표정으로 진용을 빤히 바라보았다.

"말을 정말 잘하는군. 어떻게 하면 그렇게 대답을 한 번에 다 할 수 있지?"

진용의 표정이 묘하게 구겨졌다.

'물어본 사람이 누군데 그럽니까? 노인장도 머릿속에 떠버리 하나 넣고 살아보시죠! 그 정도는 우스우니까'. 진용은 그렇게 말하고 싶은 마음이 굴뚝같았다.

'캬캬캬! 그 인간, 꽤나 웃기네.'

세르탄이 참지 못하고 대소를 터뜨렸다.

'이건 순전히 세르탄 때문이야!'

'내가 왜? 말싸움하면 만날 내가 지잖아!'

그랬나?

진용이 잠시 머뭇거리자 남궁환이 환하게 웃으며 몸을 돌렸다.

"나하고 같이 가세. 내 보여줄 것이 있네. 어린 친구, 자네라면 좋아할지 모르겠어."

"예?"

"가자니까? 얼마 안 멀어."

남궁환이 진용을 재촉하자 겨우 몸을 추스른 남궁창평이 황급히 나섰다.

"숙부님, 숙부님이 계신 곳은 외인 금지 구역이 아닙니까?"

"그래서?"

"그러니 저 사람은……."

"누가 거기 간데?"

"그럼 어딜 가려 하시는 겁니까?"

"천벽애(天壁崖)."

남궁환의 재촉은 집요했다. 따라가지 않으면 밤새도록 재촉하고도 남을 것 같았다.

결국 진용이 남궁환의 고집에 두 손을 들어야만 했다. 그러자 세르탄이 또 좋아서 웃음을 터뜨렸다.

'푸하하! 세상에! 시르의 고집을 꺾는 사람이 있다니!'

그래, 어디 두고 보자, 세르탄! 마공지, 천공지, 마왕후. 하나도 잊어 먹지 않고 있으니까!

진용은 울며 겨자 먹기로 대충 포자와 건포를 조금 챙겨서 남궁환의 뒤를 따랐다.

그리고 객잔을 나서며 자신에게 잔뜩 신경 쓰고 있는 남궁 창평에게 전음을 보내 그를 반은 안심시켰다.

"전에 정천맹에서 남궁 맹주와 석 대협을 만난 적이 있습니다. 제 정체에 대해선 너무 걱정 마십시오."

반신반의하는 남궁창평을 남겨두고 객잔을 나서자, 입이 한 자는 튀어나온 정광이 그 뒤를 졸래졸래 따라왔다.

정광은 남궁환을 따라가는 것이야 상관없지만, 또 건포와 포자로 끼니를 때워야 한다는 것이 정말 마음에 들지 않았다.

차라리 객잔에서 기다릴까 생각도 했다. 하지만 천성 때문에 어쩔 수가 없었다. 궁금한 것을 놔두면 잠도 오지 않는 그놈의 천성 때문에.

2

천벽애는 합비에서 남쪽으로 삼십 리가량 떨어진 곳에 있었는데, 마치 거대한 바위 봉우리가 하늘 도끼에 맞아 갈라진 것처럼 보였다.

반쪽 난 달이 천공에 걸리자 황금빛 칼날이 그 사이로 떨어져 내렸다.

진용은 서늘한 바람이 용솟음치는 천벽애의 꼭대기에서

아래를 내려다봤다.

아래는 저 멀리 소호(巢湖)에서 밀려든 안개가 어둠의 바다를 흐르며 출렁이고 있었다.

남궁환이 어린아이처럼 좋아했다.

"와! 오늘따라 유난히 안개가 많은걸? 진짜 멋지군!"

"저…… 뭘 보여주시려고 오자고 한 겁니까?"

설마 멋있다 자랑하려고 오자고 한 건 아니겠지요?

그렇게 묻고 싶은 걸 꾹 참고 진용이 물었다.

"아참! 날 따라오게."

그제야 생각났다는 듯 남궁환이 손뼉을 치더니 훌쩍 몸을 날렸다. 안개가 포말처럼 부서지는 어둠의 바다를 향해.

진용은 어이없는 표정으로 빠르게 내리꽂히는 남궁환의 뒷모습을 내려다보았다.

"저 영감, 확실히 제정신이 아니구만."

정광이 어이없다는 투로 말했다. 진용의 생각도 다르지 않았다. 어쨌든 여기까지 온 마당, 진용도 신형을 날렸다.

정광이 고개를 저으며 계곡 아래로 몸을 던졌다.

"내가 미쳤지. 그냥 객잔에 있을걸. 고 공자, 같이 가자고!"

최대한 몸을 가볍게 하고 삼십 장 정도 내려가자 절벽 중간에 튀어나온 암반이 보였다.

위에서는 보이지 않는 묘한 위치였다. 그곳에 남궁환이 서 있었다.

바람을 타고 미끄러져 암반 위에 내려서자 남궁환이 환한 표정으로 손을 들어 앞을 가리켰다.

"저걸 봐!"

진용은 남궁환의 손가락이 가리키는 곳을 바라보았다.

어둠의 바다에 출렁이는 안개 사이로 건너편 절벽이 보였다. 매끈하게 깎인 절벽이.

한순간 진용의 입에서 외마디 탄성이 터져 나왔다.

"아!"

안개 때문에 정확히 보이지는 않지만, 절벽에는 그림이 새겨져 있었다. 한 사람이 검을 들고 춤을 추는 모습이었다.

"어때, 멋있지?"

"예, 정말 멋지군요."

인정하지 않을 수가 없었다. 다만 순간적으로 느껴진 어떤 미진함이 마음에 걸리긴 했지만 그것이 무엇인지를 정확히 알 수는 없었다.

"으음……."

뒤늦게 옆에 내려선 정광이 침음성을 흘렸다.

단순한 그림이 아니었다. 검무였다. 그것도 가공할 힘이 담긴 검무. 보는 것만으로도 질식할 것 같은 압박감이 느껴지는 그런 검무였다.

안개 때문인지 신비스럽기조차 했다.

"혹시 저걸 익히신 겁니까?"

진용이 혹시 하는 마음으로 물었다.

남궁환이 이마를 찡그리며 투정하듯이 말했다.

"멋지긴 한데 익힐 수 없는 거야."

"왜요?"

"앞과 뒤가 빠져 있는 것이거든. 익히려 했다가는 병신 돼."

"예?"

그거였나? 미진함의 정체가?

"원래 본 가의 선조가 이백 년 전에 발견한 거야. 그 양반은 뭣도 모르고 저걸 익히려 했지. 그러다 온몸의 경맥이 뒤틀려서 결국 죽었어. 그 후로도 몇 사람이 몰래 저걸 익히려 했는데, 대부분이 죽거나 병신이 됐지. 이제는 누구도 저 그림에 신경을 쓰지 않아."

정광이 더는 못 참겠다는 듯 물었다.

"그러니까, 익히지도 못하는 저걸 보여주려고 오자 하신 겁니까?"

"어."

남궁환은 정광이 뒤로 자빠질 정도로 짧게 대답했다. 그러고는 기대감 가득한 눈으로 진용을 쳐다보았다.

"자네가 볼 때 저게 완성될 수 있다고 보나?"

"글쎄요. 수십 년이나 연구한 노선배님도 모르는데, 하물며 제가 어떻게 알겠습니까?"

"그냥 느낌만 말해봐. 내 검의 울음소리를 정면으로 받아낸 자네라면 뭔가 느끼는 게 있을 것 같은데."

그러니까 그만한 능력이 있는 것 같아서 데려왔다는 말?

정말 충동적인 행동이었다. 한편으로는 그런 남궁환의 행동이 순수해 보이기도 했다.

한데 그때, 문득 운가장에서의 일이 떠올랐다. 자신 역시 유태청의 몇 마디 말에 가로막혔던 벽이 허물어지지 않았던가.

어쩌면 지금의 상황도 그때와 그리 다르지 않을지 모른다는 생각이 들었다.

'느낌이라……'

고개를 돌려 옆을 바라보았다. 남궁환이 눈도 깜박이지 않고 자신의 대답을 기다리고 있었다. 말을 하지 않으면 하루 종일이라도 쳐다보겠다는 듯.

'어휴, 정말 못 말릴 노인이야.'

진용은 속으로 한숨을 길게 내쉬고는 천천히 입을 열었다. 나직한 목소리가 천벽애를 울렸다.

"전에 저와 함께 계신 분이 이런 말씀을 하셨지요. '억지로 맞추려 하면 더 틀어져 버린다. 본래의 것이 아니라면 더 그러할 것이다. 그러니 차라리 새롭게 정립해라. 그것이 돌아가는 길 같아도 완성으로 가는 지름길이다'. 그리고 제 할아버지는 또 이런 말씀을 하셨습니다. '동화됨보다 조화됨을 중요시해라. 변화를 무서워하지 마라' 라고 말이지요."

"왠지 멋진 말 같군."

"그래서 말씀인데, 꼭 저대로 익힐 필요가 있을까요?"

"멋있잖아."

듣는 사람을 휘청거리게 하는 통렬한 일격이었다.

"더 멋있게 만들 수도 있잖습니까?"

그래도 진용은 흔들리지 않고 받아쳤다. 세르탄이 '과연 시르!' 하며 감탄할 정도였다.

남궁환의 눈빛이 번뜩였다. 더 멋있게라고?

"어떻게?"

"그거야 노선배님께서 잘 아실 것 아닙니까?"

"난 골치 아픈 것은 싫어. 아! 조금 전에 자네가 한 말을 누가 했다고?"

"제가 잘 아는 분이 하신 말씀입니다."

"설마 죽은 사람은 아니겠지?"

"아직 정정하십니다."

"어디 사는 줄 알아?"

"그거야 물론……."

"그럼 그 사람을 찾아가서 물어보자구."

"예?"

"어차피 세가의 사람들은 날 싫어해. 밥 주는 것도 아까워하지. 그러니 내가 떠난다고 하면 좋아할 거야."

황당한 말이었다. 과장된 말일 수도 있었다. 그래도 완전히 거짓은 아닐 터였다. 사실이라면 도대체 남궁세가의 사람들이 제정신인지 확인하고 싶을 정도였다.

문득 한 가지 생각이 머릿속을 스쳤다.

진용이 남궁환에게 말했다.

"그분이 정정하시기는 하지만, 무공을 잃어서 누가 지켜줘야 합니다. 의원이 삼 년밖에 못 사신다고 하더군요. 노선배님께서 그분과 함께 저 검무를 연구하시는 동안이라도 그분을 지켜주시면 어떻겠습니까?"

"엉? 그거야 쉽지. 가세!"

좌우간 못 말릴 노인네였다. 번갯불에 콩뿐이 아니라 밥까지 지어먹을 양반이었다.

그렇다고 남궁환의 말에 그대로 따라줄 수는 없었다. 자신이 남궁환과 함께 갔다는 사실을 이미 남궁창평과 남궁후가 알고 있지 않은가. 그냥 갔다가는 나중에 엉뚱한 소리를 들을 수도 있었다.

고진용이라는 젊은 놈이 미친 노인을 꾀어 데려갔다!

객잔에서 본대로라면 그 두 사람은 그러고도 남을 사람들이었다.

"일단 세가에다 노선배님이 저와 함께 간다는 것을 말하고 가지요."

"왜?"

"그래야 안 쫓아오지요."

"그래? 그럼 그러지 뭐."

이럴 때는 단순한 성격이 도움이 되었다.

'후, 내가 잘하는 짓인지 모르겠군.'

3

불이 환히 밝혀진 남궁세가는 경비가 삼엄하기 그지없었다. 예전의 자만에 빠져 있던 남궁세가가 아니었다.

진용이 정광과 함께 남궁환을 따라 정문으로 걸어가자 경비를 서고 있던 무사들이 재빨리 다가왔다. 그들 중 수장으로 보이는 무사가 한 걸음 앞서 나오더니 정중하면서도 날 선 목소리로 물었다.

"누군데 이 밤에 본 가를 찾아오신 것이오?"

평상시라면 충분히 동감이 가는 질문이었다. 하지만 지금은 아니었다. 소위 남궁세가의 경비라는 작자가 세가의 어른인 남궁환을 알아보지도 못하는 것이다.

남궁환의 신세타령이 절절히 가슴에 와 닿았다.

밥 주는 것도 아까워한다고 했던가?

"나는 고진용이라 합니다. 가주를 뵈었으면 합니다."

하는 수 없이 진용이 대답했다.

경비무사가 진용의 위아래를 빠르게 훑어보고는 남궁환과 정광을 돌아다보았다.

"가주께서는 주무시고 계시오. 내일 찾아오시지요."

"그냥 가자니까. 창성이도 잔다잖아."

남궁환이 괜한 짓거리 한다는 투로 말했다.

경비무사는 남궁환이 말하는 '창성'이 가주인 남궁창성임을 깨닫고 얼굴을 굳혔다.

"노인장은 뉘신데 감히 가주님의 함자를 함부로 부르는 것이오?"

"창성이? 내 조카야."

경비무사의 얼굴이 붉으락푸르락 급격한 변화를 일으켰다.

"그럼 노인장이 본 가의 어른이시란 말이오?"

"어."

남궁환의 대답이 즉시 튀어나왔다. 역시 통렬한 한마디였다. 충격 때문인지, 아니면 헷갈려선지 아무도 입을 열지 못했다.

"이분께선 남궁 성에 환 자 이름을 쓰시는 어른이시오."

별수없이 진용이 또 나섰다. 남궁환의 정체를 자신이 밝혀줘야 한다는 것이 어이없었지만, 상황이 상황인데 어쩌랴.

경비무사는 잠깐 생각하더니 남궁환의 이름을 기억해 냈는지 놀란 눈을 크게 떴다.

"노인장이 용소(龍沼)의 그 미친……."

무심코 말하던 그는 뒤늦게 자신의 실수를 깨닫고 황급히 입을 다물었다.

그러자 남궁환이 친절하게 뒷말을 이어주었다.

"맞아. 내가 용소에 사는 그 치검(痴劍)이야."

"죄, 죄송합니다, 어르신."

"괜찮아. 다들 그렇게 부르는데 뭐. 근데, 들어가도 돼?"

"예? 예! 잠시만 기다려 주십시오. 곧 문을 열어드리겠습니다. 이봐! 어서 문을……."

하지만 그가 명령을 마칠 틈도 없이 정문이 열리고 안에서 남궁창평이 걸어나왔다.

머리가 젖어 있다. 이슬을 맞으며 기다리고 있었던 것인가?

"다녀오셨습니까, 숙부님."

"아직 안 잤어? 그럼 내일 창성이가 깨거든 내 말 좀 전해 줘."

"무슨 말씀을……?"

"나 이 젊은 친구하고 누구 좀 만나러 가니까 걱정 말라고 해. 뭐, 걱정하지도 않겠지만."

남궁창평이 진용을 응시했다. 그의 눈 깊은 곳에서 가느다란 떨림이 일었다.

생각지도 못했던 숙부에 대한 재발견. 아직 가주인 형님에게는 말도 전하지 못했다. 직접 당했으면서도 아직 확신이 서지 않는다. 말한다 해도 믿어주기나 할지…….

그리고 눈앞의 이자, 숙부만큼이나 충격을 준 자.

정천맹주이신 큰형님을 잘 안다고?

그냥 보낼 수는 없었다. 확인해야 할 것이 한두 가지가 아니었다.

"밤이 늦었으니 하루 쉬시고 내일 아침에 가십시오. 가주 형님께는 숙부님께서 직접 사정을 말씀하시는 게 나을 것 같습니다."

남궁환이 뚱한 표정을 지었다.

"창성이는 날 싫어하는데……."

그러자 정광이 재빨리 나서서 남궁환을 설득했다.

"그렇게 하는 게 낫겠습니다, 어르신. 어차피 어디에서고 쉬었다 가야 할 거 아닙니까? 그냥 이곳에서 쉬고 내일 떠납시다요."

남궁환이 힐끔 진용을 쳐다보았다. 진용도 솔직히 쉬고 싶은 마음이 없잖아 있었다.

"그렇게 하죠."

"뭐, 그렇다면야……."

제정신도 아닌 남궁환이 행여 답변을 번복할까 싶었는지 남궁창평이 뒤를 향해 빠르게 말했다.

"후아야, 이분들을 매원으로 안내해 드리거라."

문 안쪽에서 남궁후가 걸어나왔다.

군은 표정이었다. 역시 젖은 머리였다. 그는 진용의 앞까지 다가오지도 않고 딱딱한 말투로 입을 열었다.

"따라오시오."

매원은 남궁세가의 깊숙한 곳에 있는 별원으로 평상시라면 손님에게 내어주는 곳이 아니다.

진용은 남궁후를 따라가며 매원의 정취가 예사롭지 않음을 알고 지나친 손님 접대가 아닌가 생각했다. 보아하니 남궁창평은 자신에 대해 아직 보고를 올리지 않은 듯했다. 그렇다면 이렇듯 최상의 대우를 받을 이유가 없었다.

그럴 만한 이유가 없다면 말이다.

'마음대로 나가지 못하게 하겠다는 건가?'

바로 그거였다. 확실한 것을 알기 전까지 붙잡아놓겠다는 생각. 그야말로 호랑이를 새끼줄로 묶어놓은 격이었지만, 남궁창평은 남궁세가의 힘을 믿고 있었다.

진용은 굳이 그의 잘못된 생각을 고쳐 주고 싶지 않았다. 그냥 조용히 밤만 지새고 떠날 생각이었다.

두 시진은 족히 지난 듯한데도, 아버지와 초연향에 대한 생각으로 제대로 잠이 오지 않는다.

누워서 뒤척거리느니 차라리 정원이나 산책할까?

하긴, 뒤엉킨 마음을 가라앉히는 데는 그것이 낫지 싶다.

진용은 조용히 몸을 일으켰다. 어느새 창밖에선 어스름이 물러가고 있었다.

방을 나오자 시원한 공기가 가슴에 쌓인 답답함을 밀어낸다. 진용은 평온해진 마음으로 천천히 매원을 거닐었다.

정원에 가득한 매화나무에는 푸른 잎만 가득했다.

꽃이 피고 지고, 잎이 나오고, 열매가 열리고, 낙엽이 지고 겨울이 지나면 다시 꽃이 피고…….

한갓 나무도 제 할 일을 알아서 처리하는데, 어느 일을 먼저 처리해야 할지 갈등을 하는 자신이 한없이 미련하게만 느껴진다.

아버지도, 초연향도 행방을 알 수가 없다.

누구를 먼저 찾아다녀야 하지?

당연히 아버지가 먼저인 것은 분명한데, 그런데 마음은 하북으로 달려가고 있다.

불효자. 그게 지금의 나다.

'고진용, 너는 진정 불효자인가?'

진용은 매화나무를 보며 한참을 움직이지 못했다. 시간이 멈춰 있는 것만 같았다.

얼마나 지났을까, 석상이 되어버린 진용의 뒤쪽에서 인기척이 느껴졌다.

정광은 아니다. 남궁환도 아니다.

누구지? 굳이 돌아보지는 않았다. 모든 게 귀찮았다. 하지만 뒤에서 나타난 자가 그냥 놔두지 않았다.

"웬 놈이냐?"

날카로운 목소리였다. 돌아보자 생긴 것도 목소리만큼이나 날카로운 인상을 지닌 자가 자신을 노려보고 있었다.

"그대는 누군데 매원에 들어와 있는 것이냐?"

깔보는 눈빛, 거만한 자세. 첫인상이 그다지 호감이 가지 않는 자다.

처음 보는 사람에게 저따위로 말을 할 수 있다는 것은 자신이 그만한 지위에 있거나 본래가 그런 성품이기 때문일 것이다.

둘 다 마음에 들지 않았다. 상대하고 싶지도 않았다.

"이곳에서 하룻밤 신세지고 가려는 사람일 뿐입니다. 그럼."

돌아서려는데 그가 또 톡 쏘듯이 말했다.

"그게 말이 되는 소린가? 이곳은 본 가의 내원 중의 한 곳, 그대 같은 자가 머무를 곳이 아니다. 정체를 소상히 밝혀라!"

진용의 이마가 슬쩍 구겨졌다.

그대 같은 자? 마음도 심란한 판에 공연히 화가 났다. 괜히 남궁세가에 들어왔다는 생각마저 들었다.

"당신이 누군데 내가 정체를 밝혀야 한다는 말이오?"

자연히 말이 곱게 나올 리가 없었다.

"뭐야? 나는 남궁원이라 한다. 네놈은 대체 누구냐!"

그가 잔뜩 인상을 쓰더니 진용의 앞으로 걸어왔다.

마치 자신 앞에서 건방 떤 것을 용서치 않겠다는 눈빛이다.

"왜 이리 시끄러운 건가, 고 공자?"

그때 벌컥 문을 연 정광이 졸린 눈을 반쯤 뜨고 물었다.

"별거 아닙니다. 이 집의 식구인가 본데, 제가 이곳에 머무는 것이 반갑지 않은 모양입니다."

"엉? 그게 무슨 소린가? 이곳에서 하룻밤 지내고 가라 할 때는 언제고?"

"반기지 않으니 그만 가야 할 것 같습니다."

정광이 망설이는 투로 말했다.

"밥은……?"

"나가서 사 먹죠 뭐."

"그래? 그럼 할 수 없지."

두 사람의 대화를 듣고 있던 남궁원이 불쑥 나섰다. 자기를 무시하는 두 사람이 괘씸하다는 표정이다.

"저 거지 같은 도사는 또 뭐야?"

어기적거리던 정광의 동작이 석고상처럼 굳어버렸다.

불덩이 속에 발을 디딘 줄도 모르고 남궁원이 말을 이었다.

"언제부터 매원에 저런 거지 같은 작자들을 들인 거지?"

잔뜩 짜증난 목소리에 마치 더러운 것을 본 표정이다.

정광의 굳어 있던 고개가 천천히 그를 향해 돌아갔다.

"도우는 신발로 뺨 맞는 기분이 어떨 거라 생각하는가?"

"거지 같은 도사가 거지 같은 말만 골라서 하는군."

말끝마다 거지, 거지.

정광의 얼굴이 붉게 달아올랐다. 그가 눈은 남궁원을 향한 채 진득한 목소리로 진용을 불렀다.

"고 공자."

굳이 뒷말은 하지 않았다. 말하지 않아도 알아들었을 거라 생각했다. '저거 패도 돼?' 그런 뜻이었으니까.

진용은 모른 척 고개를 돌렸다.

'마음대로 하시죠. 꼭두각시에 불과한 사람이니까.'

무언의 승낙. 정광이 씩 웃었다. 동시에 흐릿한 잔상만 남기고 풍혼이 펼쳐졌다.

"잘 모르겠으면 한번 느껴봐!"

진용은 정광이 움직이는 것을 보면서도 말리지 않았다. 아예 말릴 생각도 없었다.

'설마 죽이지는 않겠지.'

갑자기 정광의 신형이 코앞에 나타나자 남궁원의 날카롭던 인상이 한순간에 터진 부대 자루처럼 축 처졌다. 눈만 휘둥그레진 채.

그의 무공도 남궁세가의 자식이라는 자부심만큼이나 약하지 않았다. 다만 정광이 그보다 두어 수 윗길의 고수인데다, 다른 사람이 들어오기 전에 끝내려는 마음에 전력을 다 끌어올렸다는 것이 문제일 뿐.

휙!

"헛!"

"어쭈, 피해?"

시끄러운 말소리와 뒤섞여 서너 번의 공격과 회피가 이어지는가 싶더니,

픽!

일격이 어깨에 떨어졌다. 그나마 남궁원이 가까스로 몸을 꺾었기 때문에 정통으로 맞지는 않았다.

하지만 공격은 그것으로 끝이 아니었다.

짝!

어깨를 때린 쇠 신발이 튕겨지며 물러서는 남궁원을 따라가 낯짝을 후려쳤다.

세게 쳤으면 머리가 반쪽은 달아났을 것이지만, 그나마 내력을 싣지 않았기에 머리가 돌아가는 정도로 끝이 났다.

"우욱!"

그래도 충격은 만만치가 않았을 것이다. 아마 별이 번쩍였을 터였다.

비틀거리며 물러선 남궁원이 미처 신형을 안정시키기도 전에 정광이 또 쇠 신발을 휘둘렀다.

짝!

반대편 낯짝에서 물먹은 채찍이 말 등을 후려친 것처럼 짝 소리가 났다.

남궁원의 동작이 확연히 느려졌다. 눈도 반쯤 풀려 버렸다.

순간 정광이 쇠 신발을 높이 들더니 냅다 후려쳐 버렸다.

뻑!

쇠 신발이 남궁원의 이마에 작렬했다. 그것이 마지막이었다.

골이 심하게 흔들린 남궁원이 흐느적거리며 그 자리에 주저앉았다.

정광이 주저앉은 남궁원의 이마를 톡톡 치며 말했다.

"그러게 말장난도 사람을 가려서 해야지. 누가 시켜도 그런 식으로 하면 딱 맞아 죽기 십상이라네."

그럼 남궁원의 행동이 누가 시켜서 한 것이라는 말?

정광의 말을 증명이라도 하려는 듯 진용이 월동문 쪽을 바라보며 물었다.

"뭘 알고 싶으신 겁니까?"

두 사람이 월동문을 통해 안으로 들어섰다.

한 사람은 그도 알고 있는 남궁창평이었고, 다른 한 사람은 남궁창평보다 대여섯 살은 더 먹어 보이는 청수한 인상의 장년인이었다.

청수한 인상의 장년인은 남궁원을 바라보고는 혀를 찼다.

"쯔쯔쯔, 녀석. 내 언제고 그 성질 때문에 혼날 줄 알았지. 말만 전하고 오라 했더니⋯⋯."

"그러게 후를 보내자고 하지 않았소."

"그 녀석이라고 뭐 순순히 말만 전하고 왔을 것 같은가?"

"그래도 저렇게 쭉 뻗지는 않았을 것 아니오."

"됐네. 솔직히 말해서, 저 녀석 혼나보라고 보낸 거야."

두 사람의 말을 잠자코 듣고 있던 진용은 그제야 상황을 이해할 수 있었다.

한마디로 성질 더러운 녀석 교육 차원에서 보냈던 거였다.

'어쩐지 세가의 자식이라는 자가 지나치게 막말을 한다 했더니…….'

그렇다고 잘못했다는 생각은 조금도 들지 않았다.

말을 전하러 왔으면 말이나 전할 것이지 어디서…….

"전하려던 말이 뭡니까?"

진용이 묻자 청수한 인상의 장년인이 빙그레 웃었다.

"가주께서 뵙자 하시네. 가지?"

남궁창성은 남궁창훈과는 또 다른 인상이었다. 남궁창훈이 후덕한 인상이라면 남궁창성은 강인한 인상이었다.

진용은 한눈에 남궁창성이 결코 남궁창훈에 비해 못하지 않은 실력을 지니고 있다는 것을 느낄 수 있었다.

"정천맹의 형님을 잘 안다 들었네만."

"잘 안다기보다, 전에 정천맹에서 몇 마디 이야기를 나눈 적이 있다는 말이지요."

남궁창성은 그 일에 대해 일절 모르는 듯했다. 그렇게 이상한 일은 아니었다. 정천맹에 들어갈 때부터 남궁창훈이 그 일을 비밀에 붙이고 싶어한다는 것을 알고 있었으니까.

　"흠, 형님께서 사람 만나기 좋아한다는 것은 익히 알고 있지만, 그대처럼 젊은 사람을 불러 이야기를 나누었을 줄은 미처 몰랐군."

　믿기 힘들다는 말이었다. 정광이 그 말뜻을 알아듣고는 툭 쏘듯 말했다.

　"원래 남궁 맹주가 만나려 했던 사람은 고 공자가 아니라 다른 사람이었지 아마?"

　"그게 무슨 말씀이오, 도장?"

　"다른 사람을 만나는데, 고 공자가 함께 갔다는 말이지 뭐겠소?"

　남궁창성의 눈매가 날카로워졌다.

　그럼 곁다리로 끼어 만났다는 말이 아닌가. 그런 만남을 가지고 마치 잘 아는 것처럼 말하다니.

　가소로운 일이었다. 하마터면 정말 잘 아는 것으로 알 뻔하지 않았는가 말이다.

　그가 냉랭한 목소리로 물었다. 조금은 깔보는 말투였다.

　"다른 사람이라…… 그게 누구요?"

　정광은 남궁창성의 말투에 섞인 감정을 느끼고는 진용을 바라보았다. 진용이 무심히 고개를 끄덕인다. 말해도 좋다는 뜻.

정광이 한자한자 못 박듯이 말했다.

"십.절.검.존. 유.태.청!"

갑자기 방 안이 조용해졌다.

십절검존의 이름이 주는 무게에 숨소리조차 잦아들었다.

정광은 자신의 말 한마디에 남궁세가의 주축이라는 사람들이 몸이 굳어 말도 못하자 느긋이 그 느낌을 즐겼다.

'흥, 어디서 사람을 무시하고 있어!'

한참 만에야 남궁창성이 힘들게 말을 꺼냈다.

"형님께서 정말 그분을 만났단 말이오?"

그제야 진용이 입을 열었다.

"그렇습니다. 비밀스런 만남이라 알려지는 것을 원치 않으셨지요."

말없이 조용히 앉아 있던 청수한 장년인, 남궁창운이 의심의 눈초리로 진용을 바라보았다.

"형님이 그분을 청했는데 왜 그대가 같이 갔단 말인가?"

"일행이니까요."

일행. 단순한 한마디에 남궁세가의 군사나 다름없는 남궁창운이 고개를 갸웃거렸다.

"일행이라고? 그럼 제자란 말이오?"

혹시 하는 마음에 말투마저 달라졌다.

"제자는 아니지만, 그분께 배운 바가 적지 않지요."

제자가 아니라는 말에 남궁창운은 '그럼 그렇지'라는 표정을 지었다.

그때 문득, 그는 얼마 전에 들려온 소문이 떠올랐다. 도저히 믿을 수 없는 소문이었지만, 한두 사람이 전해온 것이 아니었기에 믿지 않을 도리도 없었다.

—천하에 괴이한 고수가 나타났다. 십절검존이 그와 함께 움직이고 있다. 그들 일행에게 적혈문이 봉문당하고, 하남과 안휘의 다섯 개 방파가 무릎을 꿇었다!

어느 순간, 그가 자신도 모르게 벌떡 일어섰다.

—그들을 이끄는 사람은 평범한 서생의 복장을 하고 있는데, 그의 손에서 벼락이 일면 당할 자가 없다고 한다.

머릿속이 왱왱 울어댔다.

'서생, 서생, 서생……'

새벽에 자신을 찾아온 남궁창평의 말도 떠올랐다.

"그는 놀랍게도 엽차 잔으로 주담자를 쳐서 나에게 내상을 입혔소."

진용을 바라보는 그의 눈이 서서히 커져 간다.

사람들이 일제히 그를 쳐다보았다. 남궁창성도, 남궁창평도, 정광도.

"왜 그런가, 아우?"

남궁창성이 의아한 표정으로 물었다.

남궁창운은 가주의 앞이라는 것도 잊고 떨리는 목소리로 소리쳤다.

"천뢰서생(天雷書生)!"

진용은 어리둥절한 표정을 지었다.

정광도 머리를 쑥 내밀고 남궁청운에게 물었다.

"그게 누구요?"

남궁청운은 여전히 홉떠진 눈으로 진용을 바라보았다.

"적혈문을 봉문시킨 것이 혹시 그대가 아니오?"

진용이 고개를 끄덕였다.

"귀응곡은?"

또 고개를 끄덕였다.

"그런데도 천뢰서생이 그대…… 고 공자를 칭하는 별호라는 것을 모르신단 말이오?"

진용이 정광을 돌아다보았다.

정광이 어깨를 으쓱거렸다.

"처음 들어봅니다."

진용이 어색한 표정으로 답하자 남궁창운이 멍하니 진용을 쳐다보았다.

그때 한 사람이 안으로 들어왔다. 그가 맑은 음성으로 물었다.

"뭔데? 뭘 처음 들어본다는 거지?"

남궁환이었다. 아마 이제 깨어난 듯 해맑은 눈에 눈곱이 아직 떨어지지 않은 채였다.

"이야기했나? 나하고 같이 간다고?"

"아직 안 했습니다."

"그래? 그럼 내가 하지. 창성이 조카, 나 이 젊은이하고 어디 좀 갔다 와도 되지?"

남궁창성은 정신이 없었다. 십절검존의 이름만도 놀랍기 그지없거늘, 눈앞에 있는 서생이 근래 강호를 폭풍처럼 뒤흔든 천뢰서생이었다니.

거기다 숙부마저 숨긴 무공이 엄청나다지 않던가.

"숙부님, 꼭 가셔야겠습니까?"

"어."

남궁환의 간단한 대답에 남궁창성은 말문이 막혔다. 꼭 간다는데 뭐라 할 건가.

"그럼 언제쯤 오실 겁니까?"

"검을 완성하면 돌아오지 뭐."

검을 완성한다!

무슨 뜻인지는 몰라도 대단한 말처럼 느껴졌다.

더구나 함께 가는 사람이 천뢰서생이고, 그가 십절검존과 함께할 것이 분명한 이상 남궁환의 행보는 남궁세가에 손해가 아닐 듯했다.

남궁창운은 재빨리 남궁창성에게 전음을 보냈다.

"형님, 보내주시지요. 잘하면 십절검존과 천뢰서생의 도움을 얻을 수도 있을지 모르니 괜찮을 것 같습니다."

남궁창성은 천천히 고개를 끄덕였다.

"좋습니다. 하지만 한 가지 약속을 해주셔야 합니다."

"뭔데?"

"본 가가 원할 때 꼭 돌아오셔야 합니다."

"그거야 쉽지. 참! 저번에 등우광인가 하는 놈이 우리 아이들을 많이 죽였다며?"

남궁창성의 안면이 일그러졌다. 그 때문에 세가의 힘이 삼할은 줄어들었다. 원로들 중 남궁환보다 나이가 더 든 남궁탁도 그때 죽었다. 형제지간인 장로들도 세 사람이나 죽었다.

다시는 생각하고 싶지 않은 일이었다. 만일 정천맹주인 형님의 말씀만 아니었다면 전력을 이끌고 천혈교를 치려 했을 것이다.

"맞습니다. 놈들에게 형제와 조카들이 많이 죽었습니다."

남궁환이 눈을 부라리며 말했다.

"내가 옛날에 그놈 가슴에 검을 꽂았거든. 그게 분해서 찾아왔나 봐. 내 다시 만나면 가만 안 둘 거다!"

모두가 벙찐 눈으로 남궁환을 바라보았다.

남궁세가의 사람들은 그제야 이해가 갔다. 그날 등우광이 했던 말.

"어리석은 놈들! 그가 없는 이상 너희들이 흘리는 피가 배는 많아질 것이다!"

그가 말한 '그'가 누군지 아무도 몰랐다. 그런데 이제 안 것이다.

'그'는 남궁환이었던 것이다.

자신들이 미친 노인 취급 했던, 그래서 한 달에 열흘 이상은 절대 용소를 벗어나지 못하게 했던 남궁환 말이다.

남궁창성도, 남궁창평도, 남궁창운도 고개를 푹 숙였다.

할 말이 없었다.

그 일이 벌어진 그날은, 남궁환이 용소를 벗어나서는 안 되는 날이었던 것이다.

4

장원은 고요했다.

수억 관의 무게로 침묵이 짓누르고 있었다. 불길한 침묵이었다.

"제법 준비를 한 것 같군."

적유의 입에서 스산한 목소리가 새어 나왔다.

"그래도 결과는 변함이 없을 거외다."

백리양이 자신감 넘치는 표정으로 말을 받았다.

그럴 만도 했다. 이미 장원은 물샐틈없이 포위되어 있었고, 적은 당장 구원군도 기대할 수 없는 상황이다. 십 리 이내에 무인이라곤 자신들밖에 없으니까.

설령 적들이 온다 해도 걱정할 것이 없다. 그만한 준비쯤은 이미 해놓았다. 적들이 몰려오면 몰려오는 대로 피해가 커질 뿐이다.

남은 것은 한 가지. 적들을 최대한 **빠르고** 완벽하게 제압하는 것만 남았다.

"시작해 볼까?"

적유가 말했다.

"제가 선봉에 서지요."

백리양이 답하고는 앞으로 걸어나갔다.

뒤를 따라 비천검단의 고수들이 질서정연하게 좌우로 갈라섰다.

"정면을 친다! 천제성답게! 가자!"

백리양을 필두로 비천검단 삼십 명의 무사가 일제히 신형을 날렸다. 지옥을 향해!

그들의 뒷모습을 바라보는 적유의 눈에서 혈광이 번뜩이다 사라졌다.

"천제성답게……. 후후후, 그것도 좋지."

'그만큼 피가 많이 흐를 테니까…….'

그는 백리양과의 거리가 백여 장으로 멀어지자 손을 들어 앞을 가리켰다.

"시작해라!"

순간 그의 좌우에서 백여 명의 무사가 소리없이 달려갔다.

그들이 움직임과 동시, 장원의 배후에서도 백여 명의 무사가 장원의 담을 넘었다.

그리고 마침내 적유가 세 명의 흑의인을 대동한 채 장원을 향해 움직였다.

피바람이 장원을 집어삼키기 시작했다.

5

"지금쯤이면 천제성이 공격을 시작했겠군."

"그럴 것입니다."

"등우광이 버텨낼 수 있다고 보나?"

"잔혼쌍살마가 있으니 피해가 많이 나긴 해도 그럭저럭 버텨낼 수는 있을 겁니다, 태상."

"그래, 그래야겠지. 그래야 미끼로서 완벽한 역할을 할 수 있을 테니 말이야. 상대가 너무 싱거우면 흥이 안 나는 게 인간이거든."

공야무릉의 입가로 싸늘한 웃음이 걸쳐졌다.

쥐를 본 뱀의 웃음이었다.

"간간이 흥을 돋워주면서 더 가까이 올 때까지 기다리게.

발악을 하는 것처럼 보여야 놈들의 간덩이가 커질 거야."

"그만큼 경계심도 줄어들겠지요."

"모든 것은 이곳에서 결말을 낸다. 준비는 어느 정도 되었는가?"

"날짜에 맞춰 살관(殺關)이 완성될 것입니다."

"후후후, 좋아. 교주께선 뭐 하시고 계시는가?"

"저… 그게…… 뭔가 갈등을 겪고 계신 것 같습니다, 태상."

"갈등? 어리석은……. 아무래도 뭔가 변화를 줘야 할 것 같군."

잠시 생각에 잠겼던 공야무릉이 넌지시 고개를 숙이고 있는 중년인을 바라보았다.

"숙야명."

"예, 태상."

"천하의 여인 중 교주의 부인이 될 만한 여인을 하나 골라라."

숙야명의 고개가 슬쩍 들렸다.

"좋은 생각이십니다, 태상. 마침 뛰어난 여인이 하나 있습니다. 교주님의 부인으로 더없이 어울리는 여인입니다."

"호, 그래? 그게 누구냐?"

숙야명이 말했다.

"봉황곡의 화인화라는 여인입니다. 월음지체(月陰之體)의 여인으로, 교주님의 혈천기(血天氣)를 능히 감당해 낼 수 있는 여인입니다. 능히 후사를 보실 수 있을 것입니다."

"후사라……. 하긴, 천혈교의 대를 이을 핏줄만큼 중요한 것도 없겠지. 좋다. 추혼신마 오지량을 보내 그 여인을 데려오라 해라."

"존명!"

『마법 서생』 7권에 계속…

지금 유전자가 말하는 사랑과 성의 관한 솔직 대담한 진실이 펼쳐집니다!

남편의 후광을 등에 업는 것은 까마귀와 인간뿐…

모두에게 바보 취급받던 독신 암컷이 단번에 인생대역전을 해서
서열 1위인 수컷의 아내 자리를 차지하게 될 수도 있다는 말입니다.
모든 여성이 이상형의 남자와 결혼할 수 있는 것은 아닙니다.
적당한 선에서 타협하여 적당한 사람과 결혼하지요.
하지만 솔직히 말해서 당연히 멋진 남자가 더 좋지 않겠습니까?
따라서 여성은 생각합니다.
'그럼 어떻게 하지? 유전자만이라면 가질 수 있어!'
그리하여 장기계획형이나 단기승부형과 같은 여러 가지 방법의
외도가 생겨나는 것입니다.
물론 모든 여성이 이를 실행에 옮기지는 않습니다.

하지만 기회가 있다면 어떨까요?
다른 조건과 이미 타협을 봤다면?
남편이 사소한 일은 눈치 못 채는 둔한 남자라면?
뭔가 유전자의 음모가 느껴지지 않습니까?

실패를 모르는 남자 선택법!
「내 남자친구는 왼손잡이」 법칙

어째서 여성은 왼손잡이 남성에게 마음이 끌리는 걸까요?

여기서 기억해야 할 것은 몸의 좌우와 뇌의 좌우는 원칙적으로 반대 관계라는 점입니다.
따라서 왼손잡이 남성은 우뇌가 발달했습니다.
발달했다는 사실이 왼손잡이를 통해 반영된 것입니다.

그리고 두 번째로 생각해야 할 것은 우뇌는 남성 호르몬의 일종인 테스토스테론에 의해 발달한다는 점입니다.
요약하자면 왼손잡이 남성은 우뇌가 발달했는데, 그것은 테스토스테론 수치가 높기 때문입니다.
그것은 다름 아닌 생식 능력이 높다는 것을 의미하지요.

「내 남자 친구는 왼손잡이」에 감춰진 의미는… 내 남자 친구는 생식 능력이 높아… 인 것입니다.